Artemis Fowl

Das Buch

Ein genialer Meisterdieb, eine kampfbereite Fee und das geheime Buch der Elfen: Artemis Fowl ist gerade mal zwölf Jahre alt, hat aber den Verstand eines Erwachsenen. Der durchtrainierte Computerfreak trägt stets Anzug und Krawatte, darunter hat er jedoch das Herz eines Meisterdiebs – und im Kopf einen ungewöhnlichen Plan: Er will das Vermögen seiner kriminell veranlagten Familie aufbessern. Doch statt wie jeder andere eine Bank zu überfallen, bringt er zuerst mit einem Trick das Buch der Feen in seinen Besitz. Und so entdeckt er ein Geheimnis, von dem kein Mensch je etwas ahnte: Tief unter der Erde haben sie überlebt, die Elfen und Gnome, Kobolde und Feen aus dem Märchen. Artemis beschließt, mit einem Haufen Feengold Stammsitz und Ehre der Fowls zu retten und nimmt Holly Short vom Polizeikorps der Unterirdischen gefangen. Doch sehr schnell muss unser Meisterdieb erkennen, mit was für einem gefährlichen Gegner er sich eingelassen hat . . .

Der Autor

Eoin Colfer erzielte mit seinen Romanen um den Meisterverbrecher Artemis Fowl, die in 42 Sprachen übersetzt wurden, internationale Bestsellererfolge. Er erhielt 2001 den Children's Book Award, den wichtigsten Kinder- und Jugendbuchpreis Englands. Im Jahr 2004 wurde er mit dem Deutschen Bücherpreis ausgezeichnet.

Von Eoin Colfer ist in unserem Hause außerdem erschienen:

Meg Finn und die Liste der vier Wünsche

Eoin Colfer

Artemis Fowl

Band 1

Roman

Aus dem Englischen von
Claudia Feldmann

List Taschenbuch

Besuchen Sie uns im Internet:
www.list-taschenbuch.de

Umwelthinweis:
Dieses Buch wurde auf chlor- und säurefreiem Papier gedruckt.

Limitierte Sonderausgabe im List Taschenbuch
List ist ein Verlag der Ullstein Buchverlage GmbH, Berlin.
Oktober 2005

Titel der englischen Originalausgabe: *Artemis Fowl*
(*Viking*, Penguin Group, England)
Umschlagkonzept: HildenDesign, München – Stefan Hilden
Umschlag- und Schubergestaltung: Hauptmann & Kompanie
Werbeagentur, München – Zürich,
unter Verwendung von Illustrationen von Nikolaus Heidelbach, Köln
Druck und Bindearbeiten: Ebner & Spiegel, Ulm
Printed in Germany
ISBN-13: 978-3-548-60627-9
ISBN-10: 3-548-60627-X

Für Jackie

PROLOG

Wie soll man Artemis Fowl beschreiben? Verschiedene Psychiater haben es versucht und sind gescheitert. Das größte Problem dabei ist Artemis' Intelligenz. Er trickst jeden Test aus, dem man ihn unterzieht. Er hat die gelehrtesten Mediziner zur Verzweiflung gebracht, und so manche von ihnen sind in ihren eigenen Irrenhäusern gelandet.

Artemis ist zweifellos ein Wunderkind. Doch warum widmet sich ein solches Genie kriminellen Aktivitäten? Diese Frage kann nur ein einziger Mensch beantworten – doch der zieht es vor zu schweigen.

Der beste Weg, ein zutreffendes Bild von Artemis zu zeichnen, besteht wohl darin, die mittlerweile berühmte Geschichte von seinem ersten verbrecherischen Unterfangen zu erzählen. Ich habe diesen Bericht aus persönlichen Interviews mit den Opfern zusammengestellt, und im Verlauf der Erzählung werden Sie erkennen, dass dies alles andere als einfach war.

Die Geschichte nahm vor einigen Jahren ihren Anfang, zu Beginn des einundzwanzigsten Jahrhunderts. Artemis Fowl hatte einen Plan ersonnen, um das Vermögen seiner Familie zurückzugewinnen – einen Plan, der Zivilisationen zerstören und den Planeten in einen Krieg der Völker stürzen konnte.

Damals war er zwölf Jahre alt …

Kapitel 1

Das Buch

Ho Chi Minh City im Sommer. Unerträglich heiß und drückend. Artemis Fowl hätte selbstverständlich solche Unannehmlichkeiten niemals auf sich genommen, wenn nicht etwas ungeheuer Wichtiges auf dem Spiel gestanden hätte. Etwas, das mit dem Plan zusammenhing.

Die Sonne war nichts für Artemis; ihr Licht stand ihm nicht. Lange Stunden zu Hause vor dem Bildschirm hatten die Farbe aus seinem Gesicht vertrieben. Er war bleich wie ein Vampir und beinahe ebenso lichtscheu.

»Ich hoffe, das ist nicht wieder ein Reinfall, Butler«, sagte er mit leiser, scharfer Stimme. »Vor allem nach der Sache in Kairo.«

Es war ein sanfter Tadel, denn zuvor waren sie aufgrund des Tipps eines Informanten von Butler bereits nach Ägypten gereist.

»Nein, Sir. Diesmal bin ich sicher. Nguyen ist ein zuverlässiger Mann.«

»Hmm«, grummelte Artemis zweifelnd.

Die Vorübergehenden wären erstaunt gewesen, wenn sie gehört hätten, wie der riesige Eurasier den Jungen mit *Sir* anredete. Schließlich befand man sich im dritten Jahrtausend. Doch dies war keine gewöhnliche Beziehung, und die beiden waren keine gewöhnlichen Touristen.

Sie saßen in einem Straßencafé an der Dong Khai Street und sahen zu, wie die Jugendlichen aus dem Viertel mit ihren Mopeds den Platz umkreisten.

Nguyen war unpünktlich, und der armselige Fleck Schatten, den der Sonnenschirm spendete, verbesserte Artemis' Laune auch nicht gerade, doch das war nur sein üblicher Pessimismus. Unter der Muffeligkeit verbarg sich ein Funken Hoffnung. Würde diese Reise tatsächlich Erfolg bringen? Würden sie das Buch finden? Er wagte es kaum zu hoffen.

Ein Kellner kam an ihren Tisch geeilt. »Noch etwas Tee, die Herren?«, fragte er unter hektischen Verbeugungen.

Artemis seufzte. »Ersparen Sie mir das Theater und setzen Sie sich.«

Instinktiv wandte der Kellner sich an Butler, der ja schließlich der Erwachsene war. »Aber Sir, ich bin doch der Kellner.«

Artemis klopfte ungeduldig auf den Tisch. »Sie tragen handgearbeitete Schuhe, ein Seidenhemd und drei goldene Siegelringe. Ihr Englisch hat einen Hauch von Oxford-Akzent, und Ihre Fingernägel schimmern wie frisch manikürt. Sie sind kein Kellner. Sie sind unser Kontaktmann Nguyen Xuan, und Sie haben diese lächerliche Verkleidung gewählt, um uns heimlich auf Waffen zu überprüfen.«

Nguyen ließ die Schultern hängen. »Das stimmt. Unglaublich.«

»Kaum. Eine zerfranste Schürze macht noch keinen Kellner.«

Nguyen setzte sich und goss etwas Pfefferminztee in eine kleine Porzellantasse.

»Und was die Waffen betrifft«, fuhr Artemis fort, »so trage ich keine. Butler jedoch, mein … äh … Butler, hat eine SIG-Sauer in seinem Schulterhalfter, zwei Wurfmesser in seinen Stiefeln, eine doppelläufige Derringer in seinem Ärmel, Würgedraht in seiner Armbanduhr und drei Betäubungsgranaten in diversen Taschen. Habe ich etwas vergessen, Butler?«

»Den Knüppel, Sir.«

»Ach ja. Ein guter, alter Totschläger, unter seinem Hemd.«

Nguyens Hände zitterten, als er die Tasse zum Mund führte.

»Keine Sorge, Mister Xuan«, sagte Artemis lächelnd. »Die Waffen sind nicht für Sie bestimmt.«

Nguyen wirkte nicht überzeugt.

»Nein«, fuhr Artemis fort. »Butler könnte Sie auch ohne seine Ausrüstung auf hundert verschiedene Arten umbringen. Obwohl eine sicher ausreichen dürfte.«

Nun gruselte sich Nguyen Xuan wirklich. Diese Wirkung hatte Artemis auf die meisten Leute: ein bleicher Junge, der mit der Autorität und dem Wortschatz eines Erwachsenen sprach. Nguyen hatte den Namen Fowl schon gehört – wer in der internationalen Unterwelt kannte ihn nicht? –, doch er war davon ausgegangen, dass er es mit Artemis Senior zu tun haben würde, nicht mit seinem Jungen. Obwohl das Wort »Junge« kaum zu diesem blutleeren Wesen zu passen schien. Und dann dieser Riese, Butler. Es war offensichtlich, dass er mit seinen Pranken das Rückgrat eines Mannes wie einen Zweig zerbrechen konnte. Nguyen kam zusehends zu dem Schluss, dass kein Geld der Welt es wert war, auch nur eine Minute länger in Gesellschaft dieser seltsamen Gestalten zu bleiben.

»Kommen wir zum Geschäftlichen«, sagte Artemis und stellte ein Aufnahmegerät auf den Tisch. »Sie haben auf unsere Internet-Anzeige geantwortet.«

Nguyen nickte und betete im Stillen, dass seine Informationen stimmten. »Ja, Mister, äh, Master Fowl. Das, was Sie suchen … Ich weiß, wo es ist.«

»Wirklich? Und das soll ich Ihnen einfach so glauben? Sie könnten mich ebenso gut in einen Hinterhalt führen. Meine Familie hat nicht nur Freunde.«

Butler fing mit bloßer Hand eine Mücke, die neben dem Ohr seines Herrn herumschwirrte.

»Nein, nein«, sagte Nguyen und griff nach seiner Brieftasche. »Hier, sehen Sie.«

Prüfend betrachtete Artemis das Polaroidfoto und zwang sein Herz, einen ruhigen Schlag beizubehalten. Es sah viel versprechend aus, aber heutzutage konnte man mithilfe eines Computers und eines Scanners alles Mögliche zustande bringen. Das Bild zeigte eine Hand, die aus einem dunklen Hintergrund hervorragte. Eine fleckige grüne Hand.

»Hmm«, murmelte er. »Ich höre.«

»Diese Frau, sie ist eine Heilerin, in der Nähe der Tu Do Street. Sie lässt sich mit Reiswein bezahlen und ist immer betrunken.«

Artemis nickte. Es passte. Das Trinken – eines der wenigen stets wiederkehrenden Fakten, auf die er bei seinen Forschungen gestoßen war. Er stand auf und strich die Falten seines weißen Polohemds glatt. »Gut. Wir folgen Ihnen, Mister Xuan.«

Nguyen wischte den Schweiß von seinem dünnen Schnurrbart. »Nur die Information. So war es abgemacht. Ich will keine Verwünschungen abbekommen.«

Mit geschicktem Griff packte Butler den Informanten am Genick. »Ich bedaure, Mister Xuan, aber Sie haben längst keine Wahl mehr.«

Butler bugsierte den protestierenden Vietnamesen zu einem gemieteten Geländewagen, der auf den ebenen Straßen von Ho Chi Minh City, oder Saigon, wie die Einheimischen die Stadt noch immer nannten, kaum nötig war, doch Artemis zog es vor, sich so weit wie möglich von den Passanten abzuschotten.

Der Wagen schob sich in einem unerträglich langsamen Tempo vorwärts, das für Artemis umso quälender war, als sich eine erwartungsvolle Spannung in ihm breit machte, die er nicht länger unterdrücken konnte. Waren sie nun endlich am Ziel ihrer Suche angekommen? War es möglich, dass nach sechs Fehlalarmen auf drei Kontinenten diese versoffene Heilerin das Gold am Ende des Regenbogens sein sollte? Beinahe hätte Artemis geschmunzelt. Gold am Ende des Regenbogens! Er hatte einen Scherz gemacht. Das kam nun wahrlich nicht jeden Tag vor.

Die Flut der Mopeds teilte sich wie ein riesiger Fischschwarm. Die Menschenmenge schien kein Ende zu nehmen. Selbst in den schmalsten Gassen wimmelte es von Händlern und Feilschenden. Köche warfen Fischköpfe in zischendes Öl, und kleine Straßenkinder schlängelten sich auf der Suche nach unbewachten Wertgegenständen zwischen den Beinen der Leute hindurch. Andere saßen im Schatten und drückten sich an ihren Gameboys die Daumen platt.

Nguyen war klatschnass geschwitzt. Es lag nicht an der Luftfeuchtigkeit; daran war er gewöhnt. Nein, es war diese ganze verdammte Situation. Er hätte niemals Magie und Verbrechen zusammenbringen dürfen. Wenn er hier lebend herauskam, würde er seine Taktik ändern, so viel stand fest. Nie wieder würde er auf irgendwelche dubiosen Anfragen im Internet antworten, und vor allem würde er sich nie wieder mit den Söhnen von europäischen Verbrecherkönigen einlassen.

Der Geländewagen kam nicht mehr weiter, da die Seitenstraßen zu schmal geworden waren. Artemis wandte sich zu Nguyen um. »Wie es scheint, müssen wir zu Fuß weitergehen, Mister Xuan. Sie können gerne weglaufen, doch dann sollten Sie mit einem heftigen und tödlichen Schmerz zwischen den Schulterblättern rechnen.«

Nguyen sah verstohlen zu Butler hinüber. Dessen Augen waren von einem dunklen Blau, fast schwarz, und es lag kein Funken Mitgefühl darin. »Keine Sorge«, sagte er. »Ich werde nicht weglaufen.«

Sie stiegen aus dem Wagen. Hunderte von misstrauischen Blicken folgten ihnen auf ihrem Weg durch die dampfende Gasse. Ein unglückseliger Taschendieb versuchte, Butler die Brieftasche zu stehlen. Der Diener brach ihm die Finger, ohne auch nur hinunterzusehen. Von da an wurde ihnen reichlich Platz gemacht.

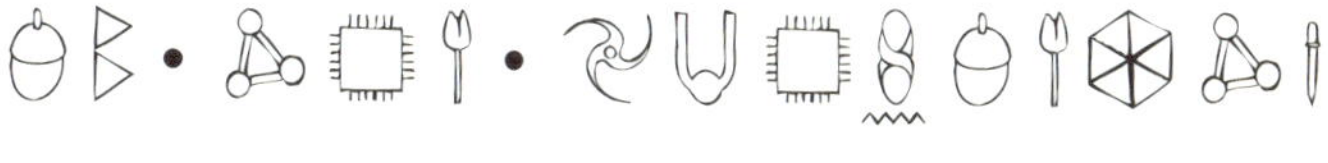

Die Gasse verengte sich zu einem zerfurchten Pfad. Abflussrohre sprudelten ihren Inhalt direkt auf die schlammige Oberfläche. Krüppel und Bettler hockten auf kleinen Inseln aus Reismatten. Die meisten Menschen auf diesem Pfad besaßen nichts – mit Ausnahme von dreien.

»Nun?«, fragte Artemis. »Wo ist sie?«

Nguyen zeigte auf ein schwarzes Dreieck unterhalb einer verrosteten Feuerleiter. »Da. Da unten. Sie kommt nie heraus. Selbst wenn sie Reisschnaps braucht, schickt sie einen Botenjungen. Kann ich jetzt gehen?«

Artemis machte sich nicht die Mühe zu antworten. Stattdessen balancierte er zwischen den Pfützen hindurch zu dem Loch unter der Feuerleiter. In der Dunkelheit waren flüchtige Bewegungen zu erkennen.

»Butler, die Spezialbrille, bitte.«

Butler schnallte ein Nachtsichtgerät von seinem Gürtel und reichte es Artemis. Mit einem Surren passte der Motor die Einstellung automatisch den Lichtverhältnissen an.

Als Artemis sich das Gerät auf den Kopf setzte, wurde um ihn herum alles fluoreszierend grün. Er holte tief Luft und wandte sich den trüben Schatten zu. Etwas hockte auf einer Bastmatte und bewegte sich unruhig in der fast völligen Dunkelheit. Artemis stellte das Gerät ein wenig schärfer. Die Gestalt war klein, ungewöhnlich klein, und in ein schmutziges Tuch gehüllt. Um sie herum lagen leere Schnapsflaschen im Schlamm. Aus dem Stoff ragte ein Unterarm hervor. Er sah grün aus. Aber das traf schließlich auf alles zu.

»Madam«, sagte Artemis, »ich habe Ihnen ein Angebot zu machen.«

Der Kopf der Gestalt schwankte schläfrig. »Wein«, krächzte sie mit einer Stimme wie Fingernägel auf einer Schultafel. »Wein, Engländer.«

Artemis lächelte – die Gabe der Sprachen und die Furcht vor dem Licht. Korrekt. Korrekt. »Ire, um genau zu sein. Also, was ist mit meinem Angebot?«

Die Heilerin fuchtelte listig mit ihrem knochigen Zeigefinger. »Erst Wein, dann reden.«

»Butler?«

Der Leibdiener griff in eine seiner Taschen und nahm eine kleine Flasche besten irischen Whiskeys heraus. Artemis griff danach und schwenkte sie lockend in der Dunkelheit. Er hatte kaum Zeit, seine Spezialbrille abzunehmen, da schoss die krallenartige Hand schon hervor und schnappte nach dem Whiskey. Es war eine fleckige grüne Hand. Da gab es keinen Zweifel.

Artemis unterdrückte ein triumphierendes Grinsen. »Geben Sie unserem Freund seinen Lohn, Butler. Die volle Summe. Denken Sie daran, Mister Xuan, das Ganze bleibt unter uns. Sie möchten doch nicht, dass Butler zurückkommt, oder?«

»Nein, nein, Master Fowl. Meine Lippen sind versiegelt.«

»Das hoffe ich. Sonst wird Butler sie für immer versiegeln.«

Nguyen machte sich eilends aus dem Staub, so froh darüber, noch am Leben zu sein, dass er das Bündel Scheine nicht einmal nachzählte, was höchst ungewöhnlich für ihn war. Aber es war alles da. Die ganzen zwanzigtausend Dollar. Nicht übel für eine halbe Stunde Arbeit.

Artemis wandte sich wieder der Heilerin zu.

»Nun, Madam, Sie besitzen etwas, das ich haben möchte.«

Mit der Zunge leckte sich die Heilerin einen Tropfen Alkohol aus dem Mundwinkel. »Ja, Ire. Kopfweh? Schlechte Zähne? Ich heile.«

Artemis setzte das Nachtsichtgerät wieder auf und ging in die Hocke, um auf ihrer Höhe zu sein. »Ich erfreue mich bester Gesundheit, Madam, abgesehen von einer leichten Milbenallergie, und ich glaube, gegen die können selbst Sie nichts machen. Nein, was ich von Ihnen will, ist das Buch.«

Die Alte erstarrte. Unter dem Schal blitzten funkelnde Augen hervor. »Buch?«, fragte sie vorsichtig. »Ich weiß nichts von Buch. Ich bin Heilerin. Wenn du Buch willst, geh in Bibliothek.«

Artemis stieß einen ungeduldigen Seufzer aus. »Sie sind keine Heilerin. Sie sind eine Fee, *p'shóg*, Unterirdische, *kadalun* – je nachdem, welche Sprache Sie bevorzugen. Und ich will Ihr Buch.«

Eine ganze Weile lang sagte die Kreatur nichts. Dann zog sie sich das Tuch vom Kopf. In dem grünen Licht des Nachtsichtgeräts sprangen Artemis ihre Züge entgegen wie eine Halloween-Maske. Die Nase der Fee unter den schlitzförmigen, goldenen Augen war lang und gebogen. Ihre Ohren waren spitz, und die Trunksucht hatte ihre Haut aufgelöst wie Fensterkitt.

»Wenn du von dem Buch weißt, Menschenjunge«, sagte sie langsam, gegen die betäubende Wirkung des Whiskeys ankämpfend, »dann weißt du auch von der Magie in meiner Hand. Ich kann dich mit einem Fingerschnipsen töten!«

Artemis zuckte die Achseln. »Das glaube ich kaum. Sehen Sie sich doch an – Sie sind so gut wie tot. Der Reiswein hat Ihren Verstand zerfressen. Eine armselige Warzenheilerin! Ich bin hier, um Sie zu retten, im Austausch gegen das Buch.«

»Was könnte ein Mensch mit unserem Buch anfangen?«

»Das geht Sie nichts an. Das Einzige, was Sie interessieren sollte, sind die Wahlmöglichkeiten, die Ihnen bleiben.«

Die spitzen Ohren der Fee bebten. Wahlmöglichkeiten?

»Erstens: Sie weigern sich, uns das Buch zu geben, wir verschwinden wieder und lassen Sie in dieser Kloake verfaulen.«

»Ja«, sagte die Fee. »Die Möglichkeit wähle ich.«

»Nicht so hastig, gute Frau. Wenn wir ohne das Buch gehen, werden Sie in einem Tag tot sein.«

»In einem Tag!«, lachte die Heilerin. »Ich werde ein Jahrhundert länger auf der Welt sein als ihr. Selbst Unterirdische, die an die Menschenwelt gebunden sind, können die Zeiten überleben.«

»Nicht mit einem Viertelliter Weihwasser im Bauch«, sagte Artemis und klopfte auf die mittlerweile leere Whiskeyflasche.

Die Fee erbleichte und stieß dann einen Schrei aus, einen schrecklich schrillen, markerschütternden Ton. »Weihwasser! Du hast mich umgebracht, Menschenwesen.«

»Stimmt«, gab Artemis zu. »Es müsste jeden Moment anfangen zu brennen.«

Die Fee pikste vorsichtig mit dem Zeigefinger in ihren Bauch. »Und die zweite Wahlmöglichkeit?«

»Jetzt sind wir ganz Ohr, was? Also gut, Möglichkeit zwei: Sie leihen mir das Buch, nur für eine halbe Stunde, und ich gebe Ihnen Ihre Magie zurück.«

Die Fee starrte ihn mit offenem Mund an. »Mir meine Magie zurückgeben? Unmöglich.«

»Oh doch, das geht. Ich habe zwei Ampullen bei mir. In der einen befindet sich Quellwasser aus dem Elfenbrunnen sechzig Meter unterhalb des Rings von Tara – dem vermutlich magischsten Ort der Erde. Das wird die Wirkung des Weihwassers aufheben.«

»Und in der anderen?«

»In der anderen ist ein kleiner Schuss selbst gebrauter Magie. Ein Virus, der sich von Alkohol ernährt, gemischt mit einem Wachstumsreagens. Die Lösung wird jeden einzelnen Tropfen Reiswein aus Ihrem Körper saugen, die Abhängigkeit aufheben und sogar Ihre kaputte Leber wieder aufbauen. Es wird ganz schön unangenehm, aber nach einem Tag schwirren Sie wieder umher, als wären Sie gerade mal tausend Jahre alt.«

Die Fee leckte sich über die Lippen. Wieder in der Lage sein, zum Erdvolk zurückzukehren? Verführerisch. »Woher soll ich wissen, dass ich dir trauen kann, Menschenwesen? Du hast mich schon einmal ausgetrickst.«

»Ein Punkt für Sie. Hier ist mein Vorschlag: Ich gebe Ihnen das Wasser auf Treu und Glauben. Das Zaubermittel bekommen Sie, sobald ich mir das Buch angesehen habe. Akzeptieren Sie's, oder lassen Sie's bleiben.«

Die Fee überlegte. In ihrem Bauch zwickte bereits der erste Schmerz. Ihre Hand schoss nach vorn. »Ich akzeptiere.«

»Das hatte ich mir gedacht. Butler?«

Der gewaltige Diener nahm ein weiches, mit Klettband verschlossenes Päckchen heraus, in dem sich eine Spritze und zwei Ampullen befanden. Er zog die mit der klaren Flüssigkeit auf und injizierte sie der Fee in den feuchtkalten Arm. Sie erstarrte einen Moment, dann entspannte sie sich.

»Starke Magie«, seufzte sie erleichtert.

»Ja. Aber nicht so stark, wie Ihre eigene sein wird, wenn ich Ihnen die zweite Spritze gebe. So, und jetzt das Buch.«

Die Fee griff in die Falten ihres schmutzigen Kleids und suchte eine Ewigkeit darin herum. Artemis hielt den Atem an. Jetzt war es so weit. Bald würden die Fowls wieder berühmt sein. Ein neues Imperium würde entstehen, angeführt von Artemis Fowl dem Zweiten.

Die Fee zog die geschlossene Hand hervor. »Du kannst sowieso nichts damit anfangen. Ist in der alten Sprache geschrieben.«

Artemis nickte nur, da er seiner Stimme nicht traute.

Sie öffnete ihre knotige Faust. Auf ihrer Handfläche lag ein winziges goldenes Büchlein, nicht größer als eine Streichholzschachtel. »Hier, Menschenwesen. Dreißig von euren Minuten, mehr nicht.«

Butler nahm das Büchlein voller Respekt. Er schaltete eine kleine Digitalkamera ein und begann, jede einzelne hauchdünne Seite des Buches zu fotografieren. Der Vorgang dauerte einige Minuten. Als er fertig war, befand sich das gesamte Buch auf dem Chip der Kamera. Artemis zog es vor, mit derartigen Informationen kein Risiko einzugehen. Die Sicherheitseinrichtungen an den Flughäfen hatten schon so manche unersetzliche Diskette gelöscht. Daher wies er seinen Helfer an, die Datei auf sein Handy zu überspielen und sie von dort per E-Mail an den Familiensitz, das

Fowl Manor in Dublin, zu schicken. Noch bevor die dreißig Minuten um waren, lag die Datei mit sämtlichen Symbolen des magischen Buchs sicher auf seinem heimischen Server.

Artemis gab das Büchlein seiner Besitzerin zurück. »Angenehm, mit Ihnen Geschäfte zu machen.«

Die Fee erhob sich taumelnd auf die Knie. »Und das andere Mittel, Menschenwesen?«

Artemis lächelte. »Ach ja, die Wiederherstellungslösung. Das hatte ich wohl versprochen.«

»Allerdings.«

»Nun gut. Doch bevor wir Ihnen die Spritze geben, muss ich Sie warnen, dass die Generalüberholung alles andere als angenehm ist. Die Kur wird Ihnen überhaupt nicht gefallen.«

Die Fee wies auf ihre verwahrloste, schmutzige Umgebung. »Glaubst du vielleicht, das hier gefällt mir? Ich will wieder fliegen.«

Butler zog die zweite Ampulle auf und spritzte ihr den Inhalt direkt in die Halsschlagader. Augenblicklich brach die Fee, von heftigen Zuckungen geschüttelt, auf der Matte zusammen.

»Zeit zu gehen«, bemerkte Artemis. »Hundert Jahre Alkohol, die einen Körper mit aller Macht verlassen, sind kein schöner Anblick.«

Die Familie Butler diente den Fowls schon seit Jahrhunderten. Das war von jeher so gewesen. Einige einflussreiche Sprachwissenschaftler sind sogar der Meinung, dass dies der Ursprung der Bezeichnung »Butler« sei. Der älteste Nachweis dieser ungewöhnlichen Übereinkunft stammt aus der Zeit des ersten Kreuzzugs im Jahre 1096, als Virgil Butler von dem Normannen Hugo de Fôle als Diener, Leibwächter und Koch verpflichtet wurde.

Im Alter von zehn Jahren werden alle Butler-Kinder zu einem privaten Ausbildungszentrum in Israel geschickt, wo man sie in den speziellen Fähigkeiten unterweist, die nötig sind, um die Nachkömmlinge der Fowls zu beschützen. Zu diesen Fähigkeiten gehören das Zubereiten von Cordon bleu, die Schießkunst, eine besondere Mischung verschiedener Kampfkünste, Notfallmedizin und Informationstechnologie. Falls es nach Ablauf ihrer Ausbildung keinen Fowl zu beschützen gibt, werden die Butlers mit Begeisterung von verschiedenen königlichen Hoheiten als Leibwächter eingestellt, meistens in Monaco oder Saudi-Arabien.

Sobald ein Fowl und ein Butler zusammengebracht werden, sind sie auf Lebenszeit miteinander verbunden. Es ist eine anspruchsvolle und einsame Tätigkeit, doch der Lohn ist beachtlich, wenn man lange genug lebt, um ihn zu genießen. Wenn nicht, bekommt die Familie eine sechsstellige Entschädigungssumme und eine monatliche Rente.

Der jetzige Butler beschützte den jungen Master Artemis seit zwölf Jahren, seit dem Moment seiner Geburt. Und obgleich sie sich an die althergebrachten Formalitäten hielten, standen sie einander viel näher als Herr und Diener. Artemis war für Butler eine Art Freund, und Butler war für Artemis eine Art Vater – wenn auch einer, der seinen Befehlen gehorchte.

Butler hielt sich zurück, bis sie in dem Flugzeug von Bangkok nach London Heathrow saßen, doch dann musste er die Frage loswerden. »Artemis, Sir?«

Artemis sah vom Bildschirm seines PowerBooks auf. Er versuchte sich schon mal an der Übersetzung. »Ja?«

»Die Fee. Warum haben wir das Buch nicht einfach behalten und sie sterben lassen?«

»Eine Leiche ist ein Beweisstück, Butler. Auf meine Weise haben die Unterirdischen keinen Grund, misstrauisch zu werden.«

»Und was ist mit der Fee selbst?«

»Sie wird kaum freiwillig zugeben, dass sie Menschenwesen das Buch gezeigt hat. Außerdem habe ich ihr ein leichtes Mittel zum Vergessen in die zweite Spritze gemischt. Wenn sie wieder zu sich kommt, wird sie sich an die vergangene Woche nur verschwommen erinnern können.«

Butler nickte bewundernd. Immer zwei Schritte voraus, unser Master Artemis. Die Leute sagten, er sei ganz aus dem alten Holz geschnitzt. Doch sie irrten sich. Master Artemis war aus nagelneuem Holz, von einer Sorte, die noch keiner gesehen hatte.

Da seine Zweifel beseitigt waren, wandte Butler sich wieder seiner Waffenzeitschrift zu und überließ es seinem Herrn, die Geheimnisse des Universums zu ergründen.

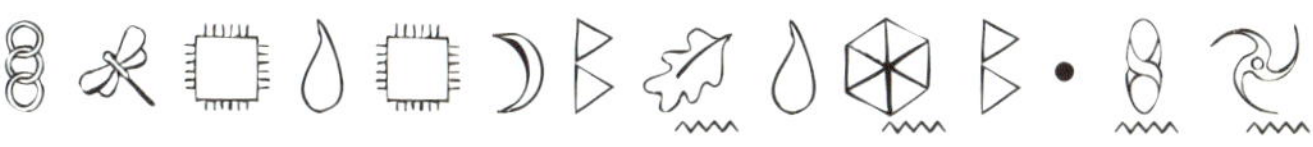

Kapitel 2
Die Übersetzung

Mittlerweile haben Sie sicher erkannt, wie weit Artemis Fowl zu gehen bereit war, um sein Ziel zu erreichen. Doch was beabsichtigte er überhaupt? Was für ein außergewöhnlicher Plan mochte es erforderlich machen, eine trunksüchtige Fee zu erpressen? Die Antwort auf all dies lautete: Gold.

Artemis' Suche hatte zwei Jahre zuvor begonnen, als er zum ersten Mal im Internet surfte. Schon bald war er auf allerlei abgelegene Sites gestoßen – über die Entführung durch Aliens, die Sichtung von UFOs und das Übernatürliche, vor allem jedoch über die Existenz des Erdvolks.

Während er sich durch Gigabytes von Daten wühlte, fand er Hunderte von Hinweisen aus nahezu allen Ländern der Welt. Jede Zivilisation hatte ihren eigenen Namen für die Unterirdischen, doch unzweifelhaft gehörten sie alle zu derselben verborgenen Familie. In mehreren Berichten war von einem Buch die Rede, das jedes unterirdische Wesen bei sich trug. Es war ihre Bibel, in der angeblich die Geschichte ihres Volks und die Gebote verzeichnet waren, die ihr langes Leben regelten. Das Buch war natürlich auf Gnomisch verfasst, der Sprache der Unterirdischen, und für Menschen vollkommen unverständlich.

Artemis jedoch glaubte, dass es mithilfe der modernen Technologie möglich wäre, das Buch zu übersetzen. Und hatte man erst einmal die Übersetzung, konnte man eine ganz neue Spezies ausnehmen.

Lerne deinen Feind kennen, war Artemis' Motto, und so versenkte er sich in die Sagen des Erdvolks, bis er eine riesige Datenbank über ihre Eigenheiten zusammengetragen hatte. Doch das reichte nicht. Also stellte Artemis eine Anzeige ins Netz: *Irischer Geschäftsmann zahlt hohe Summe in US-Dollar für ein Treffen mit einer Fee, einem Kobold oder einer Elfe.* Die Antworten hatten sich zum größten Teil als Betrugsversuche herausgestellt, doch der Hinweis aus Ho Chi Minh City hatte sich ausgezahlt.

Artemis war vielleicht der einzige Mensch auf der Welt, der wirklich etwas mit seiner neuen Errungenschaft, dem Buch der Elfen, anfangen konnte. Er verfügte noch immer über einen kindlichen Glauben an Magie, vermischt mit der erwachsenen Zielstrebigkeit, diese für sich auszunutzen. Wenn es überhaupt jemanden gab, der in der Lage war, den Unterirdischen einen Teil ihres magischen Golds abzuluchsen, dann war es Artemis Fowl der Zweite.

Es war früher Morgen, als sie in Fowl Manor ankamen. Artemis konnte es kaum erwarten, die Datei auf seinen Computer zu laden, doch zuerst würde er seiner Mutter einen Besuch abstatten.

Angeline Fowl war bettlägerig, seit ihr Mann verschwunden war. Angegriffene Nerven, sagten die Ärzte. Viel Ruhe und Schlaftabletten, mehr konnte man nicht tun. Das ging jetzt schon fast ein Jahr so.

Butlers jüngere Schwester Juliet saß am Fuß der Treppe und starrte finster die Wand an. Selbst die Glittermascara konnte den Ausdruck in ihren Augen nicht mildern. Diesen Blick hatte Artemis schon einmal gesehen, kurz bevor Juliet einen besonders frechen Pizzajungen mit einem Suplex flach gelegt hatte. Ein Suplex war, soweit Artemis wusste, ein bestimmter Ringergriff. Seltsames Hobby für ein junges Mädchen. Aber schließlich war sie eine Butler.

»Gibt's ein Problem, Juliet?«

Eilig setzte Juliet sich auf. »Mein Fehler, Artemis. Anscheinend habe ich die Vorhänge nicht richtig zugezogen. Mrs Fowl konnte nicht schlafen.«

»Hmm«, brummte Artemis und ging langsam die Eichentreppe hinauf.

Der Zustand seiner Mutter gefiel ihm gar nicht. Sie hatte schon seit langem kein Tageslicht mehr gesehen. Andererseits wäre, falls sie plötzlich auf wundersame Weise geheilt würde und voll neuer Energie aus ihrem Schlafzimmer käme, Artemis' außergewöhnliche Freiheit beendet. Dann hieße es: Ab in die Schule, und Schluss mit deinen Abenteuern als Verbrecherkönig, mein Kleiner.

Er klopfte leise an die hohe Flügeltür. »Mutter? Bist du wach?«

Etwas flog von innen gegen die Tür und zerbarst. Es klang nach etwas Teurem. »Natürlich bin ich wach! Wie soll ich bei diesem grellen Licht auch schlafen?«

Artemis wagte sich hinein. Ein antikes Himmelbett warf bizarre Schatten in die Dunkelheit, und durch einen Schlitz zwischen den Vorhängen fiel ein schmaler Lichtstreifen herein. Angeline Fowl saß zusammengesunken auf dem Bett; in dem Dämmerlicht schimmerten ihre blassen Glieder weiß.

»Artemis, mein Lieber, wo warst du?«

Artemis entfuhr ein Seufzer. Sie erkannte ihn. Ein gutes Zeichen. »Auf einer Klassenfahrt, Mutter. Skifahren in Österreich.«

»Ah, Skifahren«, säuselte Angeline Fowl. »Wie ich das vermisse! Na, vielleicht, wenn dein Vater zurückkommt.«

Artemis spürte einen Kloß im Hals, was höchst untypisch für ihn war. »Ja, vielleicht wenn Vater zurückkommt.«

»Mein Lieber, könntest du bitte diese verflixten Vorhänge zuziehen. Das Licht ist unerträglich.«

»Natürlich, Mutter.«

Artemis tastete sich vorsichtig durch den Raum, um sich nicht an den niedrigen Kleidertruhen zu stoßen, die überall herumstanden. Schließlich berührten seine Finger die Samtvorhänge. Einen Moment verspürte er den Drang, sie weit aufzureißen, doch dann seufzte er nur und zog den Schlitz zu.

»Danke, mein Lieber. Ach ja, wir müssen endlich dieses Hausmädchen entlassen. Sie ist wirklich vollkommen unfähig.«

Artemis verkniff sich jeden Widerspruch. Seit drei Jahren war Juliet ein fleißiges und loyales Mitglied des Fowlschen Haushalts. Wieder mal ein Moment, um die Zerstreutheit seiner Mutter zum eigenen Vorteil zu nutzen.

»Du hast natürlich Recht, Mutter. Ich hatte es selbst schon seit einer Weile vor. Butler hat eine Schwester, die bestimmt hervorragend für die Stelle geeignet wäre. Ich glaube, ich habe schon von ihr gesprochen. Sie heißt Juliet.«

Angeline Fowl zog die Stirn in Falten. »Juliet? Doch, der Name kommt mir bekannt vor. Nun, jede wäre besser als dieses dumme Mädchen, das wir jetzt haben. Wann kann sie anfangen?«

»Sofort. Ich sage Butler, dass er sie aus dem Dienstbotentrakt holen soll.«

»Du bist ein guter Junge, Artemis. Komm, gib deiner Mama einen Kuss.«

Artemis schmiegte sich in die schattigen Falten des Kleids seiner Mutter. Sie duftete nach Parfum, wie Blütenblätter in Wasser. Aber ihre Arme waren kalt und kraftlos.

»Ach, mein Lieber«, flüsterte sie, und bei dem Klang ihrer Stimme überlief Artemis eine Gänsehaut. »Ich höre Geräusche. Nachts. Sie krabbeln über das Kissen und in meine Ohren.«

Artemis verspürte wieder den Kloß im Hals. »Vielleicht sollten wir die Vorhänge aufziehen, Mutter.«

»Nein«, schluchzte seine Mutter und ließ ihn los. »Nein, dann könnte ich sie ja auch noch sehen.«

»Mutter, bitte.«

Doch es war zwecklos. Angeline Fowl war wieder in ihrer Welt verschwunden. Sie kroch in die hinterste Ecke des

Betts und zog sich die Decke bis zum Kinn. »Schick das neue Mädchen zu mir.«

»Ja, Mutter.«

»Sag ihr, sie soll mir Gurkenscheiben und Wasser bringen.«

»Ja, Mutter.«

Angeline Fowl starrte ihn mit verschlagenem Blick an. »Und hör auf, mich Mutter zu nennen. Ich weiß nicht, wer du bist, aber mein kleiner Arty bist du ganz bestimmt nicht.«

Artemis blinzelte ein paar aufmüpfige Tränen weg. »Natürlich. Tut mir Leid, Mutt–. Tut mir Leid.«

»Hmm. Und komm ja nicht wieder, sonst hole ich meinen Mann. Der ist nämlich sehr mächtig, weißt du.«

»Sehr wohl, Mrs Fowl. Sie werden mich nie wieder sehen.«

»Das will ich hoffen.« Plötzlich erstarrte Angeline Fowl. »Hörst du sie?«

Artemis schüttelte den Kopf. »Nein, ich höre nichts.«

»Sie kommen, um mich zu holen. Sie sind überall.«

Hastig versteckte sich Angeline Fowl unter ihrer Bettdecke. Artemis konnte ihr verängstigtes Schluchzen noch hören, als er die Eichentreppe hinunterging.

Wie sich herausstellte, war das Buch wesentlich widerspenstiger, als Artemis gedacht hatte. Es schien sich beinahe willentlich gegen ihn zu sträuben. Welches Programm er auch darüberlaufen ließ, der Bildschirm blieb leer.

Artemis druckte jede einzelne Seite aus und heftete sie an die Wände seines Arbeitszimmers. Manchmal half es, die Dinge auf Papier vor sich zu haben. Die Schrift war vollkommen anders als alles, was er je gesehen hatte, und doch wirkte sie merkwürdig vertraut. Der Text – offensichtlich eine Mischung aus Symbol- und Buchstabenschrift – zog sich ohne jede erkennbare Ordnung über die Seiten.

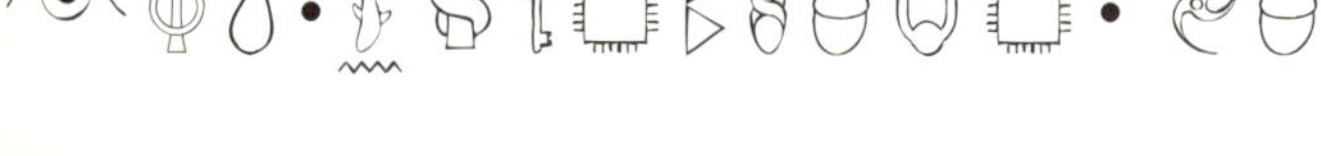

Was das Programm brauchte, war eine Art Bezugsrahmen, ein zentraler Punkt, auf dem es aufbauen konnte. Er nahm jedes einzelne Schriftzeichen und ließ es mit englischen, chinesischen, griechischen, arabischen und kyrillischen Texten vergleichen, ja sogar mit Ogham. Nichts.

Wütend und frustriert scheuchte Artemis Juliet aus dem Zimmer, als sie mit Sandwiches kam, und wandte sich den Symbolen zu. Das am häufigsten wiederkehrende Zeichen war eine kleine männliche Figur. Zumindest nahm er an, dass sie männlich war, doch so wenig, wie er über die Anatomie der Unterirdischen wusste, konnte sie ebenso gut weiblich sein. Ihm kam ein Gedanke. Artemis öffnete in seinem Übersetzungsprogramm die Datei mit antiken Sprachen und klickte auf Ägyptisch.

Endlich – ein Treffer. Das männliche Symbol ähnelte auffällig dem Gott Anubis in den Hieroglyphen der Grabkammer des Tutenchamun. Das passte zu den anderen Dingen, die er herausgefunden hatte. Die ersten von Menschen niedergeschriebenen Geschichten handelten von den Unterirdischen, und man ging allgemein davon aus, dass deren Zivilisation älter war als die der Menschheit. Anscheinend hatten die Ägypter einfach eine bereits existierende Schrift übernommen und sie ihren Bedürfnissen angepasst.

Es gab noch weitere Ähnlichkeiten. Doch die Zeichen wiesen gerade genug Unterschiede auf, um für den Computer nicht mehr erfassbar zu sein. Er würde sie manuell bearbeiten müssen. Jedes einzelne gnomische Zeichen musste vergrößert, ausgedruckt und dann mit den Hieroglyphen abgeglichen werden.

Artemis spürte, wie sein Herz vor Aufregung pochte. Beinahe jedes Zeichen des Gnomischen hatte ein ägyptisches Gegenstück. Die meisten waren universal, wie die Sonne oder Vögel. Doch manche schienen sich ausschließlich auf das Übernatürliche zu beziehen und mussten angepasst werden. Die Anubisfigur zum Beispiel ergab als Hundegott

keinen Sinn, daher wies Artemis ihr die Bedeutung »König der Unterirdischen« zu.

Gegen Mitternacht hatte Artemis sein Material erfolgreich in den Mac eingegeben. Jetzt brauchte er nur noch auf »Konvertieren« zu klicken, was er auch tat. Heraus kam eine lange, verwickelte Kette von sinnlosem Kauderwelsch.

Ein normales Kind hätte schon längst aufgegeben. Und ein durchschnittlicher Erwachsener hätte vermutlich nur noch wütend auf die Tastatur eingeschlagen. Doch nicht Artemis. Dieses Buch stellte ihn auf die Probe, und er würde nicht zulassen, dass es ihn besiegte.

Die Buchstaben stimmten, da war er ganz sicher. Nur die Reihenfolge war verkehrt. Artemis rieb sich die Müdigkeit aus den Augen und starrte erneut auf die Seiten. Jedes Segment war mit einer durchgehenden Linie abgetrennt. Möglicherweise waren es Absätze oder Kapitel, aber man konnte sie nicht in der gewohnten Richtung lesen, von links nach rechts und von oben nach unten.

Artemis experimentierte herum. Er versuchte es mit der arabischen Richtung, von rechts nach links, und mit den chinesischen Spalten. Noch immer nichts. Dann fiel ihm auf, dass alle Seiten eine Gemeinsamkeit hatten – einen kleinen Abschnitt in der Mitte. Die anderen Zeichen waren um diesen Mittelpunkt herum angeordnet. Vielleicht musste man also in der Mitte anfangen. Aber wie weiterlesen? Artemis suchte die Seiten nach weiteren Gemeinsamkeiten ab. Einige Minuten später wurde er fündig. In der oberen Ecke der Abschnitte befand sich jeweils eine kleine Speerspitze. War es vielleicht ein Pfeil? Ein Richtungsweiser? Wenn das stimmte, musste man also in der Mitte beginnen und dann, dem Pfeil folgend, spiralförmig lesen.

Da das Computerprogramm nicht über eine entsprechende Funktion verfügte, musste Artemis improvisieren. Mithilfe eines Bastelmessers und eines Lineals zerschnitt er die erste Seite des Buchs und setzte die Teile in der gewohnten westlichen Reihenfolge wieder zusammen, von links nach rechts, in parallelen Zeilen. Dann scannte er die Seite erneut ein und ließ das ägyptische Übersetzungsprogramm darüberlaufen.

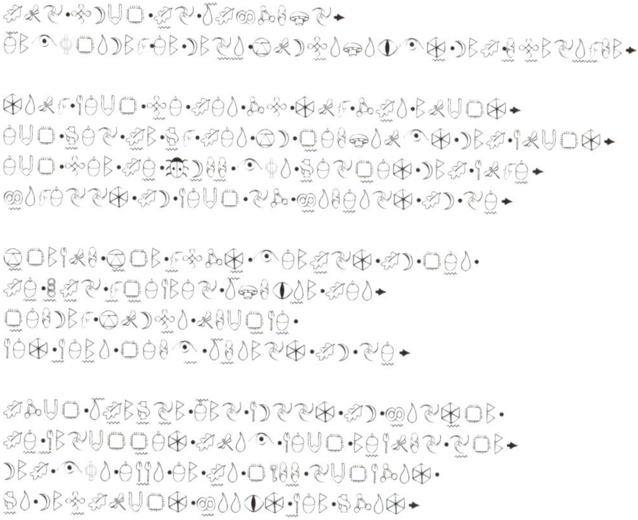

Der Computer summte und sirrte, während er die Informationen in binären Text verwandelte. Dabei hielt er mehrmals inne und bat um Bestätigung eines Zeichens. Je besser der Apparat jedoch die neue Sprache beherrschte, desto weniger musste er nachfragen. Nach einer Weile blitzten zwei Worte auf dem Bildschirm auf: DATEI KONVERTIERT.

Mit vor Erschöpfung und Aufregung zitternden Fingern klickte Artemis auf »Drucken«. Eine einzelne Seite glitt aus dem Laserdrucker. Der Text war jetzt übersetzt. Gut, es gab ein paar Fehler, man musste noch ein bisschen korrigieren, aber er war einwandfrei lesbar und, was noch viel wichtiger war, problemlos zu verstehen.

Im vollen Bewusstsein der Tatsache, dass er vermutlich der erste Mensch seit mehreren tausend Jahren war, dem es

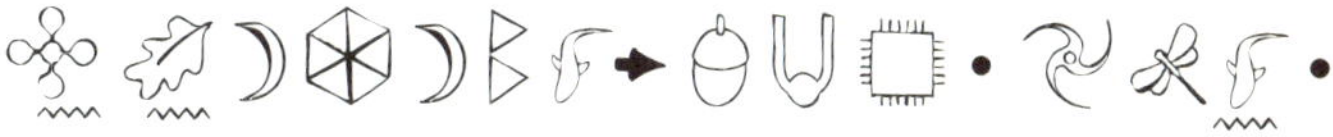

gelungen war, diese magischen Worte zu dechiffrieren, schaltete Artemis seine Schreibtischlampe ein und begann zu lesen.

DAS BUCH DES ERDVOLKS
Einführung in unsere Zauberkräfte und Lebensregeln

Trag mich bei dir, ob Tag oder Nacht.
Ich weis den Weg dir zu Heilkraft und Macht.
Ich bin die Quelle für Weisheit und Magie.
Vergisst du mich, so verlierst du sie.

Zehnmal zehn Gebote findest du hier,
Die jedes Geheimnis erklären dir.
Heilung, Zauber, Alchemie,
Mit meiner Hilfe erlernst du sie.

Doch, Erdenwesen, eins musst du verstehn:
Die Menschheit darf mich niemals sehn.
Und für immer in der Hölle schmort,
Wer unbedacht verrät mein Wort.

Artemis rauschte das Blut in den Ohren. Jetzt hatte er sie! Ameisen unter seinen Füßen würden sie sein. Jedes einzelne ihrer Geheimnisse würde er mithilfe dieser Technik aufdecken. Da übermannte ihn die Erschöpfung, und er sackte in seinem Stuhl zusammen. Es gab noch so viel zu tun. Zum Beispiel dreiundvierzig weitere Seiten, die übersetzt werden mussten.

Er drückte auf den Knopf der Sprechanlage, die mit allen Räumen im Haus verbunden war. »Butler, hol Juliet und komm in mein Büro. Ich habe hier ein paar Puzzlearbeiten, bei denen ihr mir helfen müsst.«

Vielleicht wäre an dieser Stelle ein wenig Familiengeschichte angebracht.

Die Fowls waren in der Tat legendäre Verbrecher. Seit Generationen hatten sie auf der falschen Seite des Gesetzes gekämpft und dabei so viel Reichtum angehäuft, dass sie es sich schließlich leisten konnten, gesetzestreue Bürger zu werden. Wie man sich jedoch denken kann, langweilte sie die Rechtschaffenheit nur allzu bald, und sie wandten sich wieder dem Verbrechen zu.

Artemis Fowl der Erste, der Vater unseres Untersuchungsobjekts, war es, der das Familienvermögen aufs Spiel gesetzt hatte. Nach dem Zusammenbruch der Sowjetunion hatte Artemis Senior beschlossen, einen großen Teil des Fowlschen Vermögens in den Aufbau neuer Schiffsverbindungen mit dem riesigen Land zu investieren. Neue Konsumenten, so argumentierte er, bräuchten neue Konsumgüter. Doch die russische Mafia war nicht allzu begeistert darüber, dass einer aus dem Westen sich in ihren Markt drängte, und sandte eine kleine Botschaft. Diese Botschaft bestand aus einer gestohlenen Stinger-Rakete, die kurz hinter Murmansk auf die *Fowl Star* abgeschossen wurde. Artemis Senior war an Bord des Schiffes, zusammen mit Butlers Onkel und zweihundertfünfzigtausend Dosen Cola. Es war eine ziemliche Explosion.

Die hinterbliebenen Fowls waren durchaus nicht mittellos, doch zu den Milliardären konnten sie sich nicht mehr zählen. Artemis der Zweite schwor, diesen Missstand zu beheben. Er würde das Familienvermögen der Fowls wiederherstellen. Und er würde es auf seine Weise tun.

Sobald das Buch übersetzt war, konnte Artemis ernsthaft mit der Planung beginnen. Sein Ziel kannte er bereits, nun konnte er sich überlegen, auf welchem Weg er es erreichen wollte.

Dieses Ziel war natürlich Gold. Die Beschaffung von Gold. Wie es schien, war das Erdvolk beinahe ebenso versessen auf das kostbare Metall wie die Menschen. Jeder Unterirdische hatte seinen eigenen Vorrat – allerdings nicht mehr lange, wenn es nach Artemis ging. So manch einer von dem Völkchen würde mit leeren Taschen herumlaufen, wenn er mit ihnen fertig war.

Nach achtzehn Stunden ausgiebigem Schlaf und einem leichten Frühstück ging Artemis hoch in das Arbeitszimmer, das er von seinem Vater geerbt hatte. Der Raum war ganz klassisch eingerichtet – dunkle Eiche und Bücherregale vom Boden bis zur Decke –, doch Artemis hatte ihn mit den neuesten Errungenschaften der Computertechnik ausgestattet. In verschiedenen Ecken des Raums summten vernetzte AppleMacs vor sich hin. Einer von ihnen warf via Videobeamer die Nachrichtenbilder der CNN-Website an die hintere Wand.

Butler war bereits dort und fuhr die Computer hoch.

»Schalte sie alle ab, bis auf das Buch. Ich brauche Ruhe.«

Der Diener war überrascht. Die Website lief bereits seit fast einem Jahr. Artemis war überzeugt, dass CNN irgendwann die Nachricht von der Rettung seines Vaters bringen würde. Sie abzuschalten bedeutete, dass er sich nun damit abfand.

»Alle?«

Artemis betrachtete kurz die hintere Zimmerwand. »Ja«, sagte er schließlich. »Alle.«

Butler nahm sich die Freiheit heraus, seinem Herrn sanft auf die Schulter zu klopfen, nur einmal, bevor er zu seinen übrigen Beschäftigungen zurückkehrte. Artemis dehnte knackend seine Finger. Zeit, das zu tun, was er am besten konnte: hinterhältige Pläne schmieden.

Kapitel 3
Holly

Holly Short lag im Bett und kochte innerlich. Daran war nichts Ungewöhnliches; Alraunen waren nicht gerade berühmt für ihre Fröhlichkeit. Doch Holly hatte ganz besonders schlechte Laune, selbst für eine Unterirdische. Genau genommen war sie eine Elfe. Unterirdische war eher eine allgemeine Bezeichnung. Außerdem war sie eine Alraune, aber das war nur ein Job.

Vielleicht ist eine Beschreibung sinnvoller als ein Vortrag über die verschiedenen Gattungen der Unterirdischen. Holly Short hatte karamellbraune Haut, kurzes, kastanienbraunes Haar und haselnussbraune Augen. Ihre Nase war hakenförmig und ihr Mund üppig und engelhaft, was nicht weiter verwunderlich war, denn Amor war ihr Urgroßvater. Ihre Mutter war eine europäische Elfe mit ungestümem Temperament und von gertenschlanker Gestalt. Auch Holly war schlank, mit langen, schmal zulaufenden Fingern – wie geschaffen dafür, sich um einen Elektrostock zu legen. Ihre Ohren waren natürlich spitz. Mit genau einem Meter Körpergröße lag Holly nur einen Zentimeter unter dem Elfendurchschnitt, aber ein Zentimeter kann verdammt viel ausmachen, wenn er einem fehlt.

Der Grund für Hollys Ärger war Commander Root. Vom ersten Tag an hatte Root ihr im Nacken gesessen. Er konnte sich nicht damit abfinden, dass der erste weibliche Officer in der Geschichte der Aufklärungseinheit der Zentralen Untergrund-Polizei ausgerechnet seiner Mannschaft zugewiesen worden war. Die Aufklärung war bekanntermaßen ein gefährlicher Posten mit hoher Verlustrate, und Root fand, das sei nicht der richtige Ort für ein Mädchen. Nun, er würde sich an den Gedanken gewöhnen müssen, denn Holly Short hatte nicht die geringste Absicht, wegen ihm oder irgendwem sonst den Job zu schmeißen.

Obwohl sie es niemals zugeben würde, gab es noch einen weiteren möglichen Grund für ihre Gereiztheit: das Ritual. Schon seit mehreren Monden hatte sie sich vorgenommen, es zu vollziehen, aber irgendwie war immer etwas dazwischengekommen. Und wenn Root herausbekam, dass ihre Magie fast aufgebraucht war, würde er sie garantiert zur Verkehrsstreife schicken.

Holly rollte sich von ihrem Futon und taumelte zur Dusche. Das war einer der Vorteile, wenn man in der Nähe des Erdmittelpunkts lebte – das Wasser war immer heiß. Es gab natürlich kein Tageslicht, aber das war ein geringer Preis für die Ungestörtheit. Erdland. Die letzte menschenfreie Zone. Es gab nichts Schöneres als nach einem langen Arbeitstag nach Hause zu kommen, den Sichtschild auszuschalten und sich in einen blubbernden Schleimpool sinken zu lassen. Himmlisch.

Die Elfe stieg in ihren mattgrünen Overall, zog den Reißverschluss bis zum Kinn und setzte sich den Helm auf. Die Uniformen der ZUP-Alraunen waren mittlerweile richtig schick. Nicht wie die schauerlichen Spießerkostüme, die die Einheit früher tragen musste – Schnallenschuhe und Kniebundhosen. Also wirklich! Kein Wunder, dass die Alraunen in den Sagen der Menschen so alberne Gestalten waren. Andererseits war es vielleicht auch ganz gut so. Wenn die Oberirdischen wüssten, dass die Alraunen in Wirklichkeit eine Eliteeinheit der Zentralen Untergrund-Polizei waren, würden sie wahrscheinlich versuchen, sie zu vernichten. Lieber unauffällig bleiben und den Menschenwesen ihre Klischees lassen.

Da an der Oberfläche bereits der Mond aufging, blieb keine Zeit mehr für ein anständiges Frühstück. Holly schnappte sich den Rest eines Brennnesselshakes aus dem Kühler und trank ihn unterwegs im Tunnel. Wie üblich war die Hauptröhre völlig überfüllt. Fliegende Feen verstopften den Durchgang wie Steine in einem Flaschenhals, und die Gnome, die mit ihren riesigen, schwingenden Hinterteilen zwei Fahrstreifen blockierten, machten das Ganze auch nicht besser. Fluchkröten tummelten sich auf jeder feuchten Stelle und keiften wie die Fischweiber. Diese seltsame Rasse war ursprünglich als Scherzartikel gezüchtet worden, hatte sich jedoch inzwischen zu einer regelrechten Plage ausgewachsen. Das hatte jemanden seine Dienstmarke gekostet.

Holly kämpfte sich durch das Gewühl zum Polizeipräsidium. Vor dem Magic Burger war bereits ein Tumult ausgebrochen. Corporal Newt bemühte sich, die Massen zu beruhigen. Viel Glück, Kollege. Was für ein Albtraum! Holly seufzte, dankbar, dass sie zumindest oberirdisch arbeiten konnte.

Die Eingangstür der ZUP-Zentrale wurde von Demonstranten belagert. Der Krieg zwischen den Zwergen und Kobolden war erneut aufgeflammt, und allmorgendlich sammelten sich Horden von wütenden Eltern vor dem Gebäude, die die Freilassung ihres unschuldigen Nachwuchses verlangten. Holly schnaubte verächtlich. Falls es so etwas wie einen unschuldigen Kobold gab, so war er ihr noch nicht über den Weg gelaufen. Die Unruhestifter belegten sämtliche verfügbaren Zellen, johlten ihre Schlachtrufe und schleuderten sich Feuerbälle zu.

Holly schob sich durch den aufgebrachten Haufen. »Polizei«, knurrte sie. »Lassen Sie mich durch.«

Sie stürzten sich auf sie wie Fliegen auf einen Stinkwurm.

»Mein Grumpo ist unschuldig!«

»Polizeiterror!«

»Officer, können Sie meinem Kleinen seine Schmusedecke bringen? Er kann ohne sie nicht schlafen.«

Holly stellte ihr Visier auf Spiegelfunktion und ignorierte sie alle. Früher hatte eine Uniform noch für einen gewissen Respekt gesorgt, aber die Zeiten waren vorbei. Jetzt stand man unter Beschuss. »Entschuldigen Sie, Officer, aber ich kann mein Warzenglas nirgends finden.« »Verzeihung, junge Elfe, aber meine Katze ist auf einen Stalaktiten geklettert.« Oder: »Captain, hätten Sie wohl einen Moment Zeit? Ich wüsste gerne, wie ich zum Jungbrunnen komme.« Holly schüttelte sich. Touristen! Sie hatte genug eigene Sorgen. Und zwar mehr, als sie ahnte, wie sich gleich herausstellen sollte.

In der Eingangshalle war ein kleptomanischer Zwerg damit beschäftigt, die Taschen sämtlicher Umstehenden an der Anmeldung zu leeren, einschließlich der des Officers, an dem er mit seinen Handschellen hing. Holly versetzte ihm mit ihrem Elektrostock einen Schlag auf das Hinterteil, dass der Stromstoß seine Lederhose versengte. »Was soll das werden, Mulch?«

Erschrocken zuckte Mulch zusammen, und die Beute purzelte aus seinem Ärmel zu Boden.

»Officer Short«, jammerte er, ganz die personifizierte Reue, »ich kann nichts dafür, es ist nun mal meine Natur.«

»Ich weiß, Mulch. Und es liegt in unserer Natur, dich für ein paar Jahrhunderte in die Zelle zu stecken.«

Sie zwinkerte dem Officer zu, der den Zwerg verhaftet hatte. »Gut, dass Sie so wachsam sind.«

Der Elf errötete und bückte sich, um seine Brieftasche und Dienstmarke aufzuheben.

Holly schlich sich an Roots Büro vorbei. Hoffentlich schaffte sie es bis in ihre Kabine, bevor …

»SHORT! HIERHER, ABER SOFORT!«

Holly seufzte. Es war also mal wieder so weit.

Sie klemmte sich den Helm unter den Arm, strich ihre Uniform glatt und betrat Commander Roots Büro.

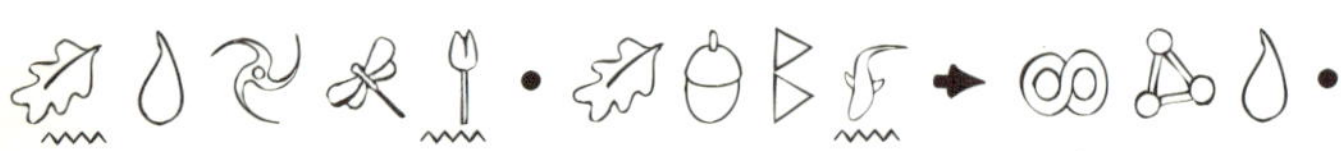

Roots Gesicht war nahezu lilafarben vor Zorn. Da dies mehr oder weniger sein Normalzustand war, hatten sie ihm den Spitznamen »Rotkohl« verpasst. Es gab eine Bürowette, wie lange es wohl noch dauern würde, bis sein Herz explodierte. Die ganz Gewieften gaben ihm noch ein halbes Jahrhundert. Im Höchstfall.

Commander Root klopfte auf den Mondmeter an seinem Handgelenk. »Nun?«, dröhnte er. »Nennen Sie das vielleicht pünktlich?«

Holly spürte, wie auch ihr die Röte ins Gesicht stieg. Sie war höchstens eine Minute zu spät. Es gab mindestens ein Dutzend Officer, die noch nicht zur Schicht erschienen waren. Aber Root stürzte sich bei jedem geringsten Anlass auf sie.

»Da war ein Stau«, murmelte sie lahm. »In der Hauptröhre waren vier Spuren gesperrt.«

»Verschonen Sie mich mit Ihren albernen Ausreden!«, bellte der Commander. »Sie wissen doch, was im Zentrum los ist! Stehen Sie ein paar Minuten eher auf!«

Es stimmte, sie kannte Haven in- und auswendig. Holly Short war eine waschechte Stadtelfe. Seit die Menschenwesen begonnen hatten, mit Bohrungen nach Bodenschätzen herumzuexperimentieren, waren immer mehr Unterirdische aus ihren Burgen unterhalb der Erdoberfläche in die Tiefe und Sicherheit von Haven City geflüchtet. Die Hauptstadt war überfüllt und die öffentlichen Verkehrsmittel überlastet. Mittlerweile gab es sogar schon welche, die die Fußgängerzonen wieder für Automobile öffnen wollten. Als ob die Luft im Zentrum nicht schon schlecht genug war, mit den ganzen Gnomen vom Land, die überall herumtrampelten.

Root hatte Recht. Sie sollte wirklich etwas früher aufstehen. Aber sie dachte nicht im Traum daran, solange nicht auch alle anderen dazu gezwungen wurden.

»Ich weiß, was Ihnen im Kopf herumgeht«, sagte Root. »Warum piesacke ich immer nur Sie? Warum kriegen die anderen Schnarchsäcke nicht auch mal was aufs Dach?«

Holly erwiderte nichts, aber ihre Miene verriet ihre Gedanken nur allzu deutlich.

»Soll ich Ihnen sagen, warum?«

Holly wagte ein Nicken.

»Weil Sie eine Frau sind.«

Hollys Hände ballten sich zu Fäusten. Hatte sie es doch gewusst!

»Aber nicht aus den Gründen, die Sie sich vorstellen«, fuhr Root fort. »Sie sind die erste Frau bei der Aufklärung. Die allererste. Sie sind ein Testfall. Die Bannerträgerin. Da draußen hocken eine Million Unterirdische und beobachten jede einzelne Bewegung von Ihnen. Eine Menge Hoffnungen sind in Sie gesetzt. Aber es gibt auch massig Vorurteile. Die Zukunft unseres Ordnungssystems liegt in Ihren Händen. Und im Moment würde ich sagen, sie ist ein bisschen zu schwer für Sie.«

Holly blinzelte. So hatte Root noch nie mit ihr gesprochen. Normalerweise hieß es nur »Helm aufsetzen«, »Haltung annehmen«, bla, bla, bla.

»Sie müssen Ihr Bestes geben, Short, und das heißt, mehr als alle anderen.« Root seufzte und lehnte sich in seinen Drehstuhl zurück. »Ich weiß nicht, Short. Seit dieser Hamburg-Geschichte …«

Holly zog eine Grimasse. Die Hamburg-Geschichte war ein absolutes Desaster gewesen. Einer der Missetäter unter ihrer Bewachung war an die Oberfläche entwischt und hatte versucht, bei den Oberirdischen Asyl zu bekommen. Root musste die Zeit anhalten, die Bergungseinheit zu Hilfe rufen und vier Erinnerungslöschungen vornehmen. Eine Menge vergeudete Einsatzzeit. Und alles ihre Schuld.

Der Commander nahm ein Formular von seinem Schreibtisch. »Es hilft nichts. Ich habe mich entschieden. Ich werde Sie zur Verkehrsüberwachung versetzen und mir Corporal Frond holen.«

»Frond?!«, explodierte Holly. »Diese hirnlose Puppe?! Die können Sie doch nicht als Testelfe nehmen!«

Roots rotes Gesicht färbte sich noch einen Ton dunkler. »Ich kann, und ich werde. Warum nicht? Sie haben entweder nie Ihr Bestes gegeben, oder Ihr Bestes ist eben nicht gut genug. Tut mir Leid, Short, Sie hatten Ihre Chance …«

Der Commander wandte sich wieder dem Papierkram zu. Die Besprechung war beendet. Holly rührte sich nicht. Sie war fassungslos. Sie hatte es vermasselt. Die beste Karrierechance, die sie je bekommen hatte, und sie hatte sie in den Sand gesetzt! Ein Fehler, und ihre Zukunft war Vergangenheit. Das war nicht fair. Holly spürte, wie ein ganz ungewohnter Zorn in ihr hochkochte, doch sie schluckte ihn wieder hinunter. Dies war nicht der passende Moment für einen Wutausbruch.

»Commander Root, Sir, verzeihen Sie, aber ich finde, ich habe noch eine Chance verdient.«

Root sah nicht einmal von seinen Papieren auf. »So? Und warum?«

Holly holte tief Luft. »Wegen meiner Leistungen, Sir. Sie sprechen für sich, abgesehen von der Hamburg-Sache. Zehn erfolgreiche Aufklärungseinsätze. Keine einzige Erinnerungslöschung und kein Zeitstopp, abgesehen von …«

»Der Hamburg-Sache«, vervollständigte Root.

Holly wagte sich vor. »Wenn ich keine Frau wäre, sondern einer von Ihren so hoch geschätzten Feenmännern, würden wir diese Diskussion gar nicht führen.«

Mit einem Ruck hob Root den Kopf. »Jetzt machen Sie aber mal halblang, Captain Short –«

Das Klingeln eines seiner Telefone unterbrach ihn. Dann begann ein zweites, dann ein drittes zu läuten. An der Wand hinter ihm erwachte knisternd ein riesiger Monitor.

Root hieb auf den Lautsprecherknopf und nahm mit der Konferenzschaltung alle Anrufe gleichzeitig entgegen. »Was ist los?«

»Wir haben einen Ausreißer.«

Root nickte. »Haben die Sucher ihn geortet?«

Sucher war der Insiderausdruck für die verborgenen Peilgeräte, die an die amerikanischen Kommunikationssatelliten angeschlossen waren.

»Ja«, bestätigte Anrufer Nummer Zwei. »Deutliches Signal aus Europa. Süditalien. Kein Sichtschild.«

Root fluchte. Ein Unterirdischer ohne Schild war für die Sterblichen sichtbar. Das ging ja noch, solange der Missetäter einigermaßen menschenähnlich war.

»Welcher Typus?«

»Schlechte Nachrichten, Commander«, sagte der dritte Anrufer. »Unser Ausreißer ist ein Troll.«

Root rieb sich die Augen. Warum musste so was immer während seiner Schicht passieren? Holly konnte seine Frustration gut verstehen. Trolle waren die bösartigsten Wesen der unterirdischen Tunnelwelt. Sie zogen durch das Labyrinth und stürzten sich auf alles, was ihnen über den Weg lief. In ihrem winzigen Hirn war kein Platz für Gesetze oder Selbstbeherrschung. Ab und zu verirrte sich einer in den Schacht eines Druckaufzugs. Meistens verbrannten sie in dem konzentrierten Luftstrom, doch manchmal überlebte einer und wurde an die Oberfläche katapultiert. Halb wahnsinnig vor Schmerz und geblendet vom winzigsten Lichtstrahl, hinterließen sie hinter sich eine Spur der Zerstörung.

Root schüttelte kurz den Kopf, riss sich jedoch zusammen. »Also gut, Captain Short. Sieht aus, als sollten Sie Ihre Chance bekommen. Ich nehme an, Sie sind voll aufgeladen?«

»Jawohl, Sir«, log Holly, der natürlich vollkommen klar war, dass Root sie augenblicklich vom Dienst suspendieren würde, wenn er wüsste, dass sie das Ritual vernachlässigt hatte.

»Gut. Dann lassen Sie sich durch einen Seitenschacht raufschießen und begeben Sie sich ins Zielgebiet.«

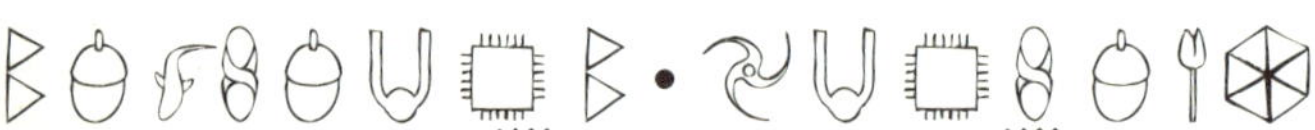

Holly warf einen Blick auf den Bildschirm. Die Sucher sendeten hoch auflösende Bilder von einer italienischen Festungsstadt. Ein roter Punkt bewegte sich in schnellem Tempo vom Umland auf die menschlichen Behausungen zu.

»Verschaffen Sie sich ein Bild von der Lage und berichten Sie. Aber versuchen Sie keinen Bergungseinsatz. Ist das klar?«

»Jawohl, Sir.«

»Im letzten Quartal haben wir sechs Männer bei Trollattacken verloren. Sechs Männer! Und das war hier in Erdland, auf vertrautem Gelände.«

»Verstehe, Sir.«

Root schürzte zweifelnd die Lippen. »Tatsächlich, Short? Sind Sie sicher?«

»Ich denke ja, Sir.«

»Haben Sie schon mal gesehen, was ein Troll mit jemandem aus Fleisch und Blut anstellen kann?«

»Nein, Sir. Nicht aus der Nähe.«

»Gut. Dann wollen wir heute nicht damit anfangen.«

»Sehr wohl, Sir.«

Root starrte sie düster an. »Ich weiß nicht, woran es liegt, Captain Short, aber jedes Mal, wenn Sie anfangen, mir zuzustimmen, werde ich nervös.«

Root hatte ganz Recht, nervös zu werden. Wenn er geahnt hätte, was dieser an sich vollkommen normale Aufklärungseinsatz nach sich ziehen würde, hätte er vermutlich augenblicklich seinen Hut genommen. In dieser Nacht würde Geschichte geschrieben. Und es war nicht die erhebende Art von Geschichte wie bei der Entdeckung der Radioaktivität oder dem ersten Mann auf dem Mond, sondern die finstere Art à la spanische Inquisition oder Absturz der Hindenburg. Finster für Menschen und Unterirdische. Finster für alle.

Holly begab sich direkt zur Schachtzentrale. Ihr sonst so munter plaudernder Mund war entschlossen zu einem grimmigen Strich verzogen. Eine Chance noch, mehr nicht. Sie würde es nicht zulassen, dass ihr irgendwas in die Quere kam.

Am Elevator Plaza stand die übliche endlos lange Schlange von Leuten, die auf ein Urlaubsvisum hofften, doch Holly schob sich mit gezückter Dienstmarke daran vorbei.

Ein aufmüpfiger Gnom verstellte ihr den Weg. »Wieso lassen sie euch ZUP-Leute eigentlich immer nach oben? Was ist denn an euch so Besonderes?«

Holly atmete tief durch. Immer schön höflich bleiben. »Eine dienstliche Angelegenheit, Sir. Wenn Sie mich jetzt bitte durchlassen würden.«

Der Gnom kratzte sich an seinem gewaltigen Hintern. »Ich hab gehört, ihr ZUP-Leute bastelt euch eure dienstlichen Angelegenheiten selber, nur um mal wieder einen Blick auf den Mond zu werfen. Sagt man sich so.«

Holly bemühte sich, ein amüsiertes Lächeln aufzusetzen, brachte jedoch nur eine säuerliche Grimasse zustande. »Wer immer Ihnen das erzählt hat, ist ein Idiot, Sir. Wir von der Aufklärung begeben uns nur in absoluten Notfällen an die Oberfläche.«

Der Gnom runzelte die Stirn. Offensichtlich hatte er das Gerücht selbst in die Welt gesetzt und fragte sich nun, ob Holly ihn womöglich gerade als Idiot bezeichnet hatte. Doch ehe er zu einem Schluss gekommen war, war Holly bereits durch die Schwingtür verschwunden.

Foaly erwartete sie in der Kommandozentrale. Er war ein Zentaur mit Verfolgungswahn, der davon überzeugt war, dass sämtliche menschlichen Geheimdienste sein Transport- und Beobachtungsnetz überwachten. Um sie daran zu hindern, seine Gedanken zu lesen, trug er ständig eine Kappe aus Stanniolpapier.

Abrupt blickte er auf, als Holly durch die Schleusentür trat. »Hat dich jemand reinkommen sehen?«

Holly überlegte einen Moment. »Ja, das FBI, die CIA, die NSA, die DEA und das MI6. Ach ja, und die GPB.«

Foaly runzelte die Stirn. »Die GPB?«

»Gesamte Polizeibelegschaft«, erklärte Holly grinsend.

Foaly erhob sich von seinem Drehstuhl und klapperte zu ihr hinüber. »Sehr witzig, Holly. Wirklich zum Schreien. Ich dachte eigentlich, die Hamburg-Geschichte hätte deinem Übermut einen Dämpfer verpasst. An deiner Stelle würde ich mich lieber auf den Auftrag konzentrieren, den du vor dir hast.«

Holly riss sich zusammen. Er hatte Recht. »Okay, Foaly. Dann leg mal los.«

Der Zentaur zeigte auf einen großen Plasmabildschirm, auf dem ein Livebild vom Eurosat zu sehen war. »Der rote Punkt ist der Troll. Er bewegt sich auf Martina Franca zu, eine Festungsstadt in der Nähe von Brindisi. Wir vermuten, dass er versehentlich in Schacht E7 geraten ist. Der war gerade in der Kühlphase nach einem Abschuss, sonst wäre der Troll inzwischen gut durchgegrillt.«

Holly zog eine Grimasse. Hübsche Vorstellung.

»Zum Glück hat unser Objekt unterwegs ein Picknick gemacht. Er hat sich ein paar Kühe zum Frühstück genehmigt, dadurch haben wir ein bisschen Zeit gewonnen, ein oder zwei Stunden.«

»Ein paar Kühe?«, rief Holly aus. »Wie groß ist denn der Kerl?«

Foaly rückte seine Stanniolkappe gerade. »Ein voll ausgewachsenes Trollmännchen. Einhundertachtzig Kilo, mit Stoßzähnen wie ein Wildschwein. So ein richtig wildes Wildschwein.«

Holly schluckte. Auf einmal war sie heilfroh, dass sie bei der Aufklärung und nicht bei der Bergung war. »Na schön. Was hast du für mich?«

Foaly trabte zum Ausrüstungsregal und nahm etwas herunter, das wie eine rechteckige Armbanduhr aussah. »Ein Ortungsgerät. Du findest ihn, wir finden dich. Das Übliche.«

»Was ist mit Video?«

Der Zentaur befestigte einen kleinen Zylinder an der entsprechenden Mulde in Hollys Helm. »Liveschaltung. Nuklearbatterien. Unbegrenzte Sendedauer. Das Mikro ist stimmgesteuert.«

»Gut«, sagte Holly. »Root meinte, ich sollte diesmal eine Waffe mitnehmen. Nur für den Notfall.«

»Schon gebongt«, erwiderte Foaly. Er nahm eine Platinpistole aus dem Regal. »Eine Neutrino 2000. Das neueste Modell. Die haben selbst die Tunnelbanden noch nicht. Drei Einstellungen: angeschmort, gut durch und komplett verkohlt. Ebenfalls nuklearbetrieben, also nicht kaputt zu kriegen. Das Schätzchen überlebt dich um tausend Jahre.«

Holly schob die leichtgewichtige Waffe in ihr Schulterhalfter. »Dann bin ich bereit. Glaube ich.«

Foaly gluckste. »Das bezweifle ich. Niemand ist je wirklich bereit für einen Troll.«

»Reizend, wie du mein Selbstvertrauen aufbaust.«

»Selbstvertrauen ist nichts anderes als Unwissenheit«, warnte der Zentaur. »Wenn man sich stark fühlt, dann nur, weil es etwas gibt, das man nicht weiß.«

Holly wollte ihm widersprechen, ließ es dann jedoch bleiben. Vielleicht weil sie die ungute Ahnung hatte, dass Foaly Recht haben könnte.

Die Druckaufzüge wurden mithilfe von Magmasäulen betrieben, die vom Erdinnern aufstiegen. Die Technikleute von der ZUP hatten unter Foalys Anleitung eiförmige Titankapseln gebaut, in denen man sich auf den Strömen forttragen lassen konnte. Sie waren auch mit eigenen Motoren ausgestattet, doch für einen Expressaufstieg an die Oberfläche gab es nichts Besseres als die Schubkraft einer kräftigen Glutwoge.

Foaly führte sie an einer langen Reihe von Startrampen zu Schacht E7. Die Kapsel, die dort in ihrer Halterung saß, sah nicht unbedingt so aus, als ob sie dazu geeignet wäre, auf Magmaströmen entlangzuschießen. Ihre Unterseite war verkohlt und von fliegenden Gesteinsbrocken zerbeult.

Der Zentaur tätschelte zärtlich eine der Stoßstangen. »Das Schätzchen hier ist seit fünfzig Jahren im Dienst. Das älteste Modell in der Schachtzentrale.«

Holly schluckte. Der Abschuss machte sie so schon nervös genug, und dann noch ein Oldtimer! »Und wann wird es in den Ruhestand geschickt?«

Foaly kratzte sich den behaarten Bauch. »Bei der augenblicklichen Finanzlage wohl erst, wenn einer dabei draufgeht.«

Holly wuchtete die schwere Tür auf. Die Gummiabdichtung gab ein Zischen von sich. Die Kapsel war alles andere als komfortabel. Zwischen dem ganzen Elektronikkram war kaum noch Platz für den Fahrersitz.

»Was ist denn das?«, fragte Holly und deutete auf einen gräulichen Fleck auf der Kopfstütze.

Foaly scharrte unbehaglich mit den Hufen. »Ähm... Gehirnflüssigkeit, glaube ich. Beim letzten Einsatz hatten wir ein Leck in der Druckkammer. Aber das ist repariert. Und der Officer lebt noch. Leichte Verluste beim IQ, aber er ist munter und kann schon wieder flüssige Nahrung zu sich nehmen.«

»Na, da bin ich ja beruhigt«, scherzte Holly tapfer und tastete sich durch das Kabelgewirr ins Innere.

Foaly schnallte sie im Sitz fest und prüfte sorgfältig die Gurte. »Alles klar?«

Holly nickte.

Foaly klopfte gegen ihr Helmmikro. »Lass mal von dir hören«, sagte er und schob die Tür hinter sich zu.

Bloß nicht daran denken, sagte sich Holly. Nicht an die glühend heiße Magmaflut, die dich und diese winzige Kugel verschlingen wird. Nicht daran, dass du mit einer Geschwindigkeit von Mach 2 Richtung Oberfläche gewirbelt wirst, dass du dir vorkommst, als hätte man dich auf links gedreht. Und vor allem nicht an den blutrünstigen

Troll, der nur darauf wartet, dich mit seinen Stoßzähnen aufzuschlitzen. Nicht daran denken, hörst du? ... Zu spät.

In ihrem Ohr erklang Foalys Stimme. »Noch zwanzig Sekunden«, sagte er. »Wir haben umgeschaltet auf einen Geheimkanal, für den Fall, dass die Oberirdischen inzwischen auch schon den Untergrund abhören. Man kann nie wissen. Einmal hat ein Öltanker aus dem Mittleren Osten eine Nachricht von uns mitbekommen. Mann, da war vielleicht was los!«

Holly aktivierte ihr Helmmikro. »Reiß dich zusammen, Foaly. Mein Leben liegt in deiner Hand.«

»Oh ... äh, tut mir Leid. Wir schicken dich jetzt über die Schienen in den Hauptschacht von E7, da ist jeden Moment ein Ausbruch fällig. Der dürfte dich die ersten paar hundert Kilometer mitnehmen, danach bist du auf dich selbst gestellt.«

Holly nickte und schloss die Finger um die beiden Steuerknüppel.

»Alles startklar? Dann werfe ich die Karre jetzt an.«

Mit einem lauten Zischen zündete der Motor der Kapsel. Das kleine Gefährt ruckelte in seiner Halterung, dass Holly hin und her geschüttelt wurde wie eine Kugel in einer Rassel. Foalys Stimme, dicht an ihrem Ohr, war kaum noch zu verstehen.

»Du bist jetzt im Zuleitungsschacht. Mach dich flugbereit, Holly.«

Sie nahm das Gummistück vom Schaltbrett und schob es sich zwischen die Zähne. Ein Funkgerät nützte einem nicht viel, wenn man sich die Zunge abgebissen hatte. Sie schaltete die Außenkameras und den Bildschirm ein.

Der Eingang von E7 kam im Kriechtempo auf sie zu. Die Luft flirrte im Licht der Rampe, und weiß glühende Funken flogen durch den Zuleitungsschacht. Holly konnte das Dröhnen zwar nicht hören, aber sie konnte es sich vorstellen. Ein fauchendes Röhren, das einem das Blut in den Adern gefrieren ließ, wie das Geheul von hunderttausend Trollen.

Ihre Finger umklammerten die Steuerknüppel fester. An der Einmündung kam die Kapsel bebend zum Halten. Über und unter ihr erstreckte sich der Schacht. Riesig. Endlos. Sie kam sich vor wie eine Ameise in einem Abwasserkanal.

»Okay«, ertönte unter Knistern Foalys Stimme, »pass auf, dass dein Frühstück unten bleibt. Achterbahn ist nichts dagegen.«

Holly nickte. Mit dem Gummistück zwischen den Zähnen konnte sie nicht sprechen. Aber der Zentaur konnte sie ja sowieso über die Videoanlage sehen.

»*Sayonara*, Süße«, sagte Foaly und drückte auf den Knopf.

Die Halterung der Kapsel neigte sich und schob Holly in den Abgrund. Ihr Magen krampfte sich zusammen, als die Erdanziehungskraft sie erfasste und Richtung Erdmitte zog. Die Abteilung für Seismologie hatte dort Tausende von Sensoren angebracht und konnte mit 99,8prozentiger Genauigkeit Magmaausbrüche vorhersagen. Aber da waren immer noch die restlichen nullkommazwei Prozent …

Der Fall schien eine Ewigkeit zu dauern. Doch gerade als Holly sich bereits auf dem Schrotthaufen liegen sah, spürte sie es. Dieses unvergessliche Vibrieren. Das Gefühl, dass außerhalb ihrer winzigen Sphäre die ganze Welt zerbarst. Es war so weit.

»Flossen ausfahren«, zischte sie um das Gummistück herum.

Holly wusste nicht, ob Foaly geantwortet hatte; sie konnte ihn nicht mehr hören. Sie hörte selbst ihre eigene Stimme nicht mehr, aber auf dem Bildschirm sah sie, wie die Steuerungsflossen ausgefahren wurden.

Die Woge packte sie wie ein Orkan und wirbelte die Kapsel um sich selbst, bis die Flossen griffen. Halb geschmolzene Felsbrocken knallten gegen die Unterseite ihres Gefährts und drückten es auf die Schachtwände zu, doch Holly fing die Stöße mithilfe der Steuerknüppel auf.

Die Hitze in der engen Kapsel war mörderisch, zu groß für einen Menschen, doch Elfenlungen sind aus härterem Material gemacht. Die Beschleunigung zerrte mit unsichtbaren Händen an Hollys Körper und dehnte ihre Haut an Armen und Gesicht. Sie blinzelte sich den salzigen Schweiß aus den Augen und konzentrierte sich auf den Monitor. Die Woge hatte die Kapsel völlig umschlossen, und sie war verdammt groß. Mindestens Stärke sieben, locker fünfhundert Meter im Durchmesser. Orange loderndes Magma wirbelte fauchend um sie herum und schien nach einer Schwachstelle in der Metallverkleidung zu suchen.

Die Kapsel stöhnte und krachte, als würden die fünfzig Jahre alten Nieten jeden Moment herausfliegen. Holly schüttelte den Kopf. Sobald sie zurück wäre, würde sie Foaly einen saftigen Tritt in seinen zottigen Hintern versetzen. Sie kam sich vor wie eine Nuss zwischen den Mahlzähnen eines Gnoms. Verloren.

Eine Bugplatte gab nach, beulte sich nach innen, als hätte eine Riesenfaust hineingeschlagen. Die Druckanzeige begann zu blinken. Holly spürte, wie ihr Kopf zusammengepresst wurde. Die Augen wären als Erstes dran – sie würden zerplatzen wie reife Beeren.

Sie sah auf die Zeitanzeige. Noch zwanzig Sekunden, bis sie aus der Woge heraus war und sich von der Thermik tragen lassen konnte. Es kam ihr vor wie eine Ewigkeit. Holly verriegelte den Helm, um ihre Augen zu schützen, und ließ die letzte Felsbrockenattacke über sich ergehen.

Dann war sie plötzlich durch und glitt auf den vergleichsweise sanften Heißluftspiralen nach oben. Holly schaltete ihr Zusatztriebwerk ein, um den Aufstieg zu beschleunigen. Für gemütliches Paragliding war jetzt keine Zeit.

Über sich erblickte sie die kreisförmig angeordneten Neonleuchten der Andockstation. Holly vollführte eine horizontale Drehung, bis die Haltebolzen genau auf die Lichter zeigten. Das verlangte Fingerspitzengefühl. Schon viele Aufklärungspiloten hatten es zwar bis hierhin geschafft, dann jedoch die Station nicht getroffen und wertvolle Zeit verloren. Aber nicht Holly. Sie war ein Naturtalent, die Beste in der Militärakademie.

Sie gab noch ein letztes Mal Gas und ließ sich dann die letzten hundert Meter gleiten. Mit den Steuerrudern an der Unterseite lenkte sie die Kapsel durch den Lichterkreis und in die Halterung auf der Landerampe. Die Bolzen drehten sich und rasteten in die dafür vorgesehenen Ausbuchtungen ein. Geschafft.

Holly schlug sich auf die Brust, um die Sicherheitshalterung zu lösen. Sobald die Tür entriegelt war, strömte süße oberirdische Luft in die Kabine. Nichts war so schön wie der erste Atemzug nach einem Schachtflug. Sie atmete tief durch, um die abgestandene Kapselluft aus ihren Lungen zu vertreiben. Wie hatte das Erdvolk nur die Oberfläche verlassen können? Manchmal wünschte sie, ihre Vorfahren wären geblieben und hätten die Sache mit den Oberirdischen ausgefochten. Doch die waren einfach zu zahlreich. Im Gegensatz zu den Unterirdischen, die nur alle zwanzig Jahre ein Kind bekommen konnten, vermehrten sich die Menschenwesen wie die Ratten. Gegen diese Massen war selbst die Magie machtlos.

Obwohl sie die Nachtluft genoss, nahm sie Spuren von Luftverschmutzung wahr. Die Oberirdischen zerstörten alles, was sie in die Finger bekamen. Und dann ihre Behausungen! Große, protzige Kästen mit Räumen für alles Mögliche – zum Schlafen, zum Essen und sogar ein Extraraum, um auf die Toilette zu gehen! Drinnen! Holly schüttelte sich. Was für eine ekelhafte Vorstellung. Das einzig Gute daran war doch gerade, dass die Mineralien der Erde zurückgegeben wurden, aber die Oberirdischen hatten es geschafft, selbst das zu verpfuschen, indem sie ihre »Abwässer« mit einer blauen, chemischen Flüssigkeit vermischten. Wenn ihr vor hundert Jahren jemand gesagt hätte, dass die Menschen eines Tages sogar aus dem Dünger die Nährstoffe herausziehen würden, hätte sie ihn für verrückt erklärt.

Holly nahm ein Paar Flügel aus ihrer Halterung, zwei Ovale mit einem klobigen Motor. Sie stöhnte. Dragonflys! Sie hasste dieses Modell. Benzinbetrieben, und schwerer als der Hintern eines Gnoms. Die Hummingbird Z7, *das* waren Flügel! Flüsterleise und mit via Satellit geladener Solarbatterie – damit konnte man zweimal um die Welt fliegen. Aber dafür war im Etat mal wieder kein Geld.

Das Ortungsgerät an ihrem Handgelenk begann zu piepsen. Sie befand sich in Reichweite. Holly stieg aus der Kapsel und trat auf die Landerampe, die in einem getarnten Erdhaufen versteckt lag, allgemein bekannt als Feenhügel. In der Tat waren dies einst Befestigungsanlagen der Unterirdischen gewesen, in denen sie gewohnt hatten, bevor sie tiefer ins Erdinnere vertrieben worden waren. Jetzt gab es dort nicht mehr viel Technik, nur ein paar Beobachtungsmonitore und ein Selbstzerstörungssystem für den Fall, dass die Station entdeckt wurde.

Auf den Monitoren war nichts zu sehen – die Luft war rein. Die Luftschleuse war vom Ansturm des Trolls ein wenig verzogen, aber sonst schien alles noch zu funktionieren. Holly schnallte sich die Flügel um und trat hinaus ins Freie.

Der italienische Nachthimmel war sternenklar, und die Luft duftete nach Weintrauben und Oliven. Im hohen Gras zirpten Grillen, und Motten flatterten im Sternenlicht. Holly konnte sich ein Lächeln nicht verkneifen. Es war das Risiko wert, gar keine Frage.

Apropos Risiko: Das Piepsen des Ortungsgeräts war jetzt deutlich lauter. Der Troll war schon fast an der Stadtmauer! Sie konnte die Natur später noch genießen, sobald sie ihre Mission erfüllt hatte. Jetzt war Handeln angesagt.

Holly zog an der Starterschnur des Motors, die über ihre Schulter hing. Nichts. Sie fluchte leise vor sich hin. Jedes verzogene Blag in Haven City bekam Hummingbirds für seinen Abenteuerurlaub, aber die ZUP-Besatzung musste sich mit Billigflügeln herumärgern, die schon Schrott waren, wenn sie aus der Fabrik kamen. Sie zog erneut an der Schnur. Und noch einmal. Beim dritten Versuch sprang der Motor endlich knatternd an und spuckte eine stinkende Rauchfahne aus. Das wurde aber auch Zeit, knurrte sie und drehte das Gas voll auf. Die Flügel begannen zu schlagen, immer schneller, bis sie eine gleichmäßige Geschwindigkeit erreicht hatten und Captain Short, wenn auch nicht ohne Mühe, in die Nacht hinaustrugen.

Auch ohne das Ortungsgerät wäre es nicht schwierig gewesen, dem Troll zu folgen. Er hatte eine Spur der Zerstörung hinterlassen, breiter als die eines Tunnelbaggers. Holly folgte ihr im Tiefflug, mit kleinen Schlenkern um Nebelfetzen und Bäume. Die wahnsinnige Kreatur hatte eine Schneise quer durch einen Weinberg geschlagen, eine Steinmauer durchbrochen und einen Wachhund zitternd vor Angst unter einer Hecke zurückgelassen. Dann kam Holly zu den Kühen. Es war kein schöner Anblick – außer den Hufen und Hörnern war nicht mehr viel übrig geblieben.

Das Piepsen war noch lauter geworden, also kam sie ihm näher. Unter sich erblickte sie die Stadt, die sich an die Spitze eines Hügels schmiegte, umgeben von einer mittelalterlichen, zinnenbewehrten Mauer. In den meisten Fenstern brannte noch Licht. Zeit für ein wenig Magie.

Viele der magischen Kräfte, die den Unterirdischen zugeschrieben werden, sind nichts als Aberglaube. Doch sie verfügen in der Tat über ein paar besondere Fähigkeiten, unter anderem die Heilkunst, den *Blick* und ihren Sichtschild. Letzteres ist eigentlich eine Fehlbezeichnung. In Wirklichkeit vibrieren die Unterirdischen nur mit einer so hohen Frequenz auf und ab, dass sie nie lange genug auf einer Stelle bleiben, um gesehen zu werden. Menschen bemerken höchstens ein leichtes Flimmern in der Luft, wenn sie genau hinsehen, aber das tun sie meistens nicht. Und selbst wenn sie es bemerken, halten sie es für Verdunstungserscheinungen. Typisch Menschenwesen – erfinden eine komplizierte Erklärung für eine ganz normale Erscheinung.

Holly aktivierte ihren Sichtschild. Es kostete sie mehr Kraft als sonst, und sie spürte, wie ihr die Schweißperlen auf die Stirn traten. Ich sollte wirklich mal wieder das Ritual hinter mich bringen, dachte sie. Und zwar möglichst bald.

Ihre Gedanken wurden von einem merkwürdigen Dröhnen unterbrochen, das nicht zu der üblichen nächtlichen Geräuschkulisse passte. Holly änderte die Flügelstellung und ging tiefer, um sich das Ganze aus der Nähe anzusehen. Nur schauen, ermahnte sie sich. Das war ihr Job. Ein Officer der Aufklärung wurde durch den Schacht raufgejagt, um das Objekt zu lokalisieren, und dann machten sich die Jungs von der Bergung in einem gemütlichen Shuttle auf den Weg, um es aufzusammeln.

Der Troll war genau unter ihr und hämmerte gegen die äußere Stadtmauer, die unter seinen mächtigen Fäusten einzustürzen drohte. Holly schnappte entsetzt nach Luft. Der Kerl war das reinste Monster! Groß wie ein Elefant und zehnmal so gefährlich. Doch dieses spezielle Exemplar war mehr als gefährlich, es war wahnsinnig vor Angst.

»Aufklärung an Zentrale«, sagte sie in ihr Mikro. »Ausreißer gesichtet. Situation äußerst kritisch.«

Am anderen Ende der Funkleitung war Root höchstpersönlich. »Etwas genauer, Captain.«

Holly richtete ihre Videokamera auf den Troll. »Ausreißer durchbricht die Stadtmauer. Kontakt steht unmittelbar bevor. Wie weit ist die Bergungseinheit?«

»Geschätzte Ankunftszeit in frühestens fünf Minuten. Wir sind noch im Shuttle.«

Holly biss sich auf die Unterlippe. Root war mit im Shuttle? »Das ist zu spät, Commander. In zehn Sekunden fliegt hier die ganze Stadt in die Luft. Ich gehe hinein.«

»Nichts da, Holly, äh, Captain Short. Man hat Sie nicht dazu eingeladen. Sie kennen das Gesetz. Bleiben Sie, wo Sie sind.«

»Aber, Commander –«

Root unterbrach sie. »Nein! Kein Aber, Captain. Sie halten sich da raus. Das ist ein Befehl!«

Holly spürte ihren Herzschlag im ganzen Körper, und die Abgase des Motors benebelten ihr das Hirn. Was sollte sie tun? Was war jetzt wichtiger? Menschenleben oder Befehle?

In diesem Moment durchbrach der Troll die Mauer, und der Schrei eines Kindes gellte durch die Nacht. *»Aiuto!«*

Hilfe! Eine Einladung – wenn man den Begriff ein wenig dehnte.

»Tut mir Leid, Commander. Der Troll hat einen Lichtkoller, und dort drinnen sind Kinder.«

Sie sah Roots Gesicht förmlich vor sich, tief violett vor Wut, als er ins Mikro brüllte: »Das kostet Sie Ihre Streifen, Short! Ich schicke Sie für die nächsten hundert Jahre zur Putzkolonne!«

Doch es war zwecklos. Holly holte tief Luft und schoss hinter dem Troll her.

Mit einem eleganten Schwung duckte sie sich durch das Loch in der Mauer und landete in einem Restaurant. Einem voll besetzten Restaurant. Der Troll, der von der elektrischen Beleuchtung geblendet war, stand mit fuchtelnden Armen mitten im Raum.

Die Gäste waren verstummt. Sogar das Schreien des Kindes hatte aufgehört. Alles saß da und glotzte, die Köpfe mit komischen Partyhüten geschmückt. Kellner waren mitten in der Bewegung erstarrt, riesige Tabletts mit Pasta auf der ausgestreckten Hand. Italienische Knirpse hielten sich mit ihren pummeligen Patschhänden die Augen zu. So war es immer. Als Nächstes würde das Geschrei losbrechen.

Krachend fiel eine Weinflasche zu Boden. Der Bann war gebrochen. Dann tobte die Hölle los. Holly zuckte gequält: Trolle hassten Lärm beinahe ebenso sehr wie Licht.

Der Troll reckte seine massigen, behaarten Schultern und fuhr mit einem Unheil verkündenden *Schiiick* seine Krallen aus. Das klassische Verhalten eines Jägers: Die Bestie machte sich zum Angriff bereit.

Holly zog ihre Waffe und stellte sie auf Stufe 2. Sie durfte den Troll auf keinen Fall töten, jedenfalls nicht, um ein Menschenwesen zu retten. Aber sie konnte ihn außer Gefecht setzen, bis die Bergungseinheit eintraf.

Sie zielte auf die empfindliche Stelle am Schädelansatz und versetzte dem Troll eine saftige Ladung konzentrierter Ionenstrahlung. Die Bestie taumelte und stolperte ein paar Schritte vor. Dann wurde der Troll sehr wütend.

Mir kann nichts passieren, sagte sich Holly. Ich habe meinen Sichtschild. Keiner kann mich sehen. Für die Leute hier muss es so scheinen, als käme der pulsierende blaue Strahl aus dem Nichts.

Der Troll fuhr zu ihr herum, dass seine dreckstarrenden Zotteln durch die Luft flogen.

Keine Panik. Er kann mich nicht sehen.

Der Troll griff nach einem Tisch.

Ich bin unsichtbar. Vollkommen unsichtbar.

Er holte mit seinem wuchtigen Arm aus und schleuderte den Tisch in ihre Richtung.

Bin nur ein Flimmern in der Luft.

Der Tisch segelte genau auf ihren Kopf zu.

Holly wich aus – eine Sekunde zu spät. Der Tisch streifte ihr Flügelpaar und riss den Benzintank ab, der durch die Luft flog und seinen brennbaren Inhalt überall verspritzte.

Wie jeder weiß, sind italienische Restaurants voller Kerzen. Der Tank wirbelte genau in einen kunstvoll geschwungenen Leuchter, wo er in den Flammen explodierte wie ein tödliches Feuerwerk. Der größte Teil davon landete auf dem Troll – fast gleichzeitig mit Holly.

Der Troll konnte sie sehen, das war sonnenklar. Er packte sie und starrte sie aus zusammengekniffenen Augen durch das verhasste Licht an, das Gesicht zu einer Grimasse von Schmerz und Angst verzogen. Ihr Sichtschild funktionierte nicht. Ihre Magie war erschöpft.

Holly versuchte, sich aus seinem Griff zu winden, doch es war zwecklos. Die Finger der Kreatur waren so groß wie

Bananen, wenn auch keineswegs so weich. Im Gegenteil, sie pressten ihr mit erschreckender Leichtigkeit die Luft aus dem Brustkasten, und die nadelartigen Klauen bohrten sich in das verstärkte Material ihrer Uniform. Sobald sie durchstießen, wäre Feierabend.

Holly konnte keinen klaren Gedanken fassen. Das Restaurant war ein einziges Chaos. Der Troll malmte knirschend mit seinem gewaltigen Gebiss und versuchte, seine schmierigen Stoßzähne in ihren Helm zu bohren. Durch den Luftfilter konnte Holly seinen widerlichen Atem riechen, ebenso wie den Gestank von verbranntem Fell, denn das Feuer breitete sich auf dem Rücken des Trolls aus.

Die grüne Zunge der Bestie schabte über ihr Visier und hinterließ auf der unteren Hälfte eine Schleimspur. Das Visier! Natürlich – ihre einzige Chance! Vorsichtig tastete Holly mit der freien Hand nach den Kontrollschaltern ihres Helms. Die Tunnelscheinwerfer!

Sie drückte den versenkten Knopf, und achthundert Watt ungefilterten Lichts schossen aus den beiden Scheinwerfern oberhalb ihrer Augen.

Der Troll ließ sie los und taumelte mit einem markerschütternden Brüllen zurück. Dutzende von Gläsern und Flaschen zerbarsten. Es war zu viel für das arme Biest – erst der Ionenstrahl, dann das Feuer und nun auch noch die Scheinwerfer. Schock und Schmerz wanderten durch sein kleines Hirn und befahlen ihm abzuschalten. Der Troll gehorchte und kippte mit fast komisch anmutender Steifheit der Länge nach zu Boden. Holly rollte sich zur Seite, wich seinem messerscharfen Stoßzahn gerade noch aus.

Es herrschte absolute Stille, abgesehen vom Klirren der Glasscherben, dem Knistern des brennenden Fells und dem Aufatmen der Gäste. Mit weichen Knien stand Holly auf. Zahllose Augenpaare folgten ihr – menschliche Augenpaare. Sie war hundertprozentig sichtbar. Und diese Menschenwesen würden nicht lange friedlich bleiben. Das taten sie nie. Sie musste sie für eine Weile außer Gefecht setzen.

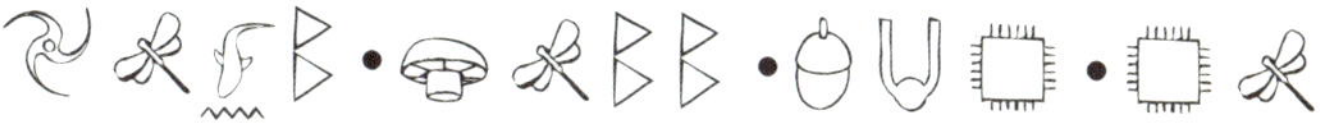

Sie hob die geöffneten Hände als Geste des Friedens. »*Scusatemi tutti*«, sagte sie so flüssig, als wäre Italienisch ihre Muttersprache.

Die Italiener murmelten nur erleichtert »keine Ursache«.

Holly griff langsam in ihre Tasche und nahm eine kleine Kugel heraus, die sie auf den Boden legte.

»*Guardate*«, sagte sie. Seht her.

Gehorsam beugten sich die Restaurantgäste vor, um die kleine silberne Kugel anzuschauen. Sie tickte, immer schneller, fast wie bei einem Countdown. Da drehte Holly der Kugel den Rücken zu. Drei, zwei, eins …

Wusch! Ein Blitz, dann versank alles um sie her in Bewusstlosigkeit. Nichts Schlimmes, nur garantiertes Kopfweh in etwa vierzig Minuten. Holly stieß einen Seufzer aus. Sie war in Sicherheit. Jedenfalls vorläufig. Sie lief zur Tür und schob den Riegel vor. Nun konnte niemand herein oder hinaus – es sei denn, durch das riesige Loch in der Wand. Dann besprühte sie den glimmenden Troll mit dem Feuerlöscher des Restaurants und hoffte, dass das eiskalte Pulver den ohnmächtigen Koloss nicht wieder belebte.

Holly betrachtete das Chaos, das sie verursacht hatte. Ein Bild der Verwüstung. Schlimmer als Hamburg. Root würde ihr bei lebendigem Leib das Fell über die Ohren ziehen. Da war ihr ein Troll fast lieber. Ihre Karriere war mit Sicherheit gelaufen, aber im Moment war ihr das ziemlich egal, so sehr taten ihr die Rippen weh, und höllische Kopfschmerzen ließen ihr fast den Schädel platzen. Vielleicht sollte sie sich einen Moment ausruhen, damit sie wieder halbwegs fit war, wenn die Bergungseinheit eintraf.

Holly machte sich nicht einmal die Mühe, nach einem freien Stuhl zu suchen. Sie ließ sich einfach dort, wo sie stand, auf den schachbrettartig gemusterten Linoleumboden sinken.

Aufzuwachen und als Erstes in Commander Roots wütendes, tiefrotes Gesicht zu blicken, war schlimmer als ein Albtraum. Als Holly benommen die Augen aufschlug, hatte sie allerdings einen winzigen Moment lang den Eindruck, in seinem Blick läge Besorgnis. Doch die war nur allzu bald verschwunden, und an ihre Stelle trat der gewohnte Adern schwellende Zorn.

»Captain Short!«, dröhnte er, ohne auf ihre Kopfschmerzen Rücksicht zu nehmen. »Was um alles in der Welt ist hier passiert?«

Zitternd stand Holly auf.

»Ich ... also ... Da war ...« Doch sie bekam einfach keinen Satz auf die Reihe.

»Sie haben gegen einen eindeutigen Befehl gehandelt. Ich hatte Ihnen befohlen, sich da rauszuhalten! Sie wissen doch, dass es verboten ist, ein Menschenhaus ohne Einladung zu betreten.«

Holly schüttelte den Kopf, um die schwarzen Punkte loszuwerden, die ihr vor den Augen tanzten. »Ich hatte eine Einladung. Ein Kind hat um Hilfe gerufen.«

»Das ist aber eine ziemlich wacklige Argumentation, Short.«

»Es gibt einen Präzedenzfall, Sir. Corporal Rowe gegen den Staat. Die Geschworenen befanden, dass der Hilferuf einer eingesperrten Frau als Einladung in das Haus angesehen werden kann. Außerdem sind Sie jetzt ja auch alle hier, also haben Sie die Einladung ebenfalls angenommen.«

»Hmm«, grummelte Root skeptisch. »Anscheinend haben Sie noch mal Glück gehabt. Es hätte schlimmer kommen können.«

Holly sah sich um. Noch schlimmer? Das Restaurant war mehr oder weniger ein Schutthaufen, und vierzig Menschenwesen lagen bewusstlos herum. Die Jungs von der Technik befestigten bereits Elektroden für die Erinnerungslöschung an den Schläfen der Gäste.

»Wir haben es geschafft, das Gebiet abzusperren, obwohl die halbe Stadt an die Türen hämmert.«

»Was ist mit dem Loch in der Wand?«

Root grinste. »Sehen Sie selbst.«

Holly wandte sich um. Jemand von der Bergung hatte eine der Steckdosen aufgestemmt und eine Leitung für ein Hologramm angeschlossen, mit der das Bild einer unbeschädigten Wand über das Loch projiziert wurde. Hologramme konnten in Notfällen ganz hilfreich sein, hielten aber einem prüfenden Blick nicht stand. Jeder, der die Wand genauer betrachtete, musste bemerken, dass der leicht transparent wirkende Abschnitt exakt genauso aussah wie der daneben. In diesem Fall gab es zwei identische spinnwebartige Risse und zwei Reproduktionen desselben Rembrandtgemäldes. Doch die Leute in der Pizzeria waren momentan nicht in der Lage, irgendwelche Wände zu vergleichen, und später, wenn sie aufwachten, würde die telekinetische Abteilung die Wand bereits repariert haben, und das gesamte paranormale Erlebnis würde aus ihrem Gedächtnis gelöscht sein.

Ein Officer der Bergungsmannschaft kam aus der Toilette gestürzt. »Commander!«

»Ja, Sergeant?«

»Da drin ist ein Mensch, Sir. Der Außer-Gefecht-Setzer hat ihn nicht erreicht. Er kommt, Sir. Jetzt, Sir!«

»Sichtschild!«, bellte Root. »Alle!«

Holly versuchte es. Sie gab sich wirklich Mühe. Aber es klappte nicht. Ihre Magie war verbraucht.

Ein kleiner Junge kam verschlafen aus der Toilette getapst. Er zeigte mit seinem pummeligen Finger direkt auf Holly. »*Ciao, fuletta*«, sagte er. Dann kletterte er auf den Schoß seines Vaters und schlief weiter.

Root flimmerte zurück ins sichtbare Spektrum. Er war – falls das überhaupt ging – noch wütender als zuvor. »Was ist mit Ihrem Sichtschild, Short?«

Holly schluckte. »Vielleicht der Stress, Commander«, erwiderte sie zaghaft.

Doch davon wollte Root nichts hören. »Sie haben mich angelogen, Captain. Sie sind kein bisschen magiegeladen, stimmt's?«

Holly schüttelte kleinlaut den Kopf.

»Wie lange ist es her, dass Sie das Ritual vollzogen haben?«

Holly kaute auf ihrer Unterlippe herum. »Nun ja ... ungefähr ... vier Jahre, Sir.«

Root wäre fast die Ader an der Schläfe geplatzt. »Vier Jahre? Das reinste Wunder, dass es Sie noch nicht erwischt hat! Sie erledigen das jetzt augenblicklich. Noch heute Nacht! Wagen Sie mir ja nicht, unter die Erde zu kommen, solange Sie nicht wieder die volle Ladung haben! Sie sind eine Gefahr für sich und Ihre Kollegen!«

»Sehr wohl, Sir.«

»Schnappen Sie sich ein Paar Hummingbirds vom Bergungskommando und zischen Sie rüber ins alte Land. Heute ist Vollmond.«

»Sehr wohl, Sir.«

»Und glauben Sie ja nicht, dass ich dieses Chaos einfach vergesse. Darüber reden wir, wenn Sie zurück sind.«

»Sehr wohl, Sir. Zu Befehl, Sir.«

Holly wandte sich zum Gehen, doch Root räusperte sich. »Ach, äh, Captain Short ...«

»Ja, Sir?«

Roots Gesicht hatte seine übliche purpurrote Farbe verloren, und er wirkte beinahe verlegen. »Gut gemacht, das hier mit der Rettungsaktion. Hätte übler ausgehen können, viel übler.«

Holly strahlte hinter ihrem Visier. Vielleicht würde er sie ja doch nicht aus der Aufklärungseinheit werfen. »Danke, Sir.«

Root gab ein Grunzen von sich, und das gewohnte Rot kehrte in seine Züge zurück. »Jetzt aber raus mit Ihnen, und kommen Sie mir ja nicht unter die Augen, ehe Sie nicht bis zu den Ohrenspitzen mit Magie aufgeladen sind!«

Holly seufzte. So viel zum Thema Dankbarkeit. »Jawohl, Sir. Schon unterwegs, Sir.«

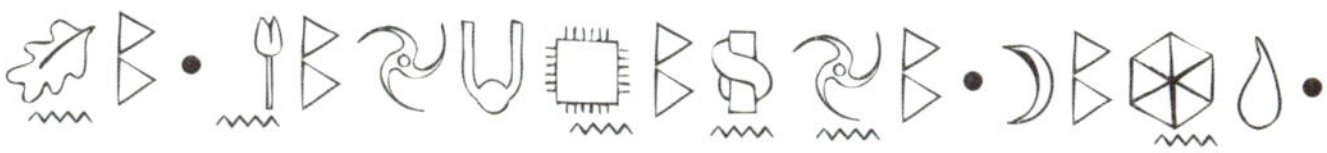

Kapitel 4

Entführung

Artemis' größtes Problem war das der Lokalisierung: Wie machte man einen Alraun ausfindig? Das war ein verdammt ausgefuchstes Elfenvölkchen – schwirrte schon seit Gott weiß wie vielen Jahrtausenden auf der Erde herum, aber es gab nicht ein einziges Foto, keinen einzigen Videoschnipsel. Nicht mal ein gefälschtes Bild à la Nessie. Sie waren ziemliche Einzelgänger, und alles andere als dumm. Niemand war je an das Gold der Unterirdischen herangekommen. Aber bisher hatte ja auch noch niemand das Buch in die Finger gekriegt.

Artemis hatte die Butler-Geschwister in sein Büro zitiert und sprach nun, hinter einem kleinen Pult stehend, zu ihnen. »Es gibt Rituale, die jeder Unterirdische absolvieren muss, um seine Magie zu erneuern«, erklärte er.

Butler und Juliet nickten, als sei dies eine normale Arbeitsinformation.

Artemis blätterte in der Übersetzung des Buchs und las einen Abschnitt daraus vor.

»Die Erde ist es, die Magie dir schenkt,
Sei dankbar, dass sie sie zu dir lenkt.
Den magischen Samen hol an der Stell,
Wo sich treffen Vollmond, alte Eiche und gewundener Quell.

Dann vergrabe ihn in einem fernen Erdenstück,
So gibst du dem Boden das Geschenk zurück.«

Dann klappte er den Ausdruck wieder zu. »Versteht ihr?«

Butler und Juliet nickten erneut, obwohl es unübersehbar war, dass sie rein gar nichts verstanden.

Artemis seufzte. »Die Alraunen sind, genau wie alle anderen Unterirdischen, an bestimmte Rituale gebunden. Ganz spezifische Rituale, um genau zu sein. Wir können sie dazu nutzen, einen von ihnen aufzuspüren.«

Obwohl sie vier Jahre älter war als Artemis, hob Juliet die Hand.

»Ja?«

»Na ja, Artemis, also, die Sache ist die …«, begann sie zögernd und wickelte sich dabei eine Strähne ihres blonden Haars auf eine Weise um den Finger, die die Jungs aus dem Ort unglaublich attraktiv fanden. »Ich meine, von wegen der Alraunen.«

Artemis runzelte die Stirn. Ein schlechtes Zeichen. »Könntest du bitte etwas genauer werden, Juliet?«

»Na ja, Alraunen. Ich meine, die gibt's doch gar nicht.«

Butler zuckte zusammen. Es war seine Schuld. Er hatte es nicht über sich gebracht, seine Schwester über die Einzelheiten der Mission aufzuklären.

Artemis warf ihm einen vorwurfsvollen Blick zu. »Hat Butler nicht mit dir darüber gesprochen?«

»Nein. Hätte er es tun sollen?«

»Allerdings. Aber vielleicht dachte er, du würdest ihn auslachen.«

Butler wand sich. Genau so war es gewesen. Juliet war der einzige Mensch auf der Welt, der ihn mit beschämender Regelmäßigkeit auslachte. Die meisten anderen Leute taten es nur einmal. Ein einziges Mal.

Artemis räusperte sich. »Nehmen wir einfach mal an, dass es die Unterirdischen tatsächlich gibt und ich kein durchgeknallter Schwachkopf bin.«

Butler nickte kleinlaut, doch Juliet wirkte nicht sehr überzeugt.

»Gut. Wie ich bereits sagte, müssen die Unterirdischen ein besonderes Ritual durchführen, um ihre magischen Kräfte zu erneuern. So, wie ich den Text verstehe, müssen sie den Samen einer alten Eiche sammeln, die an einer Flussbiegung steht. Und zwar in einer Vollmondnacht.«

Allmählich ging Butler ein Licht auf. »Das Einzige, was wir also tun müssen, ist …«

»Diese Punkte mithilfe der Wettersatelliten zu checken, was ich bereits getan habe. Ob ihr's glaubt oder nicht, es sind nicht mehr viele alte Eichen übrig, wenn man ›alt‹ als mindestens hundert Jahre definiert. Wenn man dann noch die Flussbiegung dazu nimmt, bleiben in diesem Land exakt einhundertneunundzwanzig Orte übrig, die beobachtet werden müssen, natürlich bei Vollmond.«

Butler grinste. Überwachung! Jetzt sprach Master Artemis seine Sprache.

»Die Unterbringung unseres Gastes erfordert ein paar Vorbereitungen«, sagte Artemis und gab Juliet ein Blatt mit getippten Anweisungen. »Diese Dinge müssen im Keller verändert werden. Kümmere dich darum, Juliet. Und zwar exakt so, wie es da steht.«

»Geht klar, Arty.«

Artemis runzelte die Stirn, aber nur leicht. Aus Gründen, die ihm selbst nicht klar waren, störte es ihn nicht wirklich, wenn Juliet ihn mit dem Kosenamen anredete, den seine Mutter manchmal benutzte.

Butler kratzte sich nachdenklich am Kinn, was Artemis nicht entging.

»Eine Frage?«

»Nun ja, Artemis – diese Fee in Ho Chi Minh City …«

Artemis nickte. »Schon klar. Sie wollen wissen, warum wir nicht einfach sie entführt haben?«

»Ganz recht, Sir.«

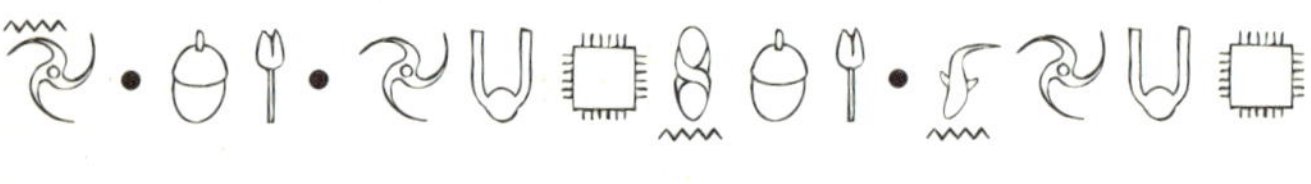

»In Chi Luns *Almanach des Erdvolkes*, einem Manuskript aus dem siebten Jahrhundert, das aus der untergegangenen Stadt Sh'shamo gerettet wurde, heißt es: Wenn ein Unterirdischer sich mit der Welt der Oberirdischen – das sind übrigens wir – verbündet hat, ist er für seine Brüder und Schwestern auf immer verloren. Daher war es höchst zweifelhaft, ob diese Fee auch nur eine Unze Gold wert war. Nein, mein alter Freund, wir brauchen frisches Blut. Alles klar?«

Butler nickte.

»Gut. Hier ist eine Liste mit Sachen, die wir für unsere nächtlichen Ausflüge benötigen.«

Butler überflog das Blatt: die übliche Feldausrüstung, darunter einiges, worüber man die Stirn runzeln könnte, aber nichts allzu Ungewöhnliches, bis auf… »Sonnenbrillen? In der Nacht?«

Wenn Artemis lächelte, wie er es jetzt tat, rechnete man beinahe damit, Vampirzähne aus seinem Oberkiefer wachsen zu sehen.

»Ja, Butler, Sonnenbrillen. Vertrauen Sie mir.«

Und das tat Butler. Bedingungslos.

Holly aktivierte die Heizdrähte in ihrem Overall und stieg auf viertausend Meter. Die Hummingbird-Flügel waren erste Sahne. Die Batterieanzeige wies vier rote Striche auf – mehr als genug für einen kleinen Ausflug über das europäische Festland und die Britischen Inseln. In den Vorschriften stand zwar, dass man sich, sofern möglich, stets über dem Wasser halten sollte, doch Holly konnte der Versuchung nie widerstehen, auf ihrem Weg den Schnee von der höchsten Alpenspitze zu kicken.

Obwohl der Anzug Holly vor dem schlimmsten Zugriff der Elemente schützte, spürte sie dennoch, wie ihr die Kälte in die Knochen drang. Aus der Höhe wirkte der Mond riesig, und die Krater an seiner Oberfläche waren deutlich zu erkennen. In dieser Nacht bildete er eine perfekte Kugel. Ein magischer Vollmond. Die Kollegen von der Einwanderungsbehörde würden alle Hände voll zu tun haben, da es Tausende von heimwehkranken Unterirdischen unwiderstehlich nach oben zog. Viele von ihnen würden es auch schaffen, an die Oberfläche zu gelangen, und in ihrer Mondtrunkenheit vermutlich ein ziemliches Chaos anrichten. Der Erdmantel war von zahllosen illegalen Tunneln durchzogen, und es war unmöglich, sie alle zu überwachen.

Holly folgte der italienischen Küste bis nach Monaco und dann über die Alpen nach Frankreich. Sie liebte das Fliegen, wie alle Unterirdischen. Dem Buch zufolge hatten sie einst sogar eigene Flügel gehabt, doch die Evolution hatte ihnen die Fähigkeit des Fliegens genommen. Allen außer den Feen. Eine Schule vertrat die Ansicht, dass das Erdvolk von fliegenden Dinosauriern abstammte, vermutlich vom Pterodactylus. Der Skelettbau des Oberkörpers stimmte zum großen Teil überein. Diese Theorie würde zumindest die kleinen Knochenauswüchse an den Schulterblättern erklären.

Holly spielte mit dem Gedanken, einen Abstecher zum Disneyland Paris zu machen. Die ZUP hatte dort ein paar Undercover-Leute stationiert, die meisten davon in der Schneewittchen-Welt. Das war einer der wenigen Orte auf der Erde, wo Unterirdische nicht weiter auffielen. Doch falls ein Tourist ein Foto von ihr machte und es im Internet landete, würde Root sie augenblicklich feuern. Mit einem Seufzer des Bedauerns flog sie über die bunten Kaskaden des Feuerwerks unter ihr hinweg.

Sobald sie über dem Ärmelkanal angekommen war, ging Holly auf Tiefflug und tanzte über den schaumgekrönten Wellen dahin. Sie rief die Delfine, und diese tauchten auf und sprangen aus dem Wasser, um sie zu begrüßen. Sie konnte sehen, wie die Umweltverschmutzung ihnen zusetzte: Ihre Haut war weiß gebleicht und ihr Rücken übersät mit roten Ekzemen. Holly lächelte ihnen zu, obwohl ihr fast das Herz brach. Die Oberirdischen hatten eine Menge zu verantworten.

Schließlich tauchte die Küste vor ihr auf – das alte Land. Éiriú, das Land, in dem die Zeit begann. Der magischste Ort auf dem ganzen Planeten. Hier hatte vor zehntausend Jahren die alte Elfenrasse, die Dé Danann, gegen den Dämon Fomorians gekämpft und mit der Kraft ihrer magischen Strahlen den Giant's Causeway in den Stein geschnitten. Hier stand auch der Lia Fáil, der Fels, der das Zentrum des Universums markierte und auf dem die Könige der Unterirdischen und später die menschlichen Ard Rí gekrönt worden waren. Und hier war dummerweise auch der Ort, wo die Oberirdischen noch am stärksten ein Gespür für das Magische hatten, was dazu führte, dass in diesem Land die Sichtungsrate von Unterirdischen wesentlich höher war als irgendwo sonst. Zum Glück hielt der Rest der Welt die Iren für verrückt, eine Theorie, die zu widerlegen die Iren selbst nicht das Geringste unternahmen. Irgendwie waren sie auf die Idee gekommen, dass jeder Unterirdische stets einen Topf voller Gold mit sich herumschleppte, wohin er auch ging. Es stimmte zwar, dass die ZUP wegen des hohen Risikos ihrer Officer über gewisse Rücklagen für den Notfall verfügte, doch bisher hatte noch kein Menschenwesen auch nur einen Krümel davon in die Finger bekommen. Was die Iren jedoch nicht davon abhielt, in der Hoffnung auf einen unterirdischen Glückstreffer um jeden Regenbogen herumzustreichen, der sich am Himmel zeigte.

Doch trotz allem waren die Iren die Menschen, zu denen sich das Erdvolk noch am ehesten hingezogen fühlte. Vielleicht lag es an ihrer exzentrischen Art, vielleicht auch an ihrem Sinn für Spaß – *craic*, wie sie es nannten. Und falls das Erdvolk tatsächlich mit den Menschen verwandt war, wie eine andere Theorie behauptete, dann war die Wahrscheinlichkeit groß, dass alles auf der Grünen Insel begonnen hatte.

Holly rief auf ihrem Ortungsgerät eine Karte auf und startete das Suchprogramm für Quellen der Magie. Der beste Punkt wäre natürlich Tara, in der Nähe des Lia Fáil, aber in einer Nacht wie dieser tanzten vermutlich sämtliche heimwehkranken Unterirdischen mit Oberflächenvisum um die heilige Stätte, also machte sie am besten einen Bogen darum.

Es gab noch einen weiteren Ort gleich in der Nähe, nur ein kurzes Stück von der Küste im Südosten entfernt. Aus der Luft problemlos zu erreichen, aber entlegen und unwirtlich für erdgebundene Menschenwesen. Holly nahm das Gas zurück und ging hinunter auf achtzig Meter. Sie überflog einen schimmernden Nadelwald, bis sie zu einer mondbeschienenen Wiese kam. Das silberne Band eines Bachs zerteilte das Gras, und dort, wo das Wasser eine schwungvolle Biegung machte, stand die stolze Eiche.

Holly checkte ihr Ortungsgerät auf irgendwelche Lebewesen. Nachdem sie die Kuh zwei Felder weiter als ungefährlich eingestuft hatte, drosselte sie den Motor und landete am Fuß des mächtigen Baums.

Vier Monate Überwachung. Selbst Butler, der erfahrene Profi, begann die langen, feuchten Nächte und die Insektenstiche zu fürchten. Zum Glück war nicht jede Nacht Vollmond.

Es war jedes Mal dasselbe. Sie hockten absolut lautlos in ihrem engen Versteck aus spezialbeschichteter Folie, und Butler überprüfte in regelmäßigen Abständen die Ausrüstung, während Artemis, ohne auch nur einmal zu blinzeln, durch die Linse des Fernrohrs starrte. In Momenten wie diesen erschien ihm die Natur geradezu erdrückend. Butler sehnte sich danach, vor sich hin zu pfeifen, zu plaudern oder irgendetwas anderes zu tun, um die unnatürliche Stille zu durchbrechen, doch Artemis war vollkommen konzentriert und würde ihm keine Störung oder Ablenkung durchgehen lassen. Geschäft war Geschäft.

In dieser Nacht waren sie im Südosten, auf dem bisher unzugänglichsten Posten. Butler hatte dreimal zum Jeep zurückgehen müssen, um die Ausrüstung über einen Zauntritt, durch einen Sumpf und über zwei Felder zu schleppen. Seine Stiefel und die Hose waren ruiniert. Und nun hockte er auch noch in diesem Versteck, wo er sich auf dem schlammigen Boden einen nassen Hintern holte. Artemis hingegen hatte es irgendwie fertig gebracht, nicht einen einzigen Fleck abzukriegen.

Das Versteck war eine geniale Erfindung, und verschiedene Seiten – zumeist Vertreter des Militärs – hatten bereits Interesse am Patent bekundet, doch Artemis hatte sich entschlossen, die Rechte an einen multinationalen Konzern für Sportausrüstungen zu verkaufen. Das Versteck bestand aus einer elastischen Polymerfolie auf einem vielseitig verstellbaren Gerüst aus Fiberglas. Die Spezialfolie, die ähnlich beschaffen war wie eine bei der NASA gebräuchliche, schloss die Wärme im Innenraum ein und sorgte dafür, dass die in Tarnfarben gehaltene Außenseite kühl blieb. Auf diese Weise bemerkten Tiere, die auf Wärmestrahlung reagierten, nichts von seiner Existenz. Dank der zahllosen Scharniere war das Gerüst nahezu beliebig formbar, so dass es jeden Hohlraum ausfüllen konnte, in den man es stellte. Ein perfekter, jederzeit verfügbarer Schutz und Beobachtungsposten – man legte den Beutel mit dem Klettverschluss einfach in eine Grube und zog an der Reißleine.

Doch alle Genialität der Welt konnte die Atmosphäre nicht auflockern. Irgendetwas machte Artemis zu schaffen, das sah man deutlich an dem Netz aus vorzeitigen Fältchen um seine tiefblauen Augen.

Nach den ersten Nächten fruchtloser Überwachungstätigkeit fasste sich Butler schließlich ein Herz. »Artemis«, begann er zögernd, »ich weiß, dass es mir nicht zusteht, danach zu fragen, aber ich merke doch, dass etwas nicht in Ordnung ist. Und falls ich irgendetwas tun kann, um zu helfen …«

Artemis schwieg eine Weile, und während dieser Minuten zeigte er Butler sein wahres Gesicht, das Gesicht des ganz normalen Jungen, der Artemis hätte sein können.

»Es ist wegen meiner Mutter, Butler«, sagte er schließlich. »Ich frage mich allmählich, ob sie je wieder –«

In diesem Moment blinkte das rote Lämpchen des Bewegungsmelders auf.

Holly hängte die Flügel über einen niedrigen Ast und nahm den Helm ab, um ihren Ohren ein wenig Luft zu gönnen. Mit Elfenohren musste man vorsichtig sein – ein paar Stunden unter dem Helm, und sie begannen sich zu schuppen. Sie massierte die Spitzen ein wenig. Dank der regelmäßigen Feuchtigkeits-Spezialbehandlung war die Haut schön geschmeidig – im Gegensatz zu der ihrer männlichen Kollegen. Wenn die den Helm abnahmen, sah es aus, als hätte es angefangen zu schneien.

Holly hielt einen Moment inne, um die Aussicht zu bewundern. Irland war wirklich malerisch. Selbst die Oberirdischen hatten es nicht geschafft, das kaputtzumachen. Noch nicht. Wer wusste, was in ein- oder zweihundert Jahren sein würde. Wie eine silberne Schlange wand sich der Fluss vor ihr, und sein Wasser sprudelte zischend über das steinige Bett. Die kahlen Äste der Eiche über ihr knarzten im kühlen Wind.

An die Arbeit. Sie konnte noch die ganze Nacht Touristin spielen, aber zuerst musste sie ihre Aufgabe erledigen. Einen Samen, sie brauchte einen Samen. Holly bückte sich zum Boden und scharrte die vertrockneten Blätter und Zweige beiseite. Ihre Finger schlossen sich um eine glatte Eichel. Na bitte, so schwierig war das doch nicht, oder?, dachte sie. Jetzt brauchte sie die Eichel nur noch an einer anderen Stelle vergraben, dann würde die magische Kraft wieder in ihren Körper strömen.

Butler überprüfte das tragbare Radargerät und dämpfte die Lautstärke, damit das Piepsen sie nicht verriet. Der rote Arm wanderte mit quälender Langsamkeit über den Bildschirm. Doch dann blitzte plötzlich etwas auf – eine Gestalt neben dem Baum! Zu klein für einen Erwachsenen, die falschen Proportionen für ein Kind. Er gab Artemis ein Zeichen mit dem erhobenen Daumen: möglicherweise ein Treffer.

Artemis nickte und schob sich die verspiegelte Sonnenbrille auf die Nase. Butler folgte seinem Beispiel und klappte den Schutz vor der Linse des Infrarot-Zielfernrohrs an seiner Waffe auf. Dies war kein gewöhnliches Betäubungsgewehr. Es war speziell für einen kenianischen Elfenbeinjäger angefertigt worden und hatte die Reichweite und Schlagkraft einer Kalaschnikow. Butler hatte sie einem der Regierungsbeamten für ein Butterbrot abgekauft, nachdem der Wilderer hingerichtet worden war.

Mit geübter Lautlosigkeit schlichen sie hinaus in die Nacht. Die winzige Gestalt vor ihnen nahm ein Gerät von den Schultern und zog einen Integralhelm von ihrem eindeutig nicht menschlichen Kopf. Butler wand sich den Riemen des Gewehrs zweimal um das Handgelenk und drückte den Kolben gegen seine Schulter. Dann schaltete er das Zielfernrohr ein, und zwischen den Schulterblättern der Gestalt erschien ein roter Punkt. Als Artemis nickte, drückte sein Diener auf den Abzug.

Doch wie es der Zufall wollte, bückte sich die Gestalt genau in diesem Augenblick zum Boden hinunter.

Etwas Glitzerndes zischte über Hollys Kopf hinweg. Holly hatte genug Einsatzerfahrung, um zu begreifen, dass sie unter Beschuss stand, und rollte ihren zierlichen Elfenkörper augenblicklich zu einer Kugel zusammen, um möglichst wenig Zielfläche zu bieten.

Sie zog ihre Pistole und rollte sich in den Schatten des Baumstammes. Ihr Gehirn suchte hektisch nach einer Erklärung. Wer schoss auf sie, und warum?

Etwas stand neben dem Baum, ungefähr so groß wie ein Berg, aber wesentlich beweglicher.

»Netter Ballermann«, sagte die Gestalt grinsend und umschloss Hollys Schusshand mit einer Faust in der Größe eines Kohlkopfes.

Holly schaffte es in letzter Sekunde, ihre Finger loszuwinden, bevor sie zerbrochen wären wie trockene Spaghetti.

»Ich nehme nicht an, dass Sie sich freiwillig ergeben?«, fragte eine kalte Stimme hinter ihr.

Holly fuhr herum, die Arme in Kampfbereitschaft vor dem Körper.

»Nein«, seufzte der Junge theatralisch, »offensichtlich nicht.«

Holly setzte ihre mutigste Miene auf. »Bleib zurück, Menschenwesen. Du weißt nicht, mit wem du es zu tun hast.«

Der Junge lachte. »Ich glaube eher, verehrte Elfe, dass *Sie* nicht wissen, was Sache ist.«

Elfe? Er wusste, dass sie eine Elfe war! »Ich habe magische Kräfte, Menschenwesen. Und zwar genug, um dich und deinen Gorilla in Schweineкötel zu verwandeln.«

Der Junge trat einen Schritt näher. »Mutige Worte, Miss, aber gelogen. Wenn Sie, wie Sie behaupten, magische Kräfte besäßen, hätten Sie sie zweifellos längst eingesetzt. Nein, ich vermute, dass Sie das Ritual vernachlässigt haben und hierher gekommen sind, um Ihre Kräfte zu erneuern.«

Holly war sprachlos. Da stand ein Menschenjunge vor ihr und plauderte ganz locker über heilige Geheimnisse. Das war verheerend, die reinste Katastrophe! Es könnte das Ende von Generationen des Friedens bedeuten. Wenn die Menschenwesen begriffen hatten, dass es die Unterirdischen tatsächlich gab, war es nur noch eine Frage der Zeit, bis ein Krieg zwischen den Arten ausbrach. Sie musste etwas tun, und sie verfügte nur noch über eine einzige Waffe.

Der *Blick* ist die niedrigste Form der Magie, und man braucht dazu nur ein winziges Flackern magischer Kraft. Es gibt sogar ein paar Menschen, die ein gewisses Talent dazu haben. Auch der ausgelaugteste Unterirdische ist immer noch imstande, jedem beliebigen Menschenwesen vollkommen den Kopf zu verdrehen.

Holly sog den letzten Rest Magie aus ihrem Schädelansatz. »Menschenwesen«, intonierte sie mit tiefer, monotoner Stimme, »dein Wille ist mir untertan.«

Artemis lächelte im Schutz seiner verspiegelten Sonnenbrille. »Das bezweifle ich«, sagte er und nickte Butler kurz zu.

Holly spürte, wie der Pfeil das verstärkte Material ihres Overalls durchdrang und seine Ladung Curare und Succinylcholinchlorid in ihre Schulter pflanzte. Augenblicklich löste sich die Welt um sie herum in einen Haufen bunter Seifenblasen auf, und so sehr Holly sich auch bemühte, konnte sie nicht mehr als einen einzigen Gedanken festhalten. Und dieser Gedanke war: Woher wussten sie es? Er wirbelte wieder und wieder in ihrem Kopf herum, während sie ohnmächtig wurde. Woher wussten sie es? Woher wussten sie es? Woher wussten ...

Artemis sah den Schmerz in den Augen der Kreatur, als der Injektionspfeil in ihren Körper eindrang. Und einen Moment verspürte er Bedenken. Eine Frau. Damit hatte er nicht gerechnet. Eine Frau, wie Juliet oder seine Mutter. Doch der Augenblick ging vorüber, und er war wieder er selbst.

»Sauberer Schuss«, sagte er und beugte sich hinunter, um ihre Gefangene genauer zu betrachten. Eindeutig ein Mädchen. Und hübsch noch dazu. Auf eine spitze Weise.

»Sir?«

»Hmm?«

Butler deutete auf den Helm der Kreatur, der halb unter einem Laubhaufen verdeckt war. Von ihm ging ein leiser Summton aus.

Artemis hob das Ding an seinem Riemen hoch und suchte nach der Quelle des Geräuschs.

»Ah, da haben wir's ja.« Vorsichtig löste er die eingebaute Videokamera aus ihrer Halterung, sorgsam darauf bedacht, die Linse von sich weg zu halten. »Elfentechnologie – höchst beeindruckend«, murmelte er und zog die Batterie aus dem Gerät. Mit einem leisen Wimmern schaltete sich die Kamera ab. »Nuklearbetrieben, wenn ich mich nicht irre. Wir dürfen unsere Gegner nicht unterschätzen.«

Butler nickte und packte ihre Gefangene in einen großen Seesack. Noch etwas, das über zwei Felder, durch einen Sumpf und über einen Zauntritt geschleppt werden musste.

Kapitel 5

Verschollen

Commander Root nuckelte an einer besonders widerlichen Pilzzigarre. Mehrere Männer von der Bergungseinheit waren in dem Shuttle fast ohnmächtig geworden. Dagegen war sogar der Gestank des gefesselten Trolls vergleichsweise harmlos. Doch selbstverständlich sagte niemand etwas, denn ihr Boss war empfindlicher als ein entzündeter Pickel am Po.

Foaly allerdings genoss es, sich mit seinem Vorgesetzten anzulegen. »Ihre stinkenden Glimmstängel bleiben draußen, Commander!«, wieherte er, sobald Root die Kommandozentrale betrat. »Computer mögen keinen Rauch!«

Root funkelte ihn grimmig an; er war sicher, dass Foaly sich das nur ausgedacht hatte. Doch da der Commander mitten in einem Notfall keinen Computercrash riskieren wollte, ertränkte er seine Zigarre in der Kaffeetasse eines vorbeikommenden Schrats.

»Also, Foaly, was ist das für ein so genannter Notfall? Und wehe, wenn es nicht wirklich wichtig ist!«

Die Fantasie des Zentauren neigte dazu, schon bei Kleinigkeiten mit ihm durchzugehen; einmal hatte er Alarmstufe zwei ausgelöst, weil die angezapften Satellitenstationen der Menschenwesen ausgefallen waren.

»Na, wenn Ihnen das hier nicht reicht ...«, entgegnete Foaly spöttisch.

Root spürte, wie sein Magengeschwür zu brennen begann. »Was ist los?«

Foaly holte Irland auf den Eurosat. »Wir haben den Kontakt zu Captain Short verloren.«

»Ich hab's doch geahnt«, stöhnte Root und vergrub das Gesicht in den Händen.

»Den ganzen Weg über die Alpen hatten wir sie noch.«

»Die Alpen? Sie hat den Landweg genommen?«

Foaly nickte. »Gegen die Vorschriften, ich weiß. Aber das tun doch alle.«

Widerwillig stimmte der Commander ihm zu. Wer konnte schon einem solchen Panorama widerstehen? Als junger Spund hatte er sich wegen genau desselben Vergehens einen Rüffel eingehandelt.

»Okay, weiter. Wann haben wir sie verloren?«

Foaly schaltete einen Videobildschirm ein. »Das ist der Film von Hollys Helmkamera. Hier sind wir über dem Disneyland von Paris ...« Der Zentaur schaltete auf Schnelllauf. »Dann kommt die Nummer mit den Delfinen, und da ist die irische Küste. Bis hierhin alles klar. Sehen Sie, jetzt kommt ihr Ortungsgerät in Sicht. Captain Short sucht nach Quellen von Magie. Eiche 57 leuchtet rot auf, also macht sie sich auf den Weg dorthin.«

»Warum nicht nach Tara?«

Foaly schnaubte. »Tara? Jede Hippieelfe der nördlichen Hemisphäre tanzt bei Vollmond um den Lia Fáil. Da sind so viele Sichtschilde in Betrieb, dass die ganze Gegend vermutlich aussieht, als stünde sie unter Wasser.«

»Schon gut«, knurrte Root mit zusammengebissenen Zähnen. »Weiter im Text, und zwar ein bisschen fix.«

»Bin dabei. Verknoten Sie sich mal nicht die Ohren vor Hast.« Foaly spulte ein Stück vor. »So, jetzt kommt der interessante Teil ... Saubere, weiche Landung. Holly hängt die Flügel auf und nimmt den Helm ab.«

»Das ist gegen die Vorschriften«, warf Root ein. »Bei oberirdischem Einsatz dürfen ZUP-Officer keinesfalls –«

»– ihren Schutzhelm abnehmen, es sei denn, besagter Schutzhelm ist defekt«, ergänzte Foaly. »Ja, Commander, wir wissen alle, was in den Vorschriften steht. Aber wollen Sie mir allen Ernstes erzählen, dass Sie sich nach stundenlangem Flug da oben noch nie den Wind um die Ohren haben blasen lassen?«

»Nein«, gab Root zu. »Was soll das eigentlich? Sind Sie Captain Shorts Schutzheiliger, oder was? Kommen Sie endlich zur Sache!«

Foaly grinste hinter vorgehaltener Hand. Roots Blutdruck nach oben zu treiben, war einer der wenigen Höhepunkte in seinem Beruf. Niemand außer ihm traute sich das. Alle anderen waren ja auch ersetzbar. Aber nicht Foaly. Er hatte das Computersystem von A bis Z aufgebaut, und wenn jemand anders auch nur versuchte, es zu starten, würde ein verborgener Virus das Ganze über ihren spitzen Ohren abstürzen lassen.

»Aber gern. Da haben wir's schon. Sehen Sie, Holly lässt plötzlich den Helm fallen. Offenbar landet er mit der Linse nach unten, denn das Bild ist weg. Aber wir haben ja noch den Ton. Ich spiele es Ihnen mal vor.«

Foaly schaltete den Ton lauter und filterte die Hintergrundgeräusche heraus. »Die Qualität ist nicht so gut, da das Mikro in der Kamera sitzt und somit ebenfalls im Dreck gelegen hat.«

»Netter Ballermann«, sagte eine Stimme. Eindeutig die eines Menschen. Und ziemlich tief, also war er vermutlich groß.

Root zog die eine Braue in die Höhe. »Ballermann?«

»Umgangssprachlich für Gewehr.«

»Oh.« Dann ging ihm die Bedeutung dieser schlichten Bemerkung auf. »Sie hat ihre Waffe gezogen!«

»Abwarten. Es kommt noch schlimmer.«

»Ich nehme nicht an, dass Sie sich freiwillig ergeben?«, sagte eine zweite Stimme. Allein bei ihrem Klang überlief den Commander ein kalter Schauer. »Nein«, fuhr die Stimme fort, »offensichtlich nicht.«

»Das gefällt mir nicht«, sagte Root. Sein Gesicht war ungewöhnlich blass. »Das riecht nach einer Falle. Diese beiden Kerle haben auf sie gewartet. Aber wie kann das sein?«

Dann drang Hollys Stimme aus dem Mikro, wie immer besonders frech im Angesicht der Gefahr. Der Commander stieß einen Seufzer aus; immerhin lebte sie. Das Ganze wurde jedoch noch übler, als die Beteiligten Drohungen aussprachen und klar wurde, dass das zweite Menschenwesen über eine ungewöhnliche Kenntnis der Welt der Unterirdischen verfügte.

»Er weiß über das Ritual Bescheid!«

»Das Schlimmste kommt noch.«

Root sackte die Kinnlade herunter. »Was könnte noch schlimmer sein?«

Wieder erklang Hollys Stimme, diesmal im tiefen Ton des *Blicks*.

»Jetzt hat sie sie«, jubelte Root.

Doch dem war offenbar nicht so. Der *Blick* verfehlte nicht nur seine Wirkung, sondern schien das mysteriöse Paar sogar zu erheitern.

»Das ist alles, was wir von Holly haben«, bemerkte Foaly. »Einer dieser Oberirdischen hat noch eine Weile an der Kamera herumgefummelt, und dann ist Funkstille.«

Root rieb sich über die Falten zwischen seinen Augen. »Das ist ja nicht gerade viel. Keine Bilder, kein Name. Wir können nicht mal hundertprozentig sicher sein, dass dies ein Notfall ist.«

»Sie wollen einen Beweis?«, fragte Foaly und spulte das Band zurück. »Den kann ich Ihnen geben.«

Er ließ das Video erneut laufen.

»Jetzt passen Sie genau auf. Ich schalte gleich runter auf Zeitlupe, ein Bild pro Sekunde.«

Root beugte sich so dicht über den Monitor, dass er die einzelnen Bildpunkte erkennen konnte.

»Captain Short landet. Sie nimmt ihren Helm ab. Bückt sich, vermutlich um eine Eichel aufzuheben, und … da!«

Foaly drückte auf Standbild. »Und, fällt Ihnen etwas auf?«

Der Commander spürte, wie sein Magengeschwür sich wieder meldete. Rechts oben in der Ecke war etwas aufgetaucht. Auf den ersten Blick sah es aus wie ein Lichtstrahl, aber woher kam er?

»Können Sie mir das vergrößern?«

»Kein Problem.«

Foaly markierte die entsprechende Stelle und vergrößerte sie um vierhundert Prozent, so dass der Lichtstrahl den ganzen Bildschirm ausfüllte.

»Oh nein«, stöhnte Root.

Was da auf dem Monitor in der Luft hing, war ein Injektionspfeil. Es gab nicht den geringsten Zweifel. Captain Holly Short war verschollen. Wahrscheinlich tot, zumindest aber die Gefangene einer feindlichen Macht.

»Funktioniert das Ortungsgerät noch?«

»Ja. Starkes Signal, sie bewegt sich mit etwa achtzig Stundenkilometern nordwärts.«

Root schwieg einen Moment, während er sich eine Strategie zurechtlegte. »Gehen Sie auf volle Alarmbereitschaft und holen Sie mir die Bergungseinheit wieder aus den Betten. Machen Sie alles für einen Abschuss an die Oberfläche bereit. Ich will die ganze Taktikmannschaft und ein paar von den Technikern. Sie auch, Foaly. Kann sein, dass wir bei der Aktion einen Zeitstopp machen müssen.«

»Verstanden, Commander. Wollen Sie die Aufklärung auch dabeihaben?«

Root nickte. »Darauf können Sie wetten.«

»Dann rufe ich Captain Vein. Er ist unsere Nummer eins.«

»Kommt gar nicht in Frage«, widersprach Root. »Für den Job brauchen wir den Besten, den wir haben, und das bin ich. Ich reaktiviere mich.«

Foaly war so verdutzt, dass ihm nicht einmal mehr ein flotter Spruch einfiel. »Sie … Sie …?«

»Ja, Foaly. Schauen Sie nicht so überrascht. Ich habe mehr erfolgreiche Aufklärungseinsätze auf dem Buckel als irgendein anderer Officer in der Geschichte. Außerdem habe ich meine Grundausbildung in Irland gemacht, damals in den guten alten Zeiten, als wir noch Zylinder und Holzknüppel trugen.«

»Ja, aber das ist fünfhundert Jahre her, und auch damals waren Sie nicht gerade ein junger Hüpfer, um es mal vorsichtig auszudrücken.«

Root lächelte gefährlich. »Keine Sorge, Foaly. Ich bin noch bis an die Ohrenspitzen aufgeladen. Und als Ausgleich für mein Alter schnappe ich mir die stärkste Waffe. Jetzt sehen Sie zu, dass Sie eine Kapsel startklar kriegen. Ich will mit der nächsten Glutwelle nach oben.«

Foaly befolgte seine Anweisungen ohne einen einzigen Kommentar. Wenn der Commander dieses Funkeln in den Augen hatte, machte man sich besser an die Arbeit und hielt die Klappe. Doch es gab noch einen weiteren Grund für Foalys schweigenden Gehorsam: Ihm war gerade aufgegangen, dass Holly möglicherweise ernsthaft in Schwierigkeiten war. Zentauren haben nicht viele Freunde, und Foaly hatte Angst, einen der wenigen, die er hatte, zu verlieren.

Artemis hatte durchaus mit einer gewissen technischen Überlegenheit gerechnet, aber nicht mit einem solchen Fundus von Elfentechnologie, wie er jetzt neben ihm auf dem Rücksitz des Jeeps ausgebreitet war.

»Beeindruckend«, murmelte er. »Selbst wenn wir unsere Mission hier abbrechen würden, könnten wir mit den Patenten noch ein Vermögen machen.«

Artemis fuhr mit einem Scanner über das Armband der bewusstlosen Elfe und speiste die Symbole in das Übersetzungsprogramm seines PowerBooks.

»Das ist eine Art Ortungsgerät. Zweifelsohne haben sich Freunde dieser Alraune bereits an unsere Fersen geheftet.«

Butler schluckte. »Jetzt schon?«

»Es sieht so aus. Oder zumindest verfolgen sie die Anzeige des Ortungsgeräts –«

Artemis brach plötzlich ab; ihm war eine zündende Idee gekommen. »Butler?«

Der Diener spürte, wie sein Herzschlag sich beschleunigte. Diesen Tonfall kannte er: Es lag etwas in der Luft.

»Ja, Artemis?«

»Dieser japanische Walfänger, den die Hafenbehörden geschnappt haben – liegt der noch in den Docks?«

Butler nickte. »Ja, ich glaube schon.«

Artemis wickelte das Armband des Ortungsgeräts um seinen Zeigefinger. »Gut. Fahren Sie uns dorthin. Ich denke, es ist an der Zeit, unseren kleinen Freunden klarzumachen, mit wem sie es zu tun haben.«

Root setzte seine eigene Reaktivierung mit bemerkenswerter Geschwindigkeit durch – höchst ungewöhnlich für die Chefetage der ZUP. Normalerweise dauerte es Monate und bedurfte mehrerer sterbenslangweiliger Sitzungen, bis irgendeine Bewerbung für die Aufklärungseinheit genehmigt wurde. Aber zum Glück hatte Root ja einen ganz besonders guten Draht zum Commander.

Es tat gut, mal wieder eine Einsatzuniform zu tragen, und Root schaffte es sogar sich einzureden, dass der Overall am Bauch nicht enger saß als früher; die Wölbung kam nur von dem ganzen Technikkram, den sie mittlerweile in die Dinger einbauten. Er selbst hielt nicht viel von diesem modischen Schnickschnack. Das Einzige, was den Commander interessierte, waren die Flügel auf seinem Rücken und der mehrstufige, wassergekühlte, dreiläufige Flammenwerfer an seiner Hüfte – die beste seriengefertigte Handfeuerwaffe unter der Erde. Steinalt natürlich, aber sie hatte Root treu durch ein Dutzend Feuergefechte begleitet und gab ihm das Gefühl, wieder richtig im Einsatz zu sein.

Der Schacht, der Hollys Position am nächsten lag, war E1, Tara. Nicht gerade der ideale Ort für eine geheime Mission, aber da ihnen nur noch zwei Mondstunden blieben, war keine Zeit mehr für eine oberirdische Spritztour. Wenn sie auch nur eine geringe Chance haben wollten, die Sache vor Sonnenaufgang zu regeln, musste es schnell gehen. Root beschlagnahmte für seine Mannschaft das Shuttle von Schacht E1, direkt vor der Nase einer Reisegruppe, die anscheinend bereits zwei Jahre darauf gewartet hatte.

»Pech gehabt«, knurrte Root die Reiseleiterin an. »Aber was soll's, ich ordne ohnehin an, dass sämtliche nicht lebensnotwendigen Flüge gestrichen werden, bis die augenblickliche Krise beendet ist.«

»Und wann soll das bitte sein?«, kreischte die aufgebrachte Gnomin und fuchtelte mit einem Laptop vor seiner Nase herum, als wollte sie damit eine Beschwerde einreichen.

Root spuckte seinen Zigarrenstummel aus und zerquetschte ihn bedächtig mit dem Absatz seines Stiefels. Die Symbolik darin war nicht zu übersehen. »Die Schächte werden wieder geöffnet, Madam, wenn ich es für richtig halte«, dröhnte der Commander. »Und wenn Sie und Ihre Neonuniform nicht augenblicklich aus meinem Blickfeld verschwinden, zerreiße ich Ihre Zulassung und lasse Sie wegen Behinderung eines ZUP-Officers hinter Gitter bringen.«

Die Reiseleiterin schrumpfte sichtlich und eilte zurück in die Schlange. Sie wünschte, ihre Uniform wäre nicht in so schrillem Pink gehalten.

Foaly wartete bereits neben der Kapsel, mit der Root dem Shuttle seiner Mannschaft vorausfliegen würde. So ernst die Lage auch war, konnte er sich ein amüsiertes Wiehern doch nicht verkneifen, als er sah, wie Roots Bauch in dem eng anliegenden Overall sanft auf und ab wabbelte.

»Sind Sie sicher, Commander? Normalerweise ist immer nur ein Passagier pro Kapsel erlaubt.«

»Wovon reden Sie?«, knurrte Root. »Außer mir ist doch …« Dann bemerkte er Foalys anzüglichen Blick auf seinen Bauch. »Oh. Ha ha. Sehr witzig! Reißen Sie sich

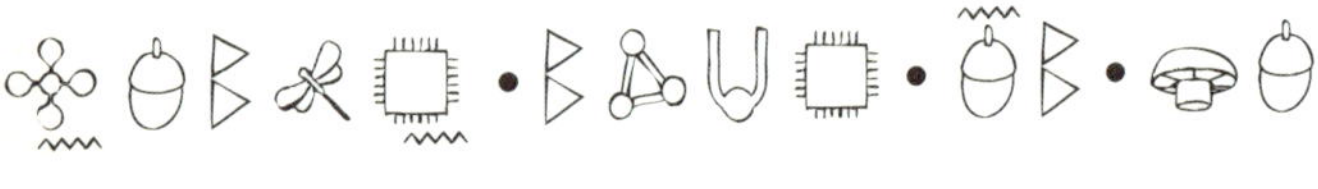

zusammen, Foaly. Seien Sie bloß vorsichtig, meine Geduld ist bald zu Ende.«

Doch es war eine leere Drohung, und das wussten sie beide. Foaly hatte nicht nur das gesamte Kommunikationsnetz aufgebaut, sondern war auch ein Pionier auf dem Gebiet der Magmawogenvorhersage. Wenn er nicht wäre, hätte die menschliche Technologie die der Unterirdischen schon längst eingeholt.

Root schnallte sich in seinem Sitz fest. Keine fünfzig Jahre alte Kapsel für den Commander – dieses Schätzchen kam frisch vom Fließband. Silbrig und glänzend, mit den neuen, gezackten Stabilisatorflossen, die sich automatisch der Magmaströmung anpassen sollten. Natürlich Foalys Erfindung. Etwa hundert Jahre lang war das Design seiner Kapseln stets futuristisch angehaucht gewesen, jede Menge Neon und Gummi. In letzter Zeit jedoch tendierte er mehr zum Retrolook und baute statt modischer Sperenzchen Armaturenbretter aus Walnussholz und Ledersitze ein. Root fand dieses altmodische Dekor seltsam tröstlich.

Als er seine Finger um die Steuerknüppel legte, ging ihm plötzlich auf, wie lange es her war, seit er das letzte Mal auf einer heißen Welle geritten war.

Foaly entging sein Unbehagen nicht.

»Keine Sorge, Chef«, sagte er ohne seinen sonstigen Spott. »Das ist wie Einhornreiten, man verlernt es nie.«

Root stieß ein skeptisches Grunzen aus. »Sehen Sie zu, dass Sie das Ding in Schwung kriegen«, grummelte er. »Bevor ich's mir anders überlege.«

Foaly wuchtete die Schiebetür zu, bis die Schleusensperre einrastete und den Eingang mit einem leisen Zischen verschloss. Durch die Quartzscheibe wirkte Roots Gesicht ein wenig grünlich. Er sah gar nicht mehr so Furcht erregend aus, eher im Gegenteil.

Artemis nahm eine kleine Notoperation an dem elfischen Ortungsgerät vor. Es war nicht leicht, einige der Einstellun-

gen zu ändern, ohne den gesamten Mechanismus zu zerstören. Die Technologien waren eindeutig nicht vereinbar; ihm kam es vor, als versuche er, mit einem Vorschlaghammer eine Operation am offenen Herzen durchzuführen.

Allein das verdammte Ding überhaupt zu öffnen, war ein Problem. Die Schraubenköpfe widersetzten sich sowohl Schlitz- als auch Kreuzschraubendrehern, und sogar Artemis' reichhaltiger Sammlung von Inbusschlüsseln gelang es nicht, in den winzigen Vertiefungen Halt zu finden. Denk futuristisch, ermahnte sich Artemis. Denk in Hightechdimensionen.

Er fand die Lösung nach ein paar Minuten stillen Nachdenkens: Magnetschrauben. Eigentlich logisch. Aber wie sollte er auf der Ladefläche eines Geländewagens ein kreisendes Magnetfeld konstruieren? Unmöglich. Das Einzige, was er tun konnte, war, die Schrauben mit einem ganz normalen Magneten rundlaufen zu lassen.

Artemis kramte den kleinen Magneten aus seiner Ecke im Werkzeugkasten und richtete versuchsweise die beiden Pole auf die winzigen Schrauben. Die negative Seite lockerte sich ein wenig, so dass Artemis sie mit einer Flachrundzange greifen konnte, und bald darauf lag die Platine des Ortungsgeräts offen vor ihm.

Die Platinenbestückung war winzig, und er sah keine Spur von Lötblei. Offenbar verwendeten sie eine andere Art von Leiter. Mit etwas mehr Zeit würde es ihm vielleicht gelingen, das Funktionsprinzip dieses Geräts herauszubekommen, aber so würde er improvisieren und auf die Unaufmerksamkeit der anderen hoffen müssen. Aber wenn die Unterirdischen den Menschen auch nur ein wenig ähnlich waren, würden sie nur sehen, was sie sehen wollten.

Artemis hielt das vordere Gehäuseteil des Ortungsgeräts gegen die Innenraumbeleuchtung. Es war durchscheinend. Leicht polarisierend, aber es würde reichen. Er schob ein Gewirr schimmernder Drähte beiseite und setzte eine Minikamera in die Lücke. Dann befestigte er den erbsengroßen

Sender mit einem Klecks Silikon. Primitiv, aber wirkungsvoll – hoffentlich.

Da die Magnetschrauben sich weigerten, ohne das korrekte Werkzeug in ihre Gewinde zurückzukehren, war Artemis gezwungen, sie ebenfalls festzukleben. Unschön, aber solange niemand genauer hinsah, würde es nicht auffallen. Und falls doch? Nun, dann verlor er nur einen Vorteil, mit dem er ohnehin nicht gerechnet hatte.

Butler schaltete die Scheinwerfer aus, als sie die Stadt erreichten. »Wir sind gleich bei den Docks, Artemis«, sagte er über die Schulter. »Hier läuft mit Sicherheit irgendwo ein Trupp von der Zollfahndung herum.«

Artemis nickte; das lag auf der Hand. Der Hafen war der Hauptumschlagplatz für illegale Waren. Über fünfzig Prozent des Schmuggelguts in Irland landete an diesem Küstenabschnitt, der nicht länger war als eine halbe Meile.

»Dann brauchen wir ein Ablenkungsmanöver, Butler. Zwei Minuten reichen.«

Der Diener nickte nachdenklich. »Das Übliche?«

»Ja, warum nicht. Gutes Training für Ihr Fingerspitzengefühl.«

Artemis blinzelte. Das war schon sein zweiter Scherz in letzter Zeit. Und diesmal hatte er ihn sogar laut geäußert. Er musste vorsichtig sein. Dies war nicht der richtige Moment für Frivolitäten.

Die Hafenarbeiter rollten sich Zigaretten. Was nicht einfach war mit Fingern, die so dick waren wie Eisenstangen, aber sie schafften es doch. Und was machte es schon, wenn ein paar braune Tabakkrümel auf das grobe Pflaster fielen? Man konnte das Zeug kistenweise bei einem kleinen Mann kaufen, der bei der Berechnung seiner Preise zuvorkommenderweise auf die staatlichen Steuern verzichtete.

Butler schlenderte auf die Männer zu, die Dienstmütze eines Wachmanns tief in die Stirn gezogen.

»Kalt heute Nacht, was?«, grüßte er das Grüppchen.

Niemand antwortete. Polizisten trieben sich in den merkwürdigsten Verkleidungen herum.

Doch der massige Fremde ließ nicht locker. »Bei der Kälte ist es sogar noch besser zu arbeiten als rumzustehen.«

Einer der Arbeiter, nicht gerade der Klügste, nickte unwillkürlich, woraufhin sein Kumpel ihm den Ellbogen in die Rippen rammte.

»Andererseits«, fuhr der Neuankömmling fort, »seht ihr Mädels nicht so aus, als ob ihr schon jemals richtig gearbeitet hättet.«

Noch immer antwortete niemand, diesmal jedoch, weil den Hafenarbeitern vor Überraschung der Mund offen stand.

»Mann, ihr seid vielleicht ein trauriger Haufen«, stichelte Butler munter weiter. »Während der Hungersnot wärt ihr ja noch als Männer durchgegangen, aber nach heutigen Maßstäben seid ihr nicht mehr als eine Bande Schlappschwänze in Overalls.«

»Arrrrgh«, stieß einer der Arbeiter aus; mehr brachte er nicht heraus.

Butler zog die eine Augenbraue hoch. »Argh? Kläglich. Und so unartikuliert. Eure Mütter müssen ja wirklich stolz auf euch sein.«

Der Fremde hatte eine heilige Grenze überschritten: Er hatte die Mütter der Männer erwähnt. Jetzt konnte ihn nichts mehr vor einer Schlägerei retten, nicht einmal die Tatsache, dass er offensichtlich ein Einfaltspinsel war – wenn auch einer mit einem erstaunlichen Wortschatz.

Die Männer traten ihre Zigaretten aus und bildeten langsam einen Halbkreis. Es waren sechs gegen einen. Sie konnten einem Leid tun.

Doch Butler war noch nicht fertig. »Oh, und bevor wir zur Sache kommen, meine Damen: kein Kratzen, kein Spucken und hinterher nicht zu Mami laufen und petzen.«

Das war zu viel. Die Männer stürzten sich unter lautem Geheul auf ihn. Wenn sie in dem kurzen Moment vor dem

Angriff ihren Gegner beobachtet hätten, wäre ihnen vielleicht aufgefallen, dass dieser sein Gewicht verlagerte, um seinen Schwerpunkt zu verschieben. Außerdem hätten sie möglicherweise bemerkt, dass die Hände, die er aus seinen Taschen zog, ungefähr die Form und Größe von Spaten hatten. Doch keiner von ihnen achtete auf Butler; sie waren viel zu sehr damit beschäftigt, nach ihren Kollegen zu schauen, um sich zu vergewissern, dass sie nicht allein auf den Gegner losgingen.

Das Dumme an einem Ablenkungsmanöver ist, dass es ablenken soll. Also muss es derb sein, auffällig. Und das war ganz und gar nicht Butlers Stil. Er hätte es vorgezogen, die Herren aus fünfhundert Meter Entfernung mit seinem Betäubungsgewehr außer Gefecht zu setzen. Und falls das nicht möglich war und Körperkontakt unvermeidlich, hätte er sich auf ein paar saubere Schläge in das Nervenzentrum am Halsansatz verlegt – schön leise und diskret. Doch das war nicht der Sinn der Übung.

Also tat Butler das Gegenteil dessen, was er gelernt hatte. Er brüllte wie ein Wahnsinniger und setzte die vulgärsten Kampftechniken ein. Sie waren vulgär, aber deshalb nicht weniger effektiv. Möglicherweise hätte ein Shaolin-Priester einige der etwas übertriebenen Bewegungen vorausahnen können, doch diese Männer waren alles andere als geübte Gegner. Um fair zu sein: Sie waren nicht einmal ganz nüchtern.

Den ersten legte Butler mit einem kräftigen Schwinger flach. Zwei weitere stieß er mit den Köpfen zusammen wie in einem Comic. Den vierten setzte Butler zu seiner maßlosen Beschämung mit einem Spinning Kick matt. Doch das Beste hob er sich für die letzten beiden auf. Der Diener rollte sich rückwärts ab, packte sie am Revers ihrer Wachsjacken und schleuderte sie in den Dubliner Hafen. Große Platscher, lautes Geheul – perfekt.

Aus dem schwarzen Schatten eines Frachtcontainers tauchte ein Scheinwerferpaar auf, und ein amtliches Fahrzeug kam kreischend über den Kai gerast. Die Zollfahndung, wie erwartet. Butler grinste mit grimmiger Befriedigung und machte sich aus dem Staub. Er war längst verschwunden, als die Beamten ihre Ausweise herauszogen und mit der Befragung begannen. Und die würde ohnehin nicht viel bringen. »Groß wie ein Gorilla« war wohl kaum eine ausreichende Beschreibung, um ihn aufzuspüren.

Als Butler wieder am Auto ankam, war Artemis bereits von seiner Mission zurück.

»Gut gemacht, alter Freund«, sagte er. »Obwohl Ihr *sensei* der Kampfkünste sich bestimmt im Grabe umdreht. Ein Spinning Kick – wie konnten Sie nur!«

Butler biss sich auf die Zunge und fuhr den Geländewagen rückwärts vom Steg. Als sie auf die Überführung abbogen, konnte er es sich nicht verkneifen, einen Blick auf das Chaos zu werfen, das er verursacht hatte. Die Regierungsbeamten zogen gerade einen klatschnassen Hafenarbeiter aus dem verschmutzten Wasser.

Artemis hatte dieses Ablenkungsmanöver gebraucht, aber Butler wusste, dass es zwecklos war zu fragen, wofür. Sein Herr teilte seine Pläne niemandem mit, solange er selbst es nicht für angebracht hielt. Und wenn Artemis Fowl es für angebracht hielt, dann war es das für gewöhnlich auch.

Root kletterte mit weichen Knien aus der Kapsel. Er konnte sich nicht erinnern, dass es zu seiner Zeit auch schon so gewesen war. Obwohl es, um ehrlich zu sein, vermutlich noch viel schlimmer gewesen war. Damals in den Holzknüppelzeiten gab es noch keine Polymergurte, keine automatischen Korrekturtriebwerke und schon gar keine externen Monitore. Man brauchte einfach Fingerspitzengefühl und einen Hauch Magie. In gewisser Weise war Root die alte Methode lieber. Der Fortschritt nahm allem den Zauber.

Er wankte durch den Tunnel zum Terminal. Als meistangeflogener Zielpunkt verfügte Tara über eine voll ausgestattete Wartehalle. Allein aus Haven City landeten hier sechs Shuttles pro Woche. Die ließen sich natürlich nicht von einer Magmawoge hochschießen. Zahlende Touristen hatten es nicht gern, so durchgeschüttelt zu werden, es sei denn, sie befanden sich auf einer illegalen Spritztour nach Disneyland.

Der Feenhügel quoll über vor Vollmondausflüglern, die sich über die ausgefallenen Shuttlestarts beschwerten. Eine gestresste Fee hockte hinter ihrem Abfertigungsschalter, belagert von wütenden Schraten.

»Ich kann doch nichts dafür«, jammerte die Fee. »Der da ist dafür verantwortlich.«

Mit ihrem zitternden grünen Finger zeigte sie auf den sich nähernden Commander. Die Schratmeute stürzte sich auf Root, hielt jedoch sofort inne, als sie den dreiläufigen Flammenwerfer an seiner Hüfte entdeckten.

Root schnappte sich das Mikro, das auf dem Schalter stand, und zerrte es so weit zu sich herüber, wie es das Kabel zuließ.

»Alle mal herhören«, bellte er, dass seine Donnerstimme durch das Terminal hallte. »Hier spricht Commander Root von der ZUP. Wir haben einen Notfall da draußen, und ich würde es begrüßen, wenn Sie Zivilisten uns nicht unnötig behindern würden. Als Erstes wäre ich Ihnen sehr verbunden, wenn Sie mit dem Gequassel aufhören würden, damit ich wieder einen klaren Gedanken fassen kann!«

Root legte eine Pause ein, um sicherzugehen, dass sein Wunsch respektiert wurde. Das wurde er. Umgehend.

»Zweitens möchte ich, dass jeder Einzelne von Ihnen, einschließlich aller quäkenden Kinder, sich auf die vorhandenen Bänke setzt, bis ich hier raus bin. Danach können Sie weiter nörgeln, sich voll stopfen oder was Zivilisten sonst so tun.«

Niemand hatte Root je einer politisch korrekten Ausdrucksweise verdächtigt, und dazu würde es wohl auch nicht mehr kommen.

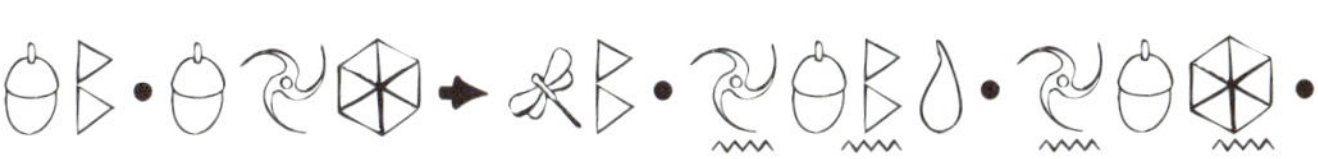

»Und ich will, dass der Typ, der hier zuständig ist, bei mir auftaucht, und zwar ein bisschen plötzlich!«

Root donnerte das Mikro zurück auf den Schalter, woraufhin der markerschütternde Piepton einer Rückkopplung sämtliche Trommelfelle zum Erbeben brachte. Innerhalb von Sekundenbruchteilen tauchte ein atemloser Elf-Kobold-Mischling an seiner Seite auf.

»Können wir Ihnen irgendwie helfen, Commander?«

Root nickte und schob sich eine dicke Zigarre zwischen die grimmig zusammengekniffenen Lippen. »Ich will, dass Sie mir einen Korridor durch den Laden hier freimachen, damit mir keiner vom Zoll oder von der Einwanderungsbehörde im Weg rumsteht. Und sobald meine Jungs hier sind, sehen Sie zu, dass Sie alle nach unten bringen.«

Der Shuttlehafenleiter schluckte. »Alle?«

»Ja. Einschließlich des Personals. Und nehmen Sie alles mit, was Sie tragen können. Komplette Evakuierung.« Er hielt inne und starrte dem Leiter direkt in die violetten Augen. »Das ist keine Übung.«

»Sie meinen –«

»Ja«, sagte Root und machte sich auf den Weg zur Ausgangsrampe. »Die Oberirdischen haben einen unverhohlen feindlichen Akt begangen. Wer weiß, wohin das führt.«

Der Elf-Kobold-Mischling sah Root nach, der in einer Wolke aus Zigarrenrauch verschwand. Ein unverhohlen feindlicher Akt? Das konnte Krieg bedeuten. Er nahm sein Handy heraus und wählte die Nummer seines Bankberaters.

»Bark? Hier ist Nimbus. Verkaufen Sie alle meine Anteile am Shuttlehafen. Ja, alle. Ich habe so ein Gefühl, dass der Kurs sehr bald in den Keller gehen wird.«

Captain Holly Short fühlte sich, als ob eine Saugschnecke ihr das Gehirn durchs Ohr herauszog. Sie versuchte zu begreifen, was diesen unerträglichen Schmerz verursacht haben konnte, doch ihr Erinnerungsvermögen war noch nicht wieder im Dienst. Liegen und atmen war alles, was sie momentan fertig brachte.

Vielleicht sollte sie es mal mit einem Wort versuchen. Etwas Kurzes, Treffendes. »Hilfe« wäre für den Anfang nicht schlecht. Zitternd holte sie Luft und öffnete den Mund.

»Mmlff«, quoll es über ihre Lippen, die sie im Stich ließen. Zwecklos. Unverständlicher als das Gesabbel eines betrunkenen Gnoms.

Was war eigentlich los? Sie lag flach auf dem Rücken, schlapp wie eine nasse Tunnelwurzel. Wie war es dazu gekommen? Holly versuchte sich zu konzentrieren, was den Schmerz beinahe unerträglich machte.

Der Troll? War es das? Hatte der Troll sie in dem Restaurant angefallen? Das würde einiges erklären. Nein. Da war noch irgendwas mit dem alten Land. Und dem Ritual. Und etwas drückte sie am Knöchel.

»Hallo?«

Eine Stimme. Nicht ihre eigene. Nicht einmal die eines Unterirdischen.

»Bist du wach?«

Eine von den europäischen Sprachen. Latein. Nein, Englisch. Sie war in England?

»Ich hab schon gedacht, der Pfeil hätte dich getötet. Die Innereien von Aliens sind anders als unsere, das weiß ich aus dem Fernsehen.«

Kauderwelsch. Innereien von Aliens? Wovon sprach dieses Wesen?

»Du siehst fit aus. Wie Maria Muchacho, das ist eine mexikanische Ringerin.«

Holly stöhnte. Ihre Sprachgabe schien sie ebenfalls im Stich zu lassen. Zeit, mal nachzusehen, mit was für einer Form von Wahnsinn sie es eigentlich zu tun hatte. Sie nahm alle Kraft zusammen, konzentrierte sie auf ihr Gesicht und öffnete mühsam ein Auge, das sie jedoch sofort wieder

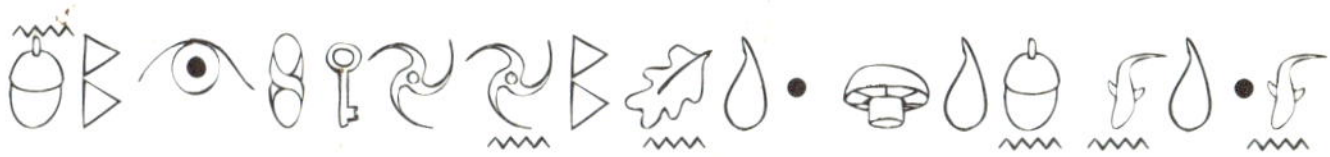

schloss. Etwas, das wie eine riesige blonde Fliege aussah, starrte auf sie herunter.

»Keine Angst«, sagte die Fliege. »Das ist bloß eine Sonnenbrille.«

Diesmal hob Holly beide Lider. Das Wesen klopfte sich auf eines der silbernen Augen. Nein, es war kein Auge, sondern ein Glas. Eine verspiegelte Linse. Genau wie bei den beiden anderen … Schlagartig kam die Erinnerung zurück, wie ein Zahlenschloss, das einrastet. Zwei Menschenwesen hatten sie während des Rituals entführt. Zwei Menschenwesen, die alarmierend gut über die Welt der Unterirdischen Bescheid wussten.

Erneut versuchte Holly zu sprechen. »Wo … Wo bin ich?«

Das Menschenmädchen kicherte begeistert und klatschte in die Hände, wobei Holly ihre Fingernägel auffielen, die lang und bemalt waren.

»Du sprichst ja Englisch! Was ist denn das für ein Akzent? Klingt wie eine Mischung aus allem Möglichen.«

Holly zog eine Grimasse. Die Stimme des Mädchens bohrte sich wie ein Korkenzieher in ihren schmerzenden Schädel. Sie hob ihren Arm. Kein Ortungsgerät.

»Wo sind meine Sachen?«

Das Mädchen wedelte mahnend mit dem Zeigefinger, als sei Holly ein unartiges Kind. »Artemis musste dir leider deine kleine Pistole und das andere Spielzeug wegnehmen. Sonst hättest du dir womöglich noch wehgetan.«

»Artemis?«

»Artemis Fowl. Er hat sich das Ganze ausgedacht. Er denkt sich *immer* alles aus.«

Holly runzelte die Stirn. *Artemis Fowl.* Aus irgendeinem Grund jagte ihr allein der Name einen Schauer über den Rücken. Ein böses Omen. Und sie hatte gelernt, ihrer Intuition zu vertrauen.

»Sie werden kommen und mich holen«, krächzte sie mit brennenden Lippen. »Ihr wisst ja gar nicht, was ihr getan habt.«

Das Mädchen krauste die Stirn. »Da hast du allerdings Recht. Ich habe keinen Schimmer, was das Ganze soll. Es ist also völlig zwecklos, mich auszufragen.«

Holly überlegte. Die Blonde auszutricksen, würde sie nicht weiterbringen. Ihre einzige Hoffnung war der *Blick*, und der prallte an verspiegelten Oberflächen ab. Woher zum Teufel wussten diese Menschenwesen das nur? Aber darüber konnte sie später noch nachdenken. Jetzt musste sie erst mal einen Weg finden, wie sie dieses hirnlose Mädchen dazu bringen konnte, die Sonnenbrille abzunehmen.

»Du bist ein hübsches Menschenwesen«, sagte sie mit honigsüßer Schmeichelstimme.

»Oh, danke schön, äh ...?«

»Holly.«

»Danke, Holly. Ich war sogar schon mal in der Zeitung. Ich habe einen Wettbewerb gewonnen, Miss Zuckerrübenfest 1999.«

»Das habe ich mir doch gleich gedacht. Eine richtige Schönheit. Deine Augen sind bestimmt sensationell.«

»Ja, das sagen alle.« Juliet nickte. »Wimpern wie Spiralfedern.«

Holly seufzte. »Ich würde sie ja zu gerne mal sehen.«

»Na klar, kein Problem.«

Juliets Finger legten sich um den Bügel der Sonnenbrille, doch dann zögerte sie. »Vielleicht sollte ich das besser nicht tun.«

»Warum denn nicht? Nur ganz kurz.«

»Ich weiß nicht. Artemis hat gesagt, ich darf sie auf keinen Fall abnehmen.«

»Das kriegt er doch gar nicht mit.«

Juliet deutete auf eine Videokamera, die an der Wand befestigt war. »Doch, ganz bestimmt. Artemis kriegt alles mit.« Sie beugte sich zu der Elfe hinunter. »Manchmal habe ich das Gefühl, er kann sogar in meinen Kopf hineinsehen.«

Holly runzelte die Stirn. Wieder hatte dieser Artemis ihr einen Strich durch die Rechnung gemacht. »Ach, komm schon, nur eine Sekunde. Was kann denn schon passieren?«

Juliet tat so, als dächte sie darüber nach. »Nichts, nehme ich an. Es sei denn, du hast vor, mich mit dem *Blick* schachmatt zu setzen. Für wie blöd hältst du mich eigentlich?«

»Ich weiß was Besseres«, sagte Holly, diesmal mit ernster Stimme. »Ich stehe einfach auf, schlage dich nieder und nehme dir diese dämliche Sonnenbrille ab.«

Juliet lachte amüsiert, als wäre dies das Komischste, was sie je gehört hatte. »Netter Scherz, kleine Elfe.«

»Ich meine es absolut ernst, Menschenwesen.«

»Nun, wenn du es ernst meinst«, seufzte Juliet und wischte sich mit ihrem schlanken Finger eine Lachträne aus dem Augenwinkel hinter der Brille, »dann erklär ich dir jetzt mal was. Erstens hat Artemis gesagt, dass du, solange du in einem Menschenhaus bist, tun musst, was wir wollen. Und ich will, dass du auf der Liege da bleibst.«

Holly schloss die Augen. Wieder ein Treffer. Woher bekam diese Bande nur ihre Informationen?

»Und zweitens«, Juliet lächelte erneut, diesmal jedoch mit einem gewissen Funkeln in den Augen, das an ihren Bruder erinnerte, »zweitens habe ich die gleiche Ausbildung wie Butler gemacht und kann es kaum erwarten, meinen Piledriver an jemandem auszuprobieren.«

Wir werden ja sehen, Menschenwesen, dachte Holly. Sie war noch nicht wieder voll einsatzfähig, und dann war da dieses lästige Piksen an ihrem Knöchel. Sie hatte so eine Ahnung, was sie da drückte, und wenn es stimmte, wäre dies ein erster Schritt zu einem Plan.

Commander Root hatte seinen Helmmonitor auf die Frequenz von Hollys Ortungsgerät eingestellt. Er brauchte länger als gedacht, um Dublin zu erreichen. Diese modernen Flügel waren komplizierter als die, die er kannte, und er hatte schon lange keinen Auffrischungskurs mehr gemacht. Wenn er in einer bestimmten Höhe flog, stimmte die leuchtende Karte, die auf seinem Visier eingeblendet war, beinahe exakt mit dem tatsächlichen Verlauf der Dubliner Straßen unter ihm überein. Beinahe.

»Foaly, Sie aufgeblasener Zentaur«, bellte er in sein Helmmikrofon.

»Gibt's ein Problem, Oberboss?«, tönte blechern die Antwort.

»Allerdings, Sie Pfeife! Wann haben Sie das letzte Mal die Daten für Dublin aktualisiert?«

Ein Schmatzen drang an Roots Ohr. Foaly verspeiste offenbar gerade sein Mittagessen.

»'tschuldigung, Commander, esse nur gerade den Rest Möhre auf. Ähm ... Dublin, mal sehen ... Fünfundsiebzig. Achtzehnfünfundsiebzig.«

»Dachte ich's mir doch! Die Stadt sieht vollkommen anders aus. Die Menschenwesen haben es sogar geschafft, die Küstenlinie zu verändern.«

Foaly schwieg einen Moment. Root sah förmlich vor sich, wie er über das Problem grübelte. Der Zentaur mochte es gar nicht, wenn man ihm sagte, dass ein Teil seines Systems nicht auf dem neuesten Stand war.

»Okay«, sagte er schließlich. »Ich weiß, was ich mache. Wir haben Verbindung zu einem geostationären Fernsehsatelliten, der Irland als Footprint hat.«

»Verstehe«, sagte Root, was mehr oder weniger gelogen war.

»Ich schicke die Daten von letzter Woche per E-Mail direkt an Ihr Visier. Zum Glück haben ja alle neuen Helme eine Videokarte.«

»Zum Glück«, spöttelte Root.

»Das Schwierige daran wird sein, Ihre Flugbewegungen mit der Videoeinspeisung in Übereinstimmung zu bringen ...«

Root hatte genug. »Wie lange wird das dauern, Foaly?«

»Äh ... Zwei Minuten, plus minus.«

»Plus minus was?«

»Ungefähr zehn Jahre, falls meine Berechnungen nicht stimmen.«

»Dann hoffe ich für Sie, dass sie stimmen. Ich flattere auf der Stelle, bis wir es wissen.«

Einhundertundvierundzwanzig Sekunden später wurde Roots Schwarzweißzeichnung abgelöst von einer vollfarbigen Tageslichtaufnahme. Sie bewegte sich, sobald Root sich bewegte, und mit ihr der Blinkpunkt von Hollys Ortungsgerät.

»Beeindruckend«, sagte Root.

»Wie war das, Commander?«

»Ich sagte beeindruckend«, bellte Root. »Kein Grund, sich aufzuplustern.«

Der Commander hörte vielstimmiges Gelächter und begriff, dass Foaly ihn auf Lautsprecher gestellt hatte. Alle hatten gehört, wie er dem Zentauren ein Kompliment über seine Arbeit gemacht hatte. Jetzt würde Foaly mindestens einen Monat lang die Nüstern hoch erhoben tragen, aber das war es wert. Das Video, das er jetzt vor sich sah, war topaktuell. Sollte Captain Short in einem Gebäude festgehalten werden, würde der Computer ihm augenblicklich 3D-Bilder sämtlicher Innenräume zeigen können. Es war idiotensicher. Obwohl …

»Foaly, das Signal wandert aufs Meer raus. Was hat das zu bedeuten?«

»Ein Boot oder Schiff, würde ich mal schätzen.«

Root hätte sich in den Hintern beißen können, weil er nicht selbst darauf gekommen war. Die da unten im Lagezentrum würden sich bestimmt kaputtlachen. Natürlich war es ein Schiff. Root ging ein paar hundert Meter tiefer, bis dessen dunkler Umriss sich im Dunst abzeichnete. Offenbar ein Walfänger. Auch wenn die Technologie sich im Lauf der letzten Jahrhunderte mächtig entwickelt hatte, ging doch immer noch nichts über eine gute alte Harpune, um das größte Säugetier der Welt zu erlegen.

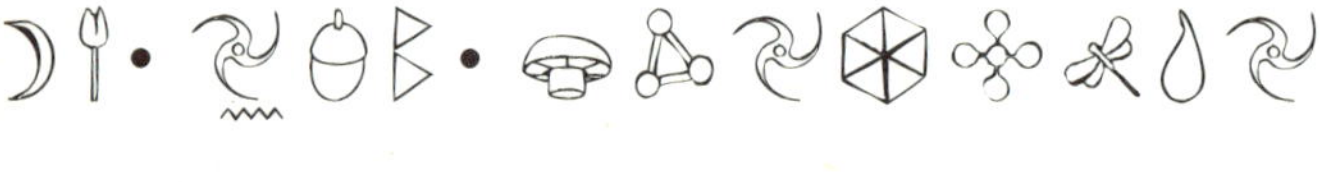

»Captain Short ist irgendwo da drinnen, Foaly. Unter Deck. Welche Daten können Sie mir geben?«

»Keine, Sir. Ist schließlich kein Gebäude. Und bis wir rausgekriegt haben, wo das Schiff registriert ist, ist es längst zu spät.«

»Was ist mit Thermobildern?«

»Keine Chance, Commander. Der Pott muss mindestens fünfzig Jahre alt sein. Sehr hoher Bleigehalt im Rumpf. Wir kommen nicht mal durch die oberste Schicht. Tut mir Leid, aber da sind Sie ganz auf sich gestellt.«

Root schüttelte den Kopf. »Und das nach all den Milliarden, die wir in Ihre Abteilung gesteckt haben. Erinnern Sie mich daran, dass ich Ihr Budget zusammenstreiche, sobald ich zurück bin.«

»Jawohl, Sir«, kam die Antwort, ausnahmsweise mürrisch. Wenn es um sein Budget ging, verstand Foaly keinen Spaß.

»Halten Sie die Bergungseinheit in höchster Alarmbereitschaft. Kann sein, dass ich sie hier dringend brauche.«

»Mache ich, Sir.«

»Das will ich hoffen. Over.«

Root war auf sich selbst gestellt, und wenn er ehrlich war, musste er zugeben, dass er sich so am wohlsten fühlte. Kein anmaßender Zentaur, der ihm ins Ohr wieherte. Nur ein Elf, seine Fähigkeiten und vielleicht ein Hauch Magie.

Root kippte seine Polymerflügel ab und flog unter einer Nebelbank hindurch. Er brauchte sich nicht vorzusehen; mit seinem Sichtschild war er für das menschliche Auge unsichtbar. Selbst auf einem Radarschirm würde er höchstens als kaum wahrnehmbare Verzerrung erscheinen. Der Commander tauchte hinunter zur Reling. Es war ein hässlicher Kasten. Das blutbeschmierte Deck verströmte einen Geruch nach Schmerz und Tod. Zahllose edle Kreaturen waren hier gestorben, waren geschlachtet und zerteilt worden für ein paar Stück Seife und ein bisschen Öl. Root schüttelte den Kopf. Was waren die Menschenwesen doch für Barbaren.

Hollys Signal blinkte jetzt heftiger. Sie war nah, sehr nah. Irgendwo innerhalb eines Radius von zweihundert Metern befand sich die hoffentlich noch lebendige Gestalt von Captain Holly Short. Doch da er keine Pläne hatte, würde er den Bauch des Schiffs auf eigene Faust erkunden müssen.

Root landete sanft auf dem Deck, wobei seine Stiefel leicht an der Mischung aus getrockneter Schmierseife und Tran kleben blieben, die die Stahloberfläche bedeckte. Das Schiff wirkte verlassen. Kein Wachposten an Deck, kein Bootsmann auf der Brücke, nirgendwo ein Licht. Doch das war kein Grund, übermütig zu werden. Root wusste aus bitterer Erfahrung, dass Menschenwesen aus dem Nichts auftauchten, wenn man am wenigsten mit ihnen rechnete. Einmal, als er den Jungs von der Bergung geholfen hatte, die Überreste einer Kapsel von einer Tunnelwand zu kratzen, waren sie von einer Gruppe Höhlenforscher entdeckt worden. Was für ein Desaster! Massenhysterie, Verfolgungsjagden und zahllose Erinnerungslöschungen – das volle Programm. Root erschauerte. Solche Nächte konnten einen Elf um Jahrzehnte altern lassen.

Bei voll aktiviertem Sichtschild klappte der Commander seine Flügel zusammen und erkundete das Deck zu Fuß. Auf seinem Monitor waren keine weiteren Lebensformen zu sehen, doch wie Foaly gesagt hatte, bestand der Rumpf zum größten Teil aus Blei, und sogar der Lack war auf Bleibasis hergestellt. Das ganze Schiff war eine schwimmende Umweltgefahr. Und davon abgesehen, konnte sich ein ganzes Bataillon Sturmtruppen unter Deck versteckt halten, ohne dass seine Helmkamera sie entdeckte. Sehr ermutigend. Selbst Hollys Signal drang nur gedämpft durch, obwohl die Impulse von einer Nuklearbatterie ausgesendet wurden. Das gefiel Root nicht. Ganz und gar nicht. Nur die Ruhe, ermahnte er sich. Du hast den Sichtschild. Kein einziges Menschenwesen kann dich jetzt sehen.

Root zog an der ersten Luke. Sie schwang problemlos auf. Er schnüffelte – die Oberirdischen hatten die Scharniere mit Waltran gefettet. Schreckten die eigentlich vor gar nichts zurück?

Da der Gang in gefährliche Dunkelheit getaucht war, klappte Root den Infrarotfilter herunter. Manchmal war die moderne Technologie ja ganz brauchbar, aber das würde er Foaly gewiss nicht unter die Nase reiben. Das Gewirr aus Rohren und Gitterrosten vor ihm leuchtete sofort in einem unnatürlich grünen Licht auf. Minuten später bedauerte er jedoch bereits, dass er die Technologie des Zentauren auch nur im Stillen gelobt hatte: Der Infrarotfilter setzte sein Raumgefühl außer Kraft, und er hatte sich schon zweimal den Kopf an vorstehenden Rohren gestoßen.

Noch immer kein Lebenszeichen, weder menschlich noch elfisch. Aber jede Menge Tiere, hauptsächlich Nager. Und wenn man selbst nur knapp über einen Meter groß ist, kann eine ausgewachsene Ratte eine ziemliche Bedrohung darstellen, zumal Ratten zu den wenigen Arten gehören, die den Sichtschild eines Unterirdischen durchschauen können. Root nahm seinen Flammenwerfer vom Gürtel und stellte ihn auf Stufe 3 beziehungsweise *medium*, wie sie im Elfenslang sagten. Er jagte eine der Ratten mit qualmendem Hinterteil davon, als Warnung für die anderen. Nichts Dramatisches, aber genug, um ihnen beizubringen, dass man einem Elf im Noteinsatz besser aus dem Weg ging.

Root legte einen Schritt zu. Dieser Ort war wie geschaffen für einen Hinterhalt. Er sah so gut wie nichts, und der einzige Ausgang lag hinter ihm – ein Albtraum für jeden Aufklärer. Wenn einer seiner Männer so eine Nummer abgezogen hätte, hätte er ihn sofort gefeuert. Doch in extremen Situationen musste man gelegentlich kalkulierte Risiken eingehen. Darin lag die eigentliche Kunst der Befehlsführung.

Er ignorierte mehrere Türen zu beiden Seiten und folgte stur dem Leuchtsignal. Noch zehn Meter. Eine Stahlluke verschloss den Gang, und dahinter musste sich Captain Short befinden – oder ihr Leichnam.

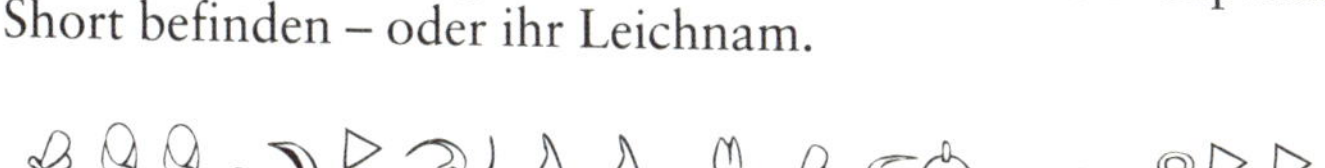

Root drückte mit der Schulter gegen die Tür. Sie öffnete sich widerstandslos. Kein gutes Zeichen. Denn die Luke wäre verschlossen, wenn dort ein lebendiges Wesen gefangen gehalten würde. Er schaltete seinen Flammenwerfer auf Stufe 5 und schritt durch die Öffnung. Seine Waffe summte leise. Sie hatte jetzt genug Saft, um mit einem einzigen Schuss einen ausgewachsenen Elefantenbullen zu verdampfen.

Kein Zeichen von Holly. Kein Zeichen von irgendetwas. Er befand sich in einem Kühlraum; glitzernde Stalaktiten überzogen ein Gewirr von Rohren. In der eisigen Kälte bildete Roots Atem kleine Wölkchen. Wie das wohl für ein Menschenwesen aussah? Atem ohne den dazugehörigen Körper.

»Ah«, sagte eine vertraute Stimme. »Wir haben Besuch.«

Sofort duckte sich Root und richtete seine Waffe auf die Ecke, aus der die Stimme kam.

»Sie sind sicher gekommen, um Ihre verschwundene Kollegin zu retten.«

Dem Commander lief eine Schweißperle über die Stirn. Schweiß? Bei diesen Temperaturen?

»Nun, es tut mir Leid, aber da sind Sie am falschen Ort.«

Die Stimme klang blechern, künstlich, verstärkt. Root überprüfte sein Ortungsgerät auf Lebenszeichen, doch da waren keine, zumindest nicht in diesem Raum. Und doch wurde er beobachtet. War irgendwo in dem Rohrgewirr an der Decke eine Kamera versteckt, die seinen Sichtschild durchdringen konnte?

»Wo sind Sie? Zeigen Sie sich!«

Das Menschenwesen lachte leise. Es hallte gespenstisch in dem großen, leeren Raum wider.

»Oh nein. Noch nicht, mein Elfenfreund. Aber das kommt noch. Und glauben Sie mir, wenn es so weit ist, werden Sie sich wünschen, ich hätte es nicht getan.«

Root folgte der Stimme. Lass den Kerl weiterreden. »Was wollen Sie?«

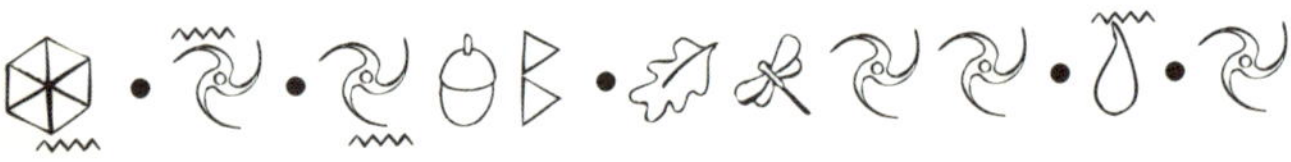

»Hmm. Was ich will? Auch das werden Sie bald genug erfahren.«

In der Mitte des Kühlraums stand eine flache Kiste, auf der ein Aktenkoffer lag. Der Deckel war geöffnet.

»Warum haben Sie mich dann hierhergeführt?«

Root stupste den Koffer mit seiner Waffe an, doch nichts geschah.

»Für eine kleine Demonstration.«

Der Commander beugte sich über den offenen Koffer. Darin lagen, sorgfältig in Schaumstoff verpackt, ein flaches, vakuumversiegeltes Päckchen, ein Dreiband-UKW-Sender und obendrauf Hollys Ortungsgerät. Root stöhnte. Holly würde niemals freiwillig ihre Ausrüstung hergeben. Kein ZUP-Officer würde das tun.

»Was für eine Demonstration, Sie Wahnsinniger?«

Wieder dieses kalte Lachen.

»Eine Demonstration der bedingungslosen Hingabe, mit der ich meine Ziele verfolge.«

An diesem Punkt hätte Root anfangen sollen, sich Sorgen um seine Gesundheit zu machen, doch er war zu sehr mit Hollys Befinden beschäftigt. »Wenn Sie meinem Officer auch nur eine Ohrspitze gekrümmt haben …«

»*Ihrem* Officer? Oh, wir haben es mit der Chefetage zu tun. Wie schmeichelhaft. Umso besser, da kommt meine Botschaft ja direkt an der richtigen Stelle an.«

In Roots Kopf begannen die Alarmglocken zu läuten. »Was soll das heißen?«

Die Stimme, die aus dem Aluminiumlautsprecher drang, war so kalt wie der nukleare Winter.

»Das soll heißen, kleiner Elfenmann, dass mit mir nicht zu spaßen ist. Und jetzt sehen Sie sich bitte mal das Päckchen an.«

Fügsam gehorchte der Commander. Es sah ziemlich nichts sagend aus: flach, wie eine Scheibe Kitt oder … Oh nein.

Unter der Versiegelung blinkte ein rotes Lämpchen auf.

»Flieg, kleiner Elf«, sagte die Stimme. »Und sag deinen Freunden einen schönen Gruß von Artemis Fowl dem Zweiten.«

Neben dem roten Lämpchen begannen wechselnde grüne Symbole aufzuleuchten. Root kannte sie von seinen Kursen in Menschenstudien damals auf der Akademie. Es waren … Zahlen. Rückwärts laufende Zahlen. Ein Countdown!

»*D'Arvit!*«, fluchte Root. (Es wäre sinnlos, diesen Ausdruck zu übersetzen, da er dann zensiert werden müsste.)

Er machte kehrt und rannte durch den stählernen Gang zurück, gefolgt von Artemis Fowls spöttischer Stimme: »Drei … zwei …«

»*D'Arvit*«, knurrte Root erneut.

Der Gang erschien ihm viel länger als zuvor. Durch einen schmalen Spalt an seinem Ende erblickte er ein Stück Sternenhimmel. Root aktivierte seine Flügel. Das würde die reinste Kunstflugnummer – die Flügelspanne der Hummingbirds war kaum schmaler als der Gang des Schiffs.

»Eins.«

Funken flogen, als die elektronisch gelenkten Flügel an einem hervorstehenden Rohr entlangschrappten. Root wurde ein paar Mal um die eigene Achse geschleudert, bis er, bei einer Geschwindigkeit von Mach 1, sein Gleichgewicht wieder fand.

»Null«, sagte die Stimme. »Bumm!«

In dem vakuumversiegelten Päckchen zündete eine Sprengkapsel ein Kilo pures Semtex. Die weiß glühende Stichflamme verschlang innerhalb einer Tausendstelsekunde den Sauerstoff der Umgebung und suchte sich den Weg des geringsten Widerstands, sprich: hinter ZUP-Commander Root her.

Root klappte sein Visier herunter und drehte das Gas bis zum Anschlag auf. Die Tür war nur noch wenige Meter entfernt. Es war nur die Frage, wer sie zuerst erreichte – der Elf oder der Feuerball.

Er schaffte es, um Haaresbreite. In seinem Oberkörper spürte er die Erschütterung der Explosion, als er sich in einen Rückwärtslooping warf. Flammen leckten an seinem Overall und züngelten um seine Beine. Root vollendete sein Manöver und ließ sich direkt in das eisige Wasser fallen. Fluchend durchbrach er die Oberfläche.

Der Walfänger über ihm war eine einzige giftige Fackel.

»Commander«, erklang eine Stimme aus seinem Helmlautsprecher. Es war Foaly. Er war wieder auf Empfang.

»Commander, wie ist Ihre Lage?«

Root gab erneut Gas und erhob sich wieder über die Wasserfläche. »Meine Lage, Foaly, ist hundsmiserabel. Schwingen Sie sich an Ihren Computer. Ich will alles wissen, was es über einen gewissen Artemis Fowl in Erfahrung zu bringen gibt, und zwar noch bevor ich wieder an der Basis bin.«

»Jawohl, Sir. Commander. Sofort, Sir.«

Kein dummer Spruch. Selbst Foaly hatte begriffen, dass dies nicht der rechte Augenblick dafür war.

Root stieg auf dreihundert Meter. Der brennende Walfänger unter ihm zog Rettungsboote an wie eine Lampe die Motten. Er wischte verkohlte Fasern von seinem Ellbogen. Dafür wirst du bezahlen, Artemis Fowl, das schwöre ich dir.

Kapitel 6
Belagerung

Artemis lehnte sich in seinem ledernen Bürosessel zurück und lächelte, die Finger sinnierend aneinander gelegt. Perfekt. Die kleine Explosion dürfte die Unterirdischen von ihrem hohen Ross herunterholen. Außerdem gab es jetzt einen Walfänger weniger auf der Welt. Artemis Fowl konnte Walfänger nicht leiden. Es gab schließlich weniger fragwürdige Methoden, Öl-Nebenprodukte herzustellen.

Die im Ortungsgerät versteckte Minikamera hatte hervorragend funktioniert. Auf ihren hoch auflösenden Bildern hatte er die verräterischen Atemwolken des Elfen entdeckt.

Artemis warf einen Blick auf den Kontrollbildschirm im Keller. Seine Gefangene saß gerade auf dem Feldbett, das Gesicht in den Händen vergraben. Er runzelte die Stirn. Er hatte nicht damit gerechnet, dass die Elfe so … menschlich wirken würde. Bisher waren die Unterirdischen für ihn nur Beute gewesen, Tiere, die man jagte. Doch nun, da er eine von ihnen, so offensichtlich unglücklich, vor sich sah, war es doch etwas anderes.

Artemis schaltete den Computer aus und ging zur Tür. Zeit für einen kleinen Schwatz mit seinem Gast. Gerade als er die Hand auf die Messingklinke legen wollte, flog die Tür auf, und Juliet stand vor ihm, mit roten Wangen und außer Atem.

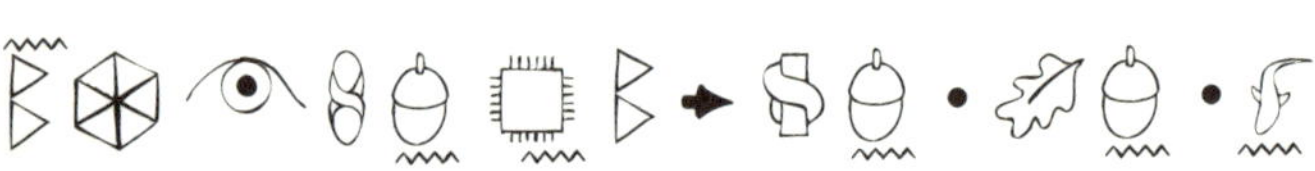

»Artemis«, japste sie. »Deine Mutter. Sie …«

Es war, als hätte ihn eine Kugel in den Magen getroffen. »Ja?«

»Sie … Artemis, sie sagt … Sie sagt, dass …«

»Juliet, was ist denn nun los, zum Kuckuck?«

Juliet hielt sich beide Hände vor den Mund, um sich zu sammeln. Nach einer kleinen Weile bewegten sich ihre paillettenbesetzten Nägel, und sie sprach zwischen ihren Fingern hindurch. »Es ist dein Vater, Artemis Senior. Madam Fowl sagt, er sei zurückgekommen!«

Artemis hätte schwören können, dass sein Herz einen Moment aussetzte. Vater? Zurückgekommen? Natürlich hatte er immer daran geglaubt, dass sein Vater noch lebte. Doch in letzter Zeit, seit er diesen Elfenplan ausheckte, war es fast so, als sei sein Vater in den Hintergrund gerückt. Er spürte, wie Schuldgefühle seinen Magen zusammenpressten. Er hatte ihn aufgegeben. Seinen eigenen Vater.

»Hast du ihn gesehen, Juliet? Mit eigenen Augen?«

Das Mädchen schüttelte den Kopf. »Nein, Artemis. Ich habe nur Stimmen gehört, im Schlafzimmer. Aber sie lässt mich nicht hinein, egal was ich versuche. Nicht einmal mit einem heißen Tee.«

Artemis rechnete. Sie waren erst vor knapp einer Stunde zurückgekommen. Sein Vater hätte an Juliet vorbeischlüpfen können. Es war möglich. Unwahrscheinlich, aber möglich. Er sah auf seine Uhr, die per Funk ständig exakt auf Greenwich Standardzeit abgestimmt wurde. Drei Uhr morgens. Die Zeit tickte. Sein ganzer Plan hing davon ab, dass die Elfen noch vor Tagesanbruch ihren nächsten Schritt unternahmen.

Artemis zuckte zusammen. Er tat es schon wieder – er schob seine Familie beiseite. Was war denn nur los mit ihm? Sein Vater war jetzt das Wichtigste, nicht irgendein Plan, um reich zu werden.

Juliet stand noch immer im Türrahmen und blickte ihn mit ihren riesigen blauen Augen an. Sie wartete darauf, dass er eine Entscheidung traf, wie er es immer tat. Doch diesmal zeichnete sich Ratlosigkeit auf seinen blassen Zügen ab.

»Nun gut«, murmelte er schließlich. »Dann sollte ich wohl besser mal raufgehen.«

Artemis schob sich an dem Mädchen vorbei und lief, zwei Stufen auf einmal nehmend, die Treppe hinauf. Das Zimmer seiner Mutter lag ein Stockwerk höher, im ausgebauten Dachboden.

Vor ihrer Tür zögerte er. Was sollte er sagen, wenn sein Vater tatsächlich auf wundersame Weise zurückgekehrt war? Was sollte er tun? Ach, es war lächerlich, sich deswegen verrückt zu machen. So etwas ließ sich nicht planen. Er klopfte leise.

»Mutter?«

Keine Antwort, aber er meinte, ein Kichern gehört zu haben, und fühlte sich augenblicklich in die Vergangenheit zurückversetzt. Ursprünglich war dies das private Wohnzimmer seiner Eltern gewesen. Stundenlang hatten sie auf der Chaiselongue gesessen und wie die Schulkinder herumgealbert, die Tauben gefüttert oder den Schiffen nachgesehen, die in der Dublin Bay vorüberzogen. Nachdem Artemis Senior verschwunden war, hatte Angeline Fowl sich immer häufiger dorthin zurückgezogen und sich schließlich geweigert, den Raum wieder zu verlassen.

»Mutter? Ist alles in Ordnung?«

Gedämpfte Stimmen, verschwörerisches Geflüster.

»Mutter, ich komme jetzt herein.«

»Warte einen Moment. Timmy, lass das, du Frechdachs. Wir bekommen Besuch.«

Timmy? Artemis' Herz dröhnte wie eine Trommel in seiner Brust. Timmy war ihr Spitzname für seinen Vater. Timmy und Arty, die beiden Männer in ihrem Leben. Er konnte nicht länger warten. Er stürmte durch die Doppeltür.

Das Erste, was er wahrnahm, war Licht. Seine Mutter hatte die Lampen eingeschaltet. Das war ein gutes Zeichen. Artemis wusste, wo er seine Mutter vorfinden würde. Er wusste genau, wohin er den Blick richten musste, aber er konnte es nicht. Was, wenn …?

»Ja, was gibt es?«

Artemis wandte sich um, den Blick zum Boden gesenkt. »Ich bin's.«

Seine Mutter lachte, heiter und sorglos. »Ich sehe, dass du es bist, Papa. Kannst du deinen Jungen nicht wenigstens eine Nacht in Ruhe lassen? Immerhin sind es unsere Flitterwochen.«

Da begriff Artemis. Es war nur eine Steigerung ihrer Verrücktheit. Papa? Angeline hielt Artemis für seinen eigenen Großvater, der schon über zehn Jahre tot war. Langsam hob er den Blick.

Seine Mutter saß auf der Chaiselongue, strahlend in ihrem Hochzeitskleid, das Gesicht ungeschickt mit Schminke bedeckt. Doch das war nicht das Schlimmste.

Neben ihr saß eine Nachbildung seines Vaters, gebastelt aus dem Cut, den er an jenem glorreichen Tag vor vierzehn Jahren in der Christchurch Cathedral getragen hatte. Die Kleidungsstücke waren mit Seidenpapier ausgestopft, und im Kragen des Frackhemds steckte ein zusammengedrücktes Kopfkissen, das mit Lippenstift bemalt war. Es wirkte beinahe komisch. Artemis unterdrückte ein Schluchzen, als seine Hoffnungen sich auflösten wie ein Regenbogen im Sommer.

»Na, komm schon, Papa«, sagte Angeline mit tiefer Bassstimme und bewegte das Kopfkissen wie ein Bauchredner seine Puppe. »Eine freie Nacht für deinen Jungen, einverstanden?«

Artemis nickte. Was hätte er sonst tun sollen? »Na gut, eine Nacht. Und morgen von mir aus auch. Seid glücklich.«

Angelines Gesicht strahlte vor Freude. Sie sprang von der Chaiselongue und umarmte ihren Sohn, den sie nicht erkannte. »Danke, Papa, vielen Dank.«

Artemis erwiderte die Umarmung, obwohl er sich dabei wie ein Betrüger vorkam. »Gern geschehen, Mu –, Angeline. Jetzt muss ich aber los, die Geschäfte warten.«

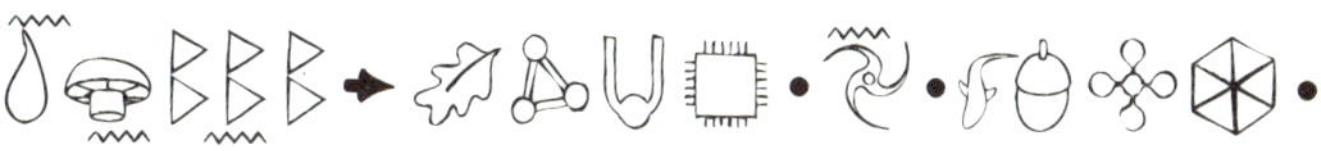

Seine Mutter setzte sich wieder neben ihren unechten Ehemann. »Ja, Papa, geh ruhig. Wir zwei werden uns schon nicht langweilen.«

Artemis ging, ohne sich noch einmal umzublicken. Es gab anderes zu tun. Zum Beispiel Elfen zu erpressen. Er hatte keine Zeit für die Fantasiewelt seiner Mutter.

Captain Holly Short hatte das Gesicht in den Händen vergraben. Genauer gesagt in *einer* Hand. Die andere, die die Kamera nicht erfassen konnte, fingerte an der Innenseite ihres Stiefels herum. Eigentlich war ihr Kopf kristallklar, aber es konnte ja nicht schaden, wenn ihre Feinde glaubten, sie sei noch außer Gefecht gesetzt. Vielleicht würden sie sie unterschätzen, und das wäre dann der letzte Fehler, den sie je begingen.

Hollys Finger schlossen sich um das Ding, das sie in ihren Knöchel pikste. Seine Form verriet ihr sofort, was es war: die Eichel! Sie musste ihr während des Durcheinanders unter dem Baum in den Stiefel gerutscht sein. Diese Entdeckung könnte für sie lebenswichtig sein. Jetzt brauchte sie nur noch ein kleines Fleckchen Erde, und ihre magische Kraft würde wiederhergestellt werden.

Verstohlen sah Holly sich in der Zelle um. Frischer Beton, wie es schien. Kein einziger Riss, keine abbröckelnden Ecken. Nichts, worin sie ihre Geheimwaffe vergraben konnte. Vorsichtig erhob Holly sich, um die Standfestigkeit ihrer Beine auszuprobieren. Gar nicht so übel – ein bisschen zittrig in den Knien, aber sonst einwandfrei. Sie ging zur Wand hinüber und legte Wange und Handflächen an die glatte Oberfläche. Ja, der Beton war ganz frisch, an manchen Stellen sogar noch feucht. Offenbar war ihr Gefängnis extra für sie hergerichtet worden.

»Suchen Sie etwas Bestimmtes?«, fragte eine Stimme. Eine kalte, herzlose Stimme.

Holly fuhr von der Wand zurück. Der Menschenjunge stand keine zwei Meter vor ihr, die Augen hinter einer verspiegelten Sonnenbrille verborgen. Er hatte den Raum vollkommen geräuschlos betreten. Unglaublich.

»Setzen Sie sich bitte«, forderte er sie auf.

Stattdessen hätte Holly diesem aufgeblasenen Bürschchen viel lieber den Ellbogen in den Schädel gerammt und sich als Gegenleistung für sein erbärmliches Leben ihre Freiheit zurückgeholt. Artemis las es in ihren Augen. Es amüsierte ihn.

»Sie werden doch nicht auf dumme Gedanken kommen, Captain Short?«

Holly knirschte mit den Zähnen; das war Antwort genug.

»Wir beide kennen die Regeln ganz genau, Captain. Dies ist mein Haus, und Sie müssen meinen Wünschen Folge leisten. Das sind Ihre Gesetze, nicht meine. Selbstverständlich schließen meine Wünsche nicht ein, dass mir etwas zustößt oder Sie versuchen, dieses Haus zu verlassen.«

Plötzlich stutzte Holly. »Woher kennst du meinen –«

»Ihren Namen? Und Ihren Rang?« Artemis lächelte, doch es lag keine Wärme darin. »Nun, Sie tragen ein Dienstabzeichen.«

Unwillkürlich griff Holly nach dem silbernen Abzeichen auf ihrem Anzug. »Aber das ist auf –«

»Gnomisch geschrieben, ich weiß. Zufällig beherrsche ich es fließend. Wie alle in meiner Organisation.«

Holly schwieg einen Moment, um diese bedeutsame Information zu verarbeiten.

»Artemis Fowl«, sagte sie aufgebracht. »Du hast ja keine Ahnung, was du getan hast. Die beiden Welten auf diese Weise zusammenzubringen, könnte uns alle ins Unglück stürzen.«

Artemis zuckte die Achseln. »*Uns alle* interessiert mich nicht, mir geht es nur um mich. Und glauben Sie mir, Captain, mir wird nicht das Geringste passieren. Und jetzt setzen Sie sich bitte.«

Holly gehorchte, ohne ihre braunen Augen von dem kleinen Ungeheuer vor ihr zu wenden. »Und was ist dein toller Plan, Artemis? Lass mich raten: die Weltherrschaft?«

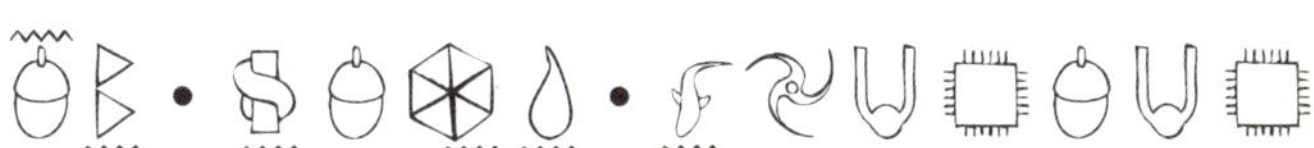

»Nein, nichts so Melodramatisches«, erwiderte Artemis mit leisem Lachen. »Nur Reichtum.«

»Ein Dieb!«, sagte Holly verächtlich. »Du bist nichts weiter als ein armseliger, kleiner Dieb!«

Verärgerung zuckte über Artemis' Gesicht, wurde jedoch sofort wieder von seinem üblichen sardonischen Lächeln abgelöst. »Ja, ein Dieb, wenn Sie so wollen. Aber wohl kaum ein armseliger. Ich bin schließlich der erste artenübergreifende Dieb der Welt.«

Captain Short schnaubte verächtlich. »Der erste artenübergreifende Dieb! Ihr Oberirdischen beraubt uns seit Tausenden von Jahren. Was glaubst du denn, warum wir unter der Erde leben?«

»Stimmt. Aber ich werde der Erste sein, dem es gelingt, den Unterirdischen ihr Gold abzuluchsen.«

Holly warf den Kopf in den Nacken und lachte. »Gold? Du Einfaltspinsel! Du glaubst doch nicht allen Ernstes an diese albernen Märchen von den Goldtöpfen, oder? Nicht alles, was erzählt wird, ist auch wahr.«

Artemis betrachtete geduldig seine Fingernägel, während er darauf wartete, dass sie sich wieder beruhigte. Als das Gelächter schließlich abgeebbt war, blickte er sie gelassen an. »Sie haben ganz Recht, mich auszulachen, Captain Short. Bis vor einer Weile habe ich diesen Blödsinn von den Goldtöpfen, die am Ende eines Regenbogens vergraben sind, tatsächlich geglaubt, aber jetzt weiß ich es besser. Jetzt weiß ich von dem Entführungs-Fonds.«

Holly bemühte sich krampfhaft, ihre Gesichtszüge unter Kontrolle zu behalten. »Was für ein Entführungs-Fonds?«

»Ach, kommen Sie, Captain. Wozu die Spielchen? Sie haben mir doch selbst davon erzählt.«

»Was, ich?«, stammelte Holly. »Lächerlich!«

»Sehen Sie sich Ihren Arm an.«

Holly schob ihren rechten Ärmel hoch. In ihrer Armbeuge klebte ein kleines Pflaster.

»Dort haben wir Ihnen das Natriumpentathol gespritzt, allgemein bekannt als Wahrheitsserum. Sie haben gesungen wie eine Amsel.«

Holly war klar, dass es stimmen musste. Woher sollte er es sonst wissen? »Du bist wohl vollkommen übergeschnappt!«

Artemis nickte nachsichtig. »Wenn ich gewinne, wird man sagen, ich sei ein Genie, wenn ich verliere, wird es heißen, ich sei übergeschnappt. So wird Geschichte geschrieben.«

Natürlich hatte er ihr kein Natriumpentathol verpasst, sondern nur einen harmlosen Stich mit einer sterilisierten Nadel. Artemis wollte schließlich nicht riskieren, dass sein Goldesel einen Hirnschaden davontrug, aber ebenso wenig konnte er es sich leisten zu verraten, dass das Buch seine wahre Quelle war. Sollte seine Geisel ruhig glauben, dass sie ihr eigenes Volk verraten hatte. Das würde ihre Moral untergraben und sie empfänglicher für seine Einflüsterungen machen. Dennoch war ihm nicht ganz wohl bei dieser List. Sie war unleugbar grausam. Wie weit war er bereit zu gehen, um dieses Gold zu bekommen? Er wusste es nicht und würde es erst erfahren, wenn es so weit war.

Holly sank in sich zusammen, niedergeschlagen von dieser neuen Entwicklung. Sie hatte geredet. Hatte heilige Geheimnisse ausgeplaudert. Selbst wenn es ihr gelang zu fliehen, würde sie in irgendeinen eisigen Tunnel unter dem Polarkreis verbannt.

»Das letzte Wort ist noch nicht gesprochen, Artemis Fowl«, sagte sie schließlich. »Wir verfügen über Kräfte, von denen du nicht die geringste Ahnung hast. Es würde Tage dauern, sie dir alle zu verraten.«

Der grässliche Junge lachte erneut. »Was glauben Sie denn, wie lange Sie schon hier sind?«

Holly stöhnte. Sie ahnte bereits, was kam. »Ein paar Stunden?«

Artemis schüttelte den Kopf. »Drei Tage«, log er. »Wir haben Sie über sechzig Stunden am Tropf gehabt, bis Sie uns alles erzählt hatten, was wir wissen wollten.«

Bei seinen Worten verspürte Artemis ein schlechtes Gewissen. Diese Psychospielchen taten offensichtlich ihre Wirkung, zerstörten die Elfe von innen heraus. War das wirklich nötig?

»Drei Tage? Du hättest mich umbringen können. Was bist du bloß für ein …«

Und es war ihre Wortlosigkeit, die den Zweifel in Artemis auslöste. Die Elfe hielt ihn für so böse, dass ihr nicht einmal ein passender Ausdruck dafür einfiel.

Holly riss sich zusammen. »Nun gut, Master Fowl«, stieß sie verächtlich hervor, »wenn du so viel über uns weißt, dann bestimmt auch, was passiert, wenn meine Leute mich finden.«

Artemis nickte geistesabwesend. »Oh ja, das weiß ich. Genau darauf warte ich ja.«

Nun war es an Holly zu grinsen. »Ach, wirklich? Sag mal, bist du jemals einem Troll begegnet?«

Zum ersten Mal geriet die Selbstsicherheit des Menschenjungen ein wenig ins Wanken. »Nein. Einem Troll noch nie.«

Hollys Grinsen wurde breiter. »Das wirst du, Artemis. Das wirst du. Und ich hoffe, dass ich es miterleben darf.«

Die ZUP hatte in E1 – Tara – eine Noteinsatzzentrale eingerichtet.

»Nun?«, fragte Root und stieß die Hand eines Sanitäterschrats beiseite, der dabei war, seine Stirn mit Brandsalbe zu verarzten. »Lassen Sie das. Die Magie wird das schon von allein hinkriegen.«

»Nun was?«, entgegnete Foaly.

»Werden Sie bloß nicht frech, Foaly. Heute ist keiner von den Tagen, wo ich vor Bewunderung für Ihre technischen Errungenschaften dahinschmelze. Was haben Sie über das Menschenwesen herausbekommen?«

Missmutig rückte Foaly die Stanniolkappe zwischen seinen gewundenen Hörnern zurecht und klappte einen hauchdünnen Laptop auf.

»Ich habe mich mal ein bisschen bei der Interpol umgesehen. War übrigens kinderleicht. Die könnten eigentlich auch gleich den roten Teppich ausrollen …«

Ungeduldig trommelte der Commander mit den Fingern auf den Konferenztisch. »Kommen Sie zur Sache.«

»Okay. Über Fowl gibt's eine 10-Gigabyte-Datei. Auf Papier ergäbe das eine halbe Bibliothek.«

Der Commander stieß einen Pfiff aus. »Fleißiges Kerlchen.«

»Fleißige Familie«, korrigierte Foaly. »Die Fowls brechen bereits seit Generationen die Gesetze: Hehlerei, Schmuggel, bewaffneter Überfall. Im letzten Jahrhundert hauptsächlich Wirtschaftsverbrechen.«

»Wissen wir, wo er sich aufhält?«

»Das war der einfachste Teil. In Fowl Manor, einem achtzig Hektar großen Gut am Rand von Dublin, nur etwa zwanzig Kilometer von unserem augenblicklichen Standort entfernt.«

Root kaute auf seiner Unterlippe herum. »Nur zwanzig? Das bedeutet, wir könnten es vor Anbruch der Dämmerung schaffen.«

»Genau. Mit etwas Glück haben wir die ganze Chose hinter uns, bevor uns die Sonnenstrahlen dazwischenfunken können.«

Der Commander nickte. Wenigstens ein Pluspunkt. Schon seit Jahrhunderten hatten die Unterirdischen nicht mehr bei Tageslicht operiert. Selbst in den Zeiten, als sie noch oberirdisch gelebt hatten, waren sie fast ausschließlich nachts aktiv gewesen, denn das Sonnenlicht ließ ihre Magie verblassen wie die Farben eines Fotos. Und wer weiß, was dieser Fowl noch alles anstellen würde, falls sie einen vollen Tag warten mussten, bevor sie ein Einsatzkommando losschicken konnten.

Möglicherweise hatten die Medien bereits Wind von der Sache bekommen, und Captain Shorts Gesicht würde noch am selben Abend die Titelseiten sämtlicher Zeitungen auf der ganzen Welt zieren. Root schüttelte sich. Das wäre das Ende von allem, es sei denn, die Oberirdischen hätten in der Zwischenzeit gelernt, friedlich mit anderen Arten zu koexistieren. Doch wenn die Geschichte eines gezeigt hatte, dann, dass Menschenwesen mit niemandem klarkamen, nicht einmal mit sich selbst.

»Okay. Alle Mann in Bereitschaft. Waffen entsichern. Flug in V-Formation. Innerhalb von Fowl Manor ein Lager errichten.«

Die Männer der Bergungseinheit brüllten, wie es sich für Militärs gehörte, ihre Zustimmung und rasselten, so laut es ging, mit ihren Hightechwaffen.

»Foaly, schnappen Sie sich die Techniker, folgen Sie uns mit dem Shuttle und bringen Sie die großen Schüsseln mit. Wir machen das gesamte Grundstück dicht, das gibt uns eine kleine Atempause.«

»Eine Frage, Commander«, sagte Foaly nachdenklich.

»Was denn?«, fragte Root ungeduldig.

»Warum hat dieser Menschenjunge uns verraten, wer er ist? Es muss ihm doch klar gewesen sein, dass wir ihn finden würden.«

Root zuckte die Achseln. »Vielleicht ist er nicht so clever, wie er denkt.«

»Nein, das glaube ich nicht. Das glaube ich ganz und gar nicht. Ich denke, er ist uns von Anfang an einen Schritt voraus gewesen, und jetzt ist es genauso.«

»Ich habe keine Zeit für wilde Theorien, Foaly. Die Dämmerung setzt bald ein.«

»Eins noch, Commander.«

»Ist es wichtig?«

»Ja, ich denke schon.«

»Nun?«

Foaly drückte auf eine Taste seines Laptops und ging Artemis' Lebensdaten durch. »Dieses kriminelle Genie, der Typ, der sich diesen ausgefallenen Plan ausgedacht hat…«

»Was ist mit ihm?«

Foaly sah mit einem nahezu bewundernden Blick in seinen goldbraunen Augen auf. »Nun, er ist erst zwölf Jahre alt. Und das ist jung, selbst für ein Menschenwesen.«

Root schnaubte verächtlich und schob eine neue Batterie in seinen dreiläufigen Flammenwerfer. »Der hat zu viel vor der Flimmerkiste gesessen. Hält sich wohl für Sherlock Holmes.«

»Sie meinen Professor Moriarty«, korrigierte ihn Foaly.

»Holmes oder Moriarty – mit verkohlter Visage sehen sie beide alt aus.«

Und mit dieser geistreichen Bemerkung folgte er seiner Einheit hinaus in die Nacht.

Die Bergungseinheit ordnete sich in der Gänseflugformation, mit Root an der Spitze, und machte sich auf in Richtung Südwesten, entsprechend der per E-Mail in ihre Helmmonitore übertragenen Karte. Foaly hatte Fowl Manor sogar mit einem roten Punkt markiert. Idiotensicher, hatte er in sein Mikro gemurmelt, gerade so laut, dass der Commander es mitbekommen musste.

Das Herzstück des Fowl'schen Familienbesitzes war ein restauriertes spätmittelalterliches Schloss aus dem fünfzehnten Jahrhundert, erbaut von Lord Hugh Fowl. Die Familie hatte es die ganze Zeit über in ihrem Besitz behalten, trotz mehrerer Kriege, Aufstände und Steuerprüfungen. Und Artemis hatte nicht die Absicht, derjenige zu sein, der es verlor.

Das Schloss war von einer fünf Meter dicken Mauer umgeben, samt Zinnen, Wachtürmen und Laufgang.

Das Bergungskommando landete direkt hinter der Mauer und begann sofort, die Umgebung nach feindlichen Elementen abzusuchen.

»Zwanzig Meter Abstand«, befahl Root. »Durchkämmt das ganze Gebiet. Alle sechzig Sekunden Meldung. Klar?«

Die Männer nickten. Natürlich war es klar. Schließlich waren sie Profis.

Lieutenant Cudgeon, der Chef der Bergungseinheit, erklomm einen der Wachtürme. »Weißt du, was wir tun sollten, Julius?«, fragte er den Commander, der ihm gefolgt war.

Root und er waren zusammen auf der Akademie gewesen und im gleichen Tunnel aufgewachsen. Cudgeon war einer von vielleicht fünf Unterirdischen, die Root duzen durften.

»Ich weiß, was *du* denkst, das wir tun sollten.«

»Wir sollten den ganzen Laden ausräuchern.«

»Dachte ich's mir doch.«

»Das wäre die sauberste Lösung. Eine Blauspülung, und wir könnten unsere Verluste auf ein Minimum begrenzen.«

Blauspülung war der Insiderausdruck für die verheerende Biobombe, die die Truppe gelegentlich in Notfällen einsetzte. Das Praktische an dieser Biobombe war, dass sie nur Lebewesen zerstörte; die Landschaft blieb unversehrt.

»Dieses Minimum, wie du es nennst, ist zufällig einer meiner Officer.«

»Ach ja«, spöttelte Cudgeon, »ein weiblicher Officer von der Aufklärung. Die Testelfe. Nun, ich glaube kaum, dass dir irgendjemand wegen dieser taktischen Entscheidung Stress machen wird.«

Roots Gesicht nahm den gewohnten violetten Ton an. »Geh mir bloß aus den Augen, sonst kippe ich dir die Blauspülung direkt in den Matschhaufen, den du Gehirn nennst.«

Doch Cudgeon ließ sich nicht einschüchtern. »Mich zu beleidigen ändert nichts an den Tatsachen, Julius. Du weißt, was im Buch steht: Wir dürfen unter keinen Umständen zulassen, dass die ZUP kompromittiert wird. Du hast nur einen Zeitstopp, danach ...« Der Lieutenant beendete seinen Satz nicht. Das war auch nicht nötig.

»Ich weiß selbst, was im Buch steht«, knurrte Root. »Ich wünschte nur, du wärst nicht so ein elender Streber. Wenn ich dich nicht so gut kennen würde, könnte ich glatt auf den

Gedanken kommen, du hättest Menschenblut in deinen Adern.«

»Das war nun wirklich überflüssig«, sagte Cudgeon verstimmt. »Ich mache schließlich nur meinen Job.«

»Hast ja Recht«, lenkte der Commander ein. »Tut mir Leid.«

Es kam nicht oft vor, dass Root sich entschuldigte, aber dies war auch eine besonders verletzende Bemerkung gewesen.

Butler überwachte die Monitore.

»Irgendwas zu sehen?«, fragte Artemis.

Butler zuckte zusammen. Er hatte nicht bemerkt, dass der junge Master hereingekommen war.

»Nein, nichts, Sir. Ein- oder zweimal dachte ich, ich hätte ein Flimmern gesehen, aber es war nichts.«

»Nichts ist nichts«, bemerkte Artemis geheimnisvoll. »Probieren Sie die neue Kamera.«

Butler nickte. Erst vor ein paar Wochen hatte Master Fowl über das Internet eine Filmkamera bestellt: zweitausend Bilder pro Sekunde, eine brandneue Entwicklung von Industrial Light and Magic für spezielle Naturaufnahmen wie zum Beispiel Kolibriflügel. Sie verarbeitete die Bilder schneller als ein menschliches Auge. Artemis hatte sie hinter einer Putte über dem Haupteingang anbringen lassen.

Butler schaltete die Fernbedienung ein. »Wohin soll ich sie ausrichten?«

»Versuchen Sie's mit dem Hauptweg. Ich habe so eine Ahnung, dass wir bald Besuch bekommen.«

Vorsichtig bewegte der Diener mit seinen gewaltigen Fingern den Steuerstift, der nicht größer war als ein Zahnstocher. Auf dem Digitalbildschirm erschien ein Bild von der Zufahrt.

»Nichts«, murmelte Butler. »Ruhig wie ein Grab.«

Artemis wies auf die Schalttafel. »Halten Sie das Bild an.«

Beinahe hätte Butler die Anordnung in Frage gestellt. Beinahe. Doch er hielt den Mund und drückte auf den Knopf. Auf dem Bildschirm erstarrten die Kirschbäume, und ihre Blüten schienen mitten in der Luft stehen zu bleiben. Vor allem jedoch tauchten auf dem Hauptweg plötzlich etwa ein Dutzend schwarz gekleideter Gestalten auf.

»Verdammt!«, rief Butler aus. »Wo kommen die denn auf einmal her?«

»Sie haben einen Sichtschutz«, erklärte Artemis. »Hochgeschwindigkeitsvibrationen. Zu schnell für das menschliche Auge.«

»Aber nicht für die Kamera«, ergänzte Butler mit einem Nicken. Master Artemis – immer zwei Schritte voraus. »Wenn ich die nur mit mir herumtragen könnte.«

»Schön wär's. Aber wir haben einen ganz brauchbaren Ersatz ...«

Vorsichtig nahm Artemis eine Art Kopfhörer von der Werkbank. Es waren die Überreste von Hollys Helm. Der Versuch, Butlers Kopf hineinzustopfen, war natürlich genauso aussichtslos wie der, eine Kartoffel in einen Fingerhut zu zwängen. Nur das Visier und die Bedienungsknöpfe waren noch intakt. Mithilfe der Riemen eines Schutzhelms hatte Artemis das Ganze so zusammengebastelt, dass es auf den Schädel des Dieners passte.

»Das Ding ist mit verschiedenen Filtern ausgestattet, und mit ziemlicher Sicherheit ist auch ein Sichtschutzfilter dabei. Am besten probieren wir es einfach mal aus.«

Artemis setzte Butler das Gebilde auf den Kopf. »Bei Ihrem Augenabstand bleiben natürlich ein paar blinde Flecken, aber das dürfte Sie nicht allzu sehr behindern. So, jetzt schalten Sie die Videokamera wieder ein.«

Butler ließ die Kamera erneut laufen, während Artemis einen Filter nach dem anderen einrasten ließ.

»Jetzt?«

»Nein.«

»Und jetzt?«

»Jetzt ist alles rot. Ultraviolett. Aber keine Unterirdischen.«

»Was ist mit dem?«

»Nein. Polaroid, wenn ich mich nicht irre.«

»Und der Letzte.«

Butler lächelte wie ein Hai, der einen nackten Hintern erblickt hatte. »Volltreffer.«

Butler sah die Welt, wie sie war, mitsamt dem Bergungskommando der ZUP, das sich auf der Zufahrt näherte.

»Hmm«, sagte Artemis. »Vermutlich Stroboskoptechnik. Sehr hohe Frequenz.«

»Sie meinen, wie in der Diskothek?«, fragte Butler.

»Ja, nur ohne die Musik.« Artemis zuckte zusammen. Schon wieder ein Scherz. Wenn das so weiterging, würde er demnächst noch mit Clownsnase herumlaufen und unten in der Halle Rad schlagen.

»Nun gut, Butler. Zeit für Sie, das zu tun, was Sie am besten können. Wie es scheint, haben wir Eindringlinge auf unserem Grundstück …«

Butler erhob sich. Weitere Instruktionen waren nicht nötig. Er schnallte das Visier fest und ging mit entschlossenem Schritt zur Tür.

»Oh, und Butler …«

»Ja, Sir?«

»Ich hätte sie lieber eingeschüchtert als tot, falls möglich.«

Butler nickte. Falls möglich.

Die Männer von der ZUP-Elite-Bergungseinheit waren die besten und intelligentesten. Jeder kleine Elf träumte davon, eines Tages den tarnschwarzen Overall der Bergungskommandos anziehen zu dürfen. Sie waren die Elite, die Helden des Erdvolks, die jeder Gefahr mutig trotzten.

Captain Trouble Kelp führte sein Team über die gewundene Zufahrt. Wie immer ging er an der Spitze, fest entschlossen, sich als Erster in den Kampf zu stürzen, falls sich – wie er voller Inbrunst hoffte – ein solcher entwickelte.

»Kontrollmeldung«, flüsterte er in sein Helmmikrofon.

»Eins meldet negativ.«

»Nichts, Captain.«

»Tote Hose, Trouble.«

Captain Kelp zuckte zusammen. »Wir sind im Einsatz, Corporal. Halten Sie sich an die Vorschriften!«

»Aber Mama hat gesagt –«

»Es ist mir schnurz, was Mama gesagt hat, Corporal! Dienstrang ist Dienstrang! Für Sie bin ich Captain Kelp.«

»Jawohl, Sir, Captain«, erwiderte der Corporal beleidigt. »Aber bilde dir bloß nicht ein, dass ich dir noch mal die Uniform bügele.«

Trouble schaltete um auf den Kanal seines Bruders, so dass der Rest der Truppe nicht mithören konnte. »Lass gefälligst den Quatsch mit Mama und dem Bügeln, hörst du? Du bist bei diesem Einsatz bloß dabei, weil ich dich zur Truppe geholt habe! Jetzt benimm dich wie ein Profi, oder ich schicke dich zurück zum Wachdienst!«

»Okay, Trubs.«

»Trouble!«, brüllte Captain Kelp. »Ich heiße Trouble, nicht Trubs oder Trub. Trouble! Kapiert?«

»Okay, *Trouble.* Mama hat Recht, du bist ein richtiges Baby.«

Mit einem höchst unprofessionellen Fluch schaltete Captain Kelp seinen Kopfhörer wieder auf den offenen Kanal, gerade noch rechtzeitig, um ein ungewöhnliches Geräusch mitzubekommen.

»*Arrkk.*«

»Was war das?«

»Was?«

»Keine Ahnung.«

»Nichts, Captain.«

Doch Trouble Kelp hatte für seine Prüfung zum Captain einen Spezialkurs in Geräuscherkennung absolviert und

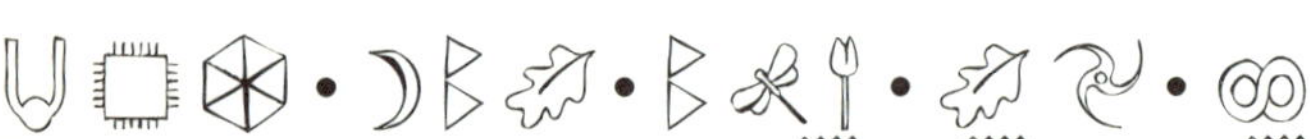

war sich ziemlich sicher, dass dieses *Arrkk* von jemandem stammte, der einen Schlag gegen die Luftröhre abbekommen hatte. Höchstwahrscheinlich war sein Bruder gegen einen Ast gelaufen.

»Grub? Ist alles in Ordnung?«

»Für Sie immer noch Corporal Kelp.«

Zähneknirschend trat Kelp gegen ein Gänseblümchen. »Kontrollmeldung, der Reihe nach.«

»Eins, alles okay.«

»Zwei, kein Problem.«

»Drei, kurz vorm Einschlafen, aber fit.«

»Fünf, nähere mich dem Westflügel.«

Kelp erstarrte. »Stop. Vier? Hören Sie mich, Nummer Vier? Geben Sie Lagebericht.«

»...« Nichts als ein Rauschen.

»Okay. Vier ist ausgefallen. Wahrscheinlich ein technischer Fehler. Trotzdem können wir es uns nicht leisten, ein Risiko einzugehen. Alle Mann am Haupteingang sammeln.«

Die Elite-Bergungseinheit schlich lautlos wie eine Horde Spinnen zum Eingang des Herrenhauses. Corporal Kelp zählte sie kurz durch. Elf – einer fehlte. Nummer Vier spazierte vermutlich zwischen den Rosenbüschen umher und wunderte sich, dass keiner mit ihm sprach.

Dann bemerkte Corporal Kelp zwei Dinge – erstens ein paar schwarze Stiefel, die aus einem Busch neben der Hauswand hervorlugten, und zweitens ein riesiges Menschenwesen, das in der Tür stand und ein wenig Vertrauen erweckendes Gewehr im Arm hielt.

»Stummschaltung ein«, flüsterte der Corporal, und sofort glitten elf Integralvisiere herunter, um die Atem- und Sprechgeräusche der Einheit nach außen abzuschotten.

»Okay. Keine Panik. Ich glaube, ich kann den Verlauf der Ereignisse rekonstruieren. Vier schleicht um die Tür herum, der Oberirdische öffnet sie, Vier kriegt sie gegen den Schädel und landet in den Büschen. Kein Problem. Unsere Deckung ist intakt. Ich wiederhole: intakt. Also bitte keine

nervösen Zuckungen in den Fingern. Grub … Entschuldigung, Corporal Kelp, überprüfen Sie die Vitalfunktionen von Nummer Vier. Die anderen bilden einen Halbkreis und verhalten sich ruhig.«

Vorsichtig trat die Einheit zurück, bis alle auf der Beeteinfassung aus gepflegtem Rasen standen. Die Gestalt vor ihnen war in der Tat beeindruckend – zweifellos das größte Menschenwesen, dass sie je gesehen hatten.

»*D'Arvit*«, entfuhr es Nummer Zwei.

»Keine Funkkontakte, außer im Notfall«, befahl Kelp. »Und Fluchen gehört wohl kaum dazu.« Eigentlich konnte er das Gefühl gut nachvollziehen. Er war verdammt froh über seinen Sichtschild. Dieser Kerl sah aus, als ob er ein halbes Dutzend Elfen in einer seiner mächtigen Fäuste zerquetschen könnte.

Grub kehrte auf seine Position zurück. »Vier ist stabil. Gehirnerschütterung, nehme ich an, aber sonst okay. Sein Sichtschild funktioniert allerdings nicht mehr, also habe ich ihn tiefer zwischen die Büsche gezogen.«

»Gut gemacht, Corporal. Kluger Einfall.«

Das Letzte, was sie gebrauchen konnten, war, dass jemand die Stiefel von Nummer Vier entdeckte.

Der Mann setzte sich in Bewegung und schlenderte lässig die Einfahrt entlang. Ob er dabei nach rechts und links sah, war schwer zu erkennen, da er sich seine Kapuze tief ins Gesicht gezogen hatte. Merkwürdig, dass ein Menschenwesen in einer so milden Nacht mit einer Kopfbedeckung herumlief.

»Waffen entsichern«, befahl Trouble.

Er konnte förmlich sehen, wie seine Männer die Augen verdrehten. Als ob sie ihre Waffen nicht schon vor einer halben Stunde entsichert hätten. Aber man musste sich an die Vorschriften halten, für den Fall, dass es später zu einem Verfahren kam. Früher hatte die Bergungseinheit sofort geschossen und keine Fragen beantwortet. Doch die Zeiten waren vorbei. Jetzt tauchten ständig irgendwelche nervtötenden Zivilisten auf, die was von Bürgerrechten schwafelten. Und das sogar, wenn es um Menschenwesen ging!

Der Berg von einem Mann blieb stehen, genau in der Mitte der Einheit. Hätte er sie sehen können, es wäre die perfekte Angriffsposition gewesen. Ihre eigenen Waffen waren praktisch nutzlos, da sie einander damit vermutlich mehr Schaden zufügen würden als dem Menschenwesen in ihrer Mitte.

Doch zum Glück war ja die gesamte Einheit unsichtbar, mit Ausnahme von Nummer Vier, der sicher im Schutz eines Rhododendronbuschs lag.

»Elektrostöcke einschalten.«

Nur für den Notfall. Vorsicht hatte noch nie geschadet.

Und gerade als die ZUP-Officer die Waffen wechselten, als ihre Hände an den Schulterhalftern herumfingerten, sprach der Oberirdische sie an.

»'n Abend, die Herren«, sagte er und schob seine Kapuze zurück.

Komisch, dachte Trouble. Man könnte beinahe meinen, der Kerl … Dann sah er das zusammengebastelte Visier.

»Deckung!«, schrie er. »Deckung!«

Doch es war zu spät. Es blieb ihnen keine andere Wahl als sich dem Kampf zu stellen. Und das war eine verdammt miese Wahl.

Butler hätte sie von der Brüstung aus erledigen können, einen nach dem anderen mit dem Gewehr des Elfenbeinjägers. Doch das entsprach nicht dem Plan. Hier ging es darum, Eindruck zu machen, eine Botschaft zu übermitteln. Bei sämtlichen Militäreinheiten der Welt war es üblich, eine Ladung Kanonenfutter vorzuschicken, bevor man die Verhandlungen eröffnete. Es wurde förmlich erwartet, dass diese Vorhut auf Widerstand stieß, und Butler kam dieser Erwartung nur zu gerne nach.

Er spähte durch die Briefklappe hinaus, und erblickte – welch glücklicher Zufall! – ein Paar Augen hinter einem

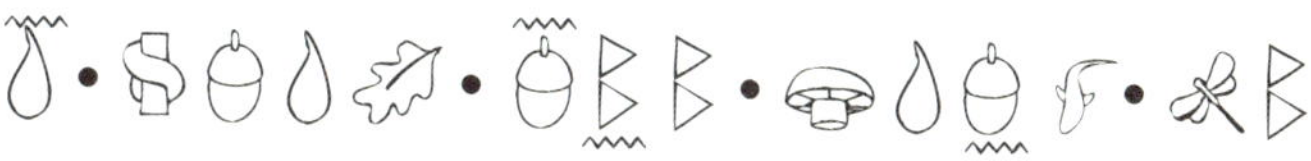

Visier, die ihn direkt anstarrten. Die Gelegenheit war einfach zu schön, um sie ungenutzt verstreichen zu lassen.

»Zeit fürs Bettchen«, sagte Butler und drückte die Tür mit kraftvollem Schulterstoß auf. Der Elf flog mehrere Meter durch die Luft und landete dann im Gebüsch. Juliet würde stocksauer sein; sie liebte ihren Rhododendron. Einen Elf hatte er, jetzt kam der Rest.

Butler zog sich die spitze Kapuze seiner Feldjacke über den Kopf und trat nach draußen. Da waren sie, im Halbkreis aufgestellt wie ein Bataillon Action-Men-Figuren. Wären da nicht die höchst effizient aussehenden Waffen gewesen, hätte es ihn geradezu amüsiert.

Den Zeigefinger unauffällig um den Abzugsbügel gelegt, schlenderte Butler ihnen entgegen. Der Dicke auf zwei Uhr war der Boss; das sah man daran, dass die anderen ständig zu ihm hinschielten.

Der Anführer gab einen Befehl, und die Einheit wechselte zu den Nahkampfwaffen. Kluge Entscheidung, denn mit ihren Schusswaffen hätten sie sich nur gegenseitig niedergemäht. Zeit, in Aktion zu treten.

»'n Abend, die Herren«, sagte Butler. Die verdutzten Gesichter waren einfach zu verlockend, um sich den Spruch zu verkneifen. Er legte sein Gewehr an und ballerte los.

Captain Kelp war das erste Opfer. Ein titanverstärkter Pfeil durchbohrte seine Uniform am Hals. Der Captain sank träge zu Boden, als habe sich die Luft in Wasser verwandelt. Zwei weitere Elfen fielen um, bevor sie auch nur begriffen hatten, was los war.

Es muss ziemlich erschütternd sein, dachte Butler gleichmütig, wenn man plötzlich einen Vorteil verliert, den man seit Jahrhunderten genossen hat.

Mittlerweile hatte der Rest der Elite-Bergungseinheit die Elektrostöcke eingeschaltet und erhoben, doch sie machten den Fehler, auf einen Befehl zu warten, der nicht kommen würde. So hatte Butler Gelegenheit, sie ebenfalls schachmatt zu setzen. Obwohl er das auch so geschafft hätte.

Dennoch zögerte der Diener einen winzigen Moment lang. Diese Wesen waren so klein, fast wie Kinder. Doch dann berührte Grub ihn mit seinem Elektrostock am Ellbogen, und eintausend Volt schossen durch Butlers Brust. Jegliches Mitgefühl für die kleinen Gestalten löste sich augenblicklich in Luft auf.

Butler packte den Elektrostock und schwang die Waffe samt ihrem Träger durch die Luft wie einen Satz Bolas. Dann ließ er ihn los, und Grub segelte quiekend mit vollem Schwung in drei seiner Kumpane hinein.

Die Schwungbewegung ausnutzend, rammte Butler seine Faust in die Brust zwei weiterer Elfen. Ein dritter kletterte ihm auf den Rücken und versetzte ihm mehrere Stromstöße mit seinem Elektrostock. Butler ließ sich auf ihn fallen. Ein Knacken ertönte, und die Stromstöße hörten auf.

Plötzlich hatte er einen Gewehrlauf unter dem Kinn. Einer von der Bergungseinheit hatte es geschafft, seine Waffe zu ziehen.

»Keine Bewegung, Oberirdischer«, dröhnte eine helmgedämpfte Stimme. Die Waffe sah ziemlich ungemütlich aus; Kühlflüssigkeit lief in einer Kammer blubbernd den gesamten Lauf entlang. »Gib mir nur einen Grund, und …«

Butler verdrehte die Augen. Eine andere Rasse, aber dieselben Machosprüche. Er versetzte dem Elf einen Schlag mit der flachen Hand, dass der kleine Mann das Gefühl haben musste, der Himmel sei ihm auf den Kopf gefallen. »Da, Kleiner, reicht dir das als Grund?«

Butler rappelte sich auf. Um ihn herum lag ein knappes Dutzend Elfen in verschiedenen Stadien von Schock und Bewusstlosigkeit. Eingeschüchtert waren sie auf jeden Fall. Tot vermutlich nicht. Mission erfüllt.

Einer der kleinen Wichte spielte allerdings nur Theater. Seine schlackernden Knie verrieten ihn. Butler packte ihn um den Hals, der so dünn war, dass sein Daumen und Mittelfinger sich hinten berührten, und hob ihn zu sich hoch.

»Name?«

»G-Grub, äh, ich meine Corporal Kelp.«

»Nun, Corporal, dann richten Sie Ihrem Commander aus, wenn ich hier noch einmal bewaffnete Truppen aufkreuzen sehe, mähe ich sie mit scharfem Geschütz um. Keine Pfeile, sondern Panzermunition.«

»Jawohl, Sir. Scharfes Geschütz, verstanden. Klingt fair.«

»Gut. Es ist Ihnen jedoch gestattet, Ihre Verletzten zu bergen.«

»Sehr großzügig von Ihnen.«

»Falls ich an einem der Sanitäter jedoch auch nur die Spur einer Waffe sehe, könnte ich auf die Idee kommen, ein paar von den Minen zu zünden, die ich hier eigenhändig in den Boden gepflanzt habe.«

Grub schluckte und wurde hinter seinem Visier noch eine Spur blasser. »Unbewaffnete Sanitäter. Absolut klar.«

Butler setzte den Elf wieder ab und strich ihm mit seiner massigen Hand die Uniform glatt. »So, eins noch. Ohren auf?«

Stürmisches Nicken.

»Ich will einen Verhandlungspartner. Jemanden, der entscheidungsberechtigt ist, nicht irgend so einen kleinen Fuzzi, der bei jeder Forderung erst zum Kommandostand zurücklaufen muss. Verstanden?«

»Geht klar. Ich meine, ich bin sicher, dass es klargehen wird. Dummerweise bin ich einer von diesen kleinen Fuzzis, daher kann ich Ihnen natürlich nicht versprechen, dass sie einverstanden sein werden ...«

Butler juckte es in den Füßen, diese kleine Nervensäge mit einem kräftigen Tritt zu seinem Kommandostand zurückzuschicken. »Schon gut, ich hab's ja begriffen. Schluss mit dem Geschwafel!«

Grub setzte zu einer Bestätigung an, klappte dann jedoch den Mund zu und nickte nur.

»Gut. Und bevor Sie gehen, sammeln Sie mir alle Waffen und Helme ein und legen sie da drüben auf einen Haufen.«

Grub holte tief Luft. Nun gut, dann würde er eben als Held sterben. »Das kann ich nicht.«

»Ach ja? Und warum nicht?«

Grub reckte sich zu voller Größe. »Ein ZUP-Officer trennt sich niemals von seiner Waffe.«

Butler nickte. »Na gut. Fragen kostet ja nichts. Dann mal ab durch die Mitte.«

Fassungslos über sein Glück rannte Grub zurück zur Kommandozentrale. Er war der letzte Elf, der noch stand. Trouble lag schnarchend im Kies, aber er, Grub Kelp, hatte es tapfer mit dem Menschenungeheuer aufgenommen. Was seine Mama wohl dazu sagen würde!

Holly saß auf der Kante ihres Betts, die Finger um das Metallgestell geschlungen. Dann hob sie es, langsam die Knie durchdrückend, bis das Gewicht an ihren Armen hing. Der Zug war so stark, dass ihr fast die Ellbogen aus dem Gelenk sprangen. Sie hielt das Bett einen Moment fest und ließ es dann auf den Betonboden krachen. Eine befriedigende Wolke aus Staub und Splittern wirbelte um ihre Knie.

»Gut«, knurrte sie.

Holly spähte hinauf zu der Kamera. Zweifellos wurde sie beobachtet. Sie musste sich beeilen. Sie lockerte ihre Finger und wiederholte das Manöver ein ums andere Mal, bis das Stahlgestell tiefe Striemen in ihre Hand geschnitten hatte. Bei jedem Aufprall lösten sich mehr Splitter aus dem frisch gegossenen Boden.

Nach einer kleinen Weile flog die Zellentür auf, und Juliet kam in den Raum gestürzt. »Was machst du denn da?«, japste sie. »Willst du das ganze Haus einrcißen?«

»Ich habe Hunger!«, brüllte Holly. »Und ich bin's leid, der blöden Kamera Zeichen zu geben. Bekommen Gefangene bei euch nichts zu essen? Mir knurrt der Magen!«

Juliets Hand ballte sich zu einer Faust. Artemis hatte sie gewarnt, sich zurückzuhalten, aber schließlich gab es Gren-

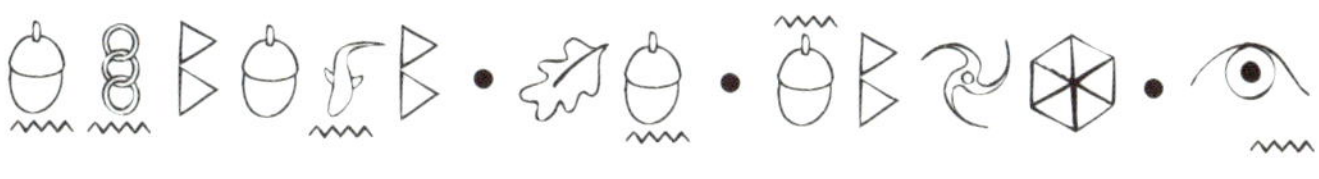

zen. »Kein Grund, hier so einen Aufstand zu veranstalten. Was esst ihr Elfen denn so?«

»Habt ihr vielleicht Delfin?«, fragte Holly sarkastisch.

Juliet schüttelte sich. »Nein, haben wir nicht, du Ungeheuer!«

»Dann Obst. Oder Gemüse. Und sieh zu, dass es gut gewaschen ist. Ich will euren Chemiedreck nicht im Blut haben.«

»Ha, ha, sehr komisch. Keine Sorge, alle unsere Produkte sind biologisch angebaut.« Juliet wandte sich zur Tür, blieb aber noch einmal stehen. »Vergiss die Regeln nicht: keine Versuche, das Haus zu verlassen. Und es gibt auch keinen Grund, das Mobiliar auseinander zu nehmen. Bring mich nicht dazu, dir meinen Doppelnelson vorzuführen.«

Sobald Juliets Schritte verklungen waren, begann Holly erneut, das Bett auf den Beton zu donnern. Das war das Gute an den Regeln der Unterirdischen: Die Anordnungen mussten einem Auge in Auge gegeben werden, und sie mussten sehr präzise formuliert sein. Einer Elfe einfach nur zu sagen, dass es keinen Grund gab, etwas zu tun, bedeutete nicht, dass man es ihr tatsächlich verbot. Und im Übrigen hatte Holly gar nicht die Absicht, das Haus zu verlassen. Aber das musste ja nicht heißen, dass sie nicht vorhatte, aus ihrer Zelle herauszukommen.

Artemis hatte noch einen weiteren Monitor neben die anderen gereiht und ihn mit einer Kamera verbunden, die in Angeline Fowls Dachbodenzimmer installiert worden war. Er nahm sich einen kurzen Moment Zeit, um nach seiner Mutter zu sehen. Manchmal war ihm nicht wohl bei dem Gedanken, sie über eine Kamera zu beobachten; es war fast, als spioniere er hinter ihr her. Doch es war nur zu ihrem Besten. Es bestand die Gefahr, dass sie sich etwas antat. Im Moment schlummerte sie friedlich, dank der Schlaftablette, die Juliet ihr auf das Essenstablett gelegt hatte. Das war Teil des Plans. Ein überaus wichtiger Teil sogar.

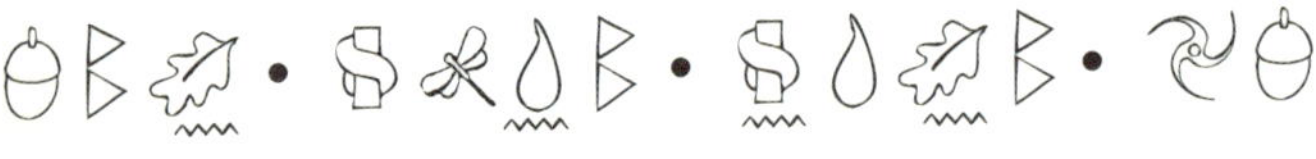

Butler betrat den Kontrollraum. Er hatte einen Haufen Elfengerät in der Hand und rieb sich den Nacken. »Hinterhältige kleine Biester.«

Artemis sah von den Monitoren auf. »Gab's Probleme?«

»Nichts Wichtiges. Aber diese kleinen Stöckchen hier haben ganz schön viel PS. Wie geht es unserer Gefangenen?«

»Gut. Juliet holt ihr gerade was zu essen. Wie es scheint, wird Captain Short ein bisschen unruhig.«

Auf einem der Bildschirme sah man, wie Holly ihr Feldbett in den Boden rammte.

»Verständlich«, bemerkte der Diener. »Stellen Sie sich vor, wie frustriert sie sein muss. Sie kann sich ja nicht einfach nach draußen durchbuddeln.«

Artemis lächelte. »Nein. Das gesamte Gut ist auf einer harten Kalksteinschicht gebaut worden. Nicht einmal ein Zwerg könnte sich hier einen Weg herausgraben. Oder hinein.«

Wie sich zeigen sollte, war das ein Irrtum. Ein fataler Irrtum. Ein denkwürdiges Ereignis für Artemis Fowl.

Die ZUP war auf eine Menge Notfälle vorbereitet. Zugegebenermaßen jedoch nicht darauf, dass eine ganze Bergungseinheit von einem einzelnen Feind lahm gelegt wurde. Umso dringender war es, den nächsten Schritt einzuleiten, zumal sich am Himmel bereits ein erster zarter Hauch von Orange zeigte.

»Alles startklar?«, bellte Root in sein Helmmikro, das selbstverständlich bereits auf jedes Flüstern reagierte.

Startklar, dachte Foaly, während er die letzte Schüssel am Wachturm verdrahtete, diese Militärheinis und ihre blöden Sprüche: alles startklar, Waffen in Schussbereitschaft, Befehl ist Befehl. Alles bloß mangelndes Selbstbewusstsein.

Laut sagte er: »Sie brauchen nicht zu schreien, Commander. Mit diesen Mikros könnte man hören, ob sich in Madagaskar eine Spinne kratzt.«

»Und, kratzt sich eine Spinne in Madagaskar?«

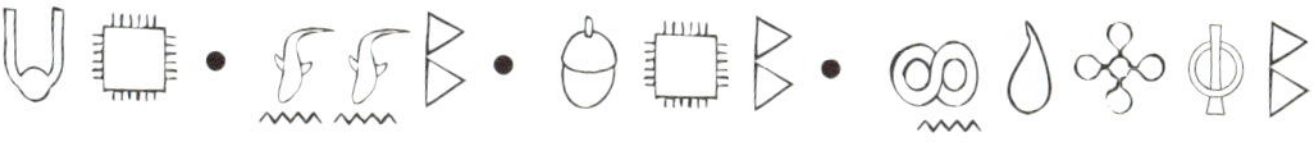

»Nun ja, äh, keine Ahnung. Eigentlich kratzen Spinnen sich gar –«

»Dann lenken Sie gefälligst nicht vom Thema ab, Foaly, sondern beantworten Sie meine Frage!«

Der Zentaur zog ein beleidigtes Gesicht. Dass der Commander aber auch alles immer so wörtlich nehmen musste! Er stöpselte das Modemkabel in seinen Laptop. »Okay, alles ... startklar.«

»Wurde aber auch Zeit. Dann drücken Sie mal aufs Knöpfchen.«

Erneut knirschte Foaly mit seinen Pferdezähnen. Er war wirklich das sprichwörtliche verkannte Genie. Drücken Sie aufs Knöpfchen! Root besaß überhaupt nicht genug Hirnmasse, um zu begreifen, was er, Foaly, hier gerade versuchte. Ein Zeitstopp war nicht einfach eine Sache, die man per Knopfdruck erledigte; es gab eine ganze Reihe komplizierter technischer Vorgänge, die man mit äußerster Präzision durchführen musste, sonst bestand die Gefahr, dass die Stoppzone in einen Haufen Asche und radioaktiven Abfall aufging.

Zwar hatten die Unterirdischen schon seit Jahrtausenden die Zeit angehalten, doch heutzutage war aufgrund von Satellitenkommunikation und Internet die Gefahr recht groß, dass die Menschen es mitbekamen, wenn ein Gebiet für ein paar Stunden aus der Zeit herausfiel. Einst konnte man ein ganzes Land lahm legen, und die Oberirdischen dachten nur, die Götter seien zornig. Doch das war Schnee von gestern. Jetzt hatten die Menschen Messinstrumente für alles Mögliche, und wenn man die Zeit anhalten wollte, tat man gut daran, geschickt und sorgfältig vorzugehen.

In den alten Zeiten hatten fünf Elfenzauberer ein Fünfeck um das Zielgebiet gebildet und so einen magischen Schild darüber gebreitet, der in dem verhexten Abschnitt vorübergehend die Zeit anhielt.

Das funktionierte so lange gut, wie keiner der Zauberer zur Toilette musste – so manche Belagerung war gescheitert, weil einer der Elfen ein Glas Wein zu viel getrunken hatte. Außerdem ermüdeten die Zauberer schnell, und ihre Arme wurden schwer. An einem guten Tag schafften sie etwa anderthalb Stunden, so dass es sich oft gar nicht lohnte, überhaupt anzufangen.

Es war Foalys Idee gewesen, das Ganze zu mechanisieren. Er ließ die Zauberer ihre magische Kraft in Lithiumbatterien einspeichern und stellte dann rund um das entsprechende Gebiet Funkschüsseln auf. Das klingt vielleicht einfach, war es aber nicht. Doch es hatte ganz eindeutig Vorteile. Vor allem gab es keine Magieausbrüche mehr, denn Batterien versuchten nicht, voreinander anzugeben. Man konnte exakt berechnen, wie viele Akkus gebraucht wurden, und damit war es möglich, Belagerungen auf bis zu acht Stunden auszudehnen.

Zufälligerweise war Fowl Manor wie geschaffen für einen Zeitstopp, da es abgelegen und klar umgrenzt war. Und obendrein gab es noch hohe Türme, an denen man die Schüsseln befestigen konnte. Man konnte fast auf den Gedanken kommen, dass Artemis Fowl es auf einen Zeitstopp angelegt hatte ... Foalys Finger hielt über dem Knopf inne. War es möglich? Immerhin war der Menschenjunge ihnen bisher immer einen Schritt voraus gewesen.

»Commander?«

»Sind wir schon drin?«

»Noch nicht ganz. Da gibt es etwas –«

Roots Reaktion hätte fast die Lautsprecher in Foalys Kopfhörer gesprengt. »Nein, Foaly! Es gibt gar nichts! Behalten Sie Ihre klugen Einfälle für sich. Captain Shorts Leben ist in Gefahr, also drücken Sie endlich den Knopf, sonst komme ich rauf und drücke ihn mit Ihrer Nase!«

»Bitte, dann eben nicht«, grummelte Foaly und drückte auf den Knopf.

Lieutenant Cudgeon sah auf seinen Mondmeter. »Du hast acht Stunden.«

»Ich weiß selber, wie viel Zeit ich habe«, knurrte Root. »Und lauf mir nicht ständig hinterher. Hast du nichts Besseres zu tun?«

»Doch, jetzt wo du's sagst – ich hätte eine Biobombe vorzubereiten.«

Root fuhr zu ihm herum. »Strapazier meine Geduld nicht, Cudgeon. Deine flapsigen Sprüche helfen mir nicht gerade, mich zu konzentrieren. Tu meinetwegen, was du für richtig hältst, aber denk dir gleich ein paar gute Argumente fürs Militärgericht aus. Wenn die Nummer schief geht, rollen Köpfe.«

»Allerdings«, murmelte Cudgeon leise. »Aber bestimmt nicht meiner.«

Root sah hinauf in den Himmel. Ein schimmerndes azurblaues Feld hatte sich über dem Fowl'schen Besitz ausgebreitet. Gut, sie waren also in der Zeitschleife. Außerhalb der Mauern lief das Leben in all seiner Hektik weiter, doch falls es jemandem trotz Festungsmauern und Eisentor gelingen sollte, in das Haus zu gelangen, würde er es verlassen vorfinden, da seine Bewohner in der Vergangenheit gefangen waren.

Für die nächsten acht Stunden würde über Fowl Manor die Dämmerung herrschen. Danach konnte Root nicht mehr für Hollys Sicherheit garantieren. In Anbetracht der dramatischen Situation war es mehr als wahrscheinlich, dass Cudgeon grünes Licht für seine Biobombe bekäme. Root hatte schon einmal eine Blauspülung miterlebt. Kein Lebewesen entkam, nicht einmal eine Ratte.

Root spürte Foaly am Fuß des Nordturms auf, wo der Zentaur ein Shuttle neben der meterdicken Mauer geparkt hatte. Der Arbeitsbereich war bereits ein einziges Gewirr von verschlungenen Kabeln und pulsierenden Glasfasern.

»Foaly? Sind Sie hier drin?«

Die Stanniolhaube des Zentauren tauchte aus dem Bauch eines auseinander gebauten Computers auf. »Hier drüben,

Commander. Ich nehme an, Sie sind gekommen, um mit meiner Nase einen Knopf zu drücken.«

Root hätte beinahe gelacht. »Jetzt sagen Sie bloß noch, dass Sie auf eine Entschuldigung warten, Foaly. Ich habe meinen Vorrat für heute bereits aufgebraucht, und das war für einen sehr guten Freund.«

»Sie meinen Cudgeon? Verzeihen Sie, Commander, aber an Ihrer Stelle würde ich meine Entschuldigungen nicht an den Lieutenant verschwenden. Er wird auch keine für Sie parat haben, wenn er Ihnen in den Rücken fällt.«

»Sie schätzen ihn falsch ein. Cudgeon ist ein guter Officer. Vielleicht ein bisschen zu ehrgeizig, aber wenn's drauf ankommt, tut er das Richtige.«

»Das Richtige für sich selbst. Ich glaube kaum, dass Holly ganz oben auf seiner Prioritätenliste steht.«

Root schwieg. Er wusste nicht, was er sagen sollte.

»Und noch was. Ich habe das ungute Gefühl, dass der kleine Artemis Fowl *wollte*, dass wir die Zeit anhalten. Schließlich scheinen wir ihm bisher mit allem, was wir getan haben, in die Hände gespielt zu haben.«

Root massierte sich die Schläfen. »Das ist unmöglich. Woher sollte ein Menschenwesen etwas von den Zeitstopps wissen? Egal, wir haben keine Zeit für irgendwelche Theorien, Foaly. Mir bleiben nur knapp acht Stunden, um diesen Schlamassel hier in den Griff zu kriegen. Also, was haben Sie für mich?«

Foaly trabte hufklappernd zu einem Ausrüstungsregal, das an der Wand befestigt war.

»Keine schwere Bewaffnung, so viel steht fest. Nicht nach dem, was der Elite-Bergungseinheit passiert ist. Und auch kein Helm. Dieses Ungeheuer von einem Oberirdischen scheint die Dinger zu sammeln. Nein, um unseren guten Willen zu zeigen, werden wir Sie ungeschützt und unbewaffnet reinschicken.«

Root schnaubte verächtlich. »Aus welchem Handbuch haben Sie das denn?«

»Das ist die normale Vorgehensweise. Vertrauen zu schaffen beschleunigt die Verhandlungen.«

»Ach, hören Sie auf mit dem Gewäsch und geben Sie mir was zum Schießen.«

»Wie Sie meinen«, seufzte Foaly und nahm etwas aus dem Regal, das wie ein Finger aussah.

»Was ist das?«

»Wonach sieht's denn aus?«

»Nach einem Finger«, gab Root zu.

»Ja, aber es ist kein normaler Finger.« Foaly sah sich um, um sicherzugehen, dass niemand sie beobachtete. »In der Spitze steckt ein druckluftbetriebener Pfeil. Nur ein Schuss. Wenn Sie mit dem Daumen auf den Knöchel drücken, wandert jemand ins Reich der Träume.«

»Warum sehe ich das erst jetzt?«

»Es ist eher so eine Geheimentwicklung ...«

»Und?«, fragte Root argwöhnisch.

»Nun ja, es hat ein paar Unfälle gegeben ...«

»Raus mit der Sprache, Foaly!«

»Unsere Agenten vergessen immer wieder, dass sie ihn angeschnallt haben.«

»Sprich, sie schießen sich selbst ab.«

Foaly nickte betreten. »Einer unserer besten Männer hat sich damit in der Nase gebohrt. Drei Tage auf der Intensivstation.«

Root rollte sich den Überzug aus Chamäleonlatex über den Zeigefinger, wo er sofort die Form und Farbe des echten Fingers annahm.

»Keine Sorge, Foaly, ich bin schließlich kein Vollidiot. Sonst noch was?«

Foaly nahm eine Art Gummihintern vom Haken.

»Das ist doch wohl nicht Ihr Ernst! Wozu ist das denn gut?«

»Zu gar nichts«, gab Foaly zu. »Aber es ist ein echter Partyhit.«

Root musste lachen, was höchst ungewöhnlich für ihn war. »Okay. Spaß beiseite. Werde ich verkabelt?«

»Klaro. Über eine Iriskamera. Welche Farbe haben Sie?« Er betrachtete die Augen des Commanders. »Hmm. Schlammbraun.« Er nahm einen kleinen Behälter aus dem Regal und fischte die elektronische Kontaktlinse aus einer mit Flüssigkeit gefüllten Kapsel. Dann zog er mit Daumen und Zeigefinger Roots Lider auseinander und setzte ihm die Iriskamera ein. »Vielleicht brennt es ein bisschen, aber reiben Sie lieber nicht, sonst landet sie womöglich hinter Ihrem Auge. Dann schauen wir in Ihren Kopf, und da gibt es bestimmt nichts Spannendes zu sehen.«

Root blinzelte und kämpfte gegen den Drang an, sich über das tränende Auge zu wischen. »Das ist alles?«

Foaly nickte. »Mehr wäre zu riskant.«

Der Commander stimmte ihm widerstrebend zu. Seine Hüfte fühlte sich verdammt nackt an ohne den dreiläufigen Flammenwerfer. »Na gut, wie's aussieht, wird es dieser erstaunliche Pfeilfinger wohl tun müssen. Aber eins sage ich Ihnen, Foaly: Wenn mir das Ding um die Ohren fliegt, sitzen Sie im nächsten Shuttle zurück nach Haven.«

Der Zentaur kicherte. »Passen Sie bloß auf, wenn Sie aufs Klo gehen.«

Diesmal lachte Root nicht. Über gewisse Dinge machte man keine Scherze.

Artemis' Uhr war stehen geblieben. Es war, als existiere Greenwich nicht mehr. Oder vielleicht, sann Artemis, sind wir diejenigen, die verschwunden sind. Er warf einen Blick auf den CNN-Bildschirm; er zeigte nur ein leicht verzerrtes Standbild von Riz Khan. Artemis konnte sich ein zufriedenes Lächeln nicht verkneifen. Sie hatten es getan. Die ZUP hatte die Zeit angehalten, genau wie es im Buch stand. Alles lief nach Plan.

Der richtige Moment, um eine weitere Theorie zu überprüfen. Artemis rollte mit seinem Stuhl zu der Reihe von Monitoren und schaltete das Bild der Kamera im Zimmer seiner Mutter auf den siebzig Zentimeter großen Hauptbildschirm. Angeline Fowl lag nicht mehr auf ihrer Chaiselongue. Artemis machte einen Schwenk durch das ganze Zimmer. Es war leer. Seine Mutter war verschwunden. Sein Lächeln wurde noch breiter. Perfekt, genau wie er es sich gedacht hatte.

Dann schaltete er um auf Holly Short. Sie rammte noch immer das Bett in den Boden. Gelegentlich stand sie auf und hämmerte mit den nackten Fäusten gegen die Wand. Vielleicht war es mehr als Frustration. Konnte es sein, dass hinter ihrem Wahnsinn Methode steckte? Er klopfte mit seinem schmalen Zeigefinger auf den Bildschirm. »Was haben Sie vor, Captain? Was führen Sie im Schilde?«

Eine Bewegung auf dem Monitor, der die Zufahrt überwachte, zog seine Aufmerksamkeit auf sich.

»Endlich«, seufzte Artemis. »Das Spiel beginnt.«

Eine Gestalt näherte sich auf dem Weg. Klein, aber dennoch imposant. Und ohne Sichtschild. Keine Mätzchen mehr.

Artemis drückte auf den Knopf der Sprechanlage.

»Butler? Wir haben einen Gast. Ich werde ihn selbst empfangen. Lösen Sie mich hier ab und überwachen Sie die Kameras.«

Blechern schallte Butlers Stimme aus dem Lautsprecher. »Verstanden, Artemis. Bin schon unterwegs.«

Artemis knöpfte sein Designerjackett zu und blieb kurz vor einem Spiegel stehen, um sich die Krawatte zu richten. Der Trick bei Verhandlungen bestand darin, von Anfang an alle Karten in der Hand zu haben oder zumindest so auszusehen, als ob dem so wäre.

Er setzte seine finsterste Miene auf. Böse, sagte er sich, böse, aber hoch intelligent. Und entschlossen, vergiss die Entschlossenheit nicht. Dann legte er die Hand auf den Knauf der Eingangstür. Ganz ruhig. Tief durchatmen und nicht darüber nachdenken, dass du möglicherweise die Situation falsch eingeschätzt hast und gleich erschossen wirst. Eins, zwei, drei … Er öffnete die Tür.

»Guten Abend«, grüßte er, ganz der perfekte Gastgeber, wenn auch ein hinterhältiger, böser, intelligenter und entschlossener.

Root stand, die leeren Hände demonstrativ ausgestreckt, vor der Tür. Die universale Geste für: Sieh her, ich trage keine große, mörderische Waffe.

»Sind Sie Fowl?«

»Artemis Fowl, zu Ihren Diensten. Und wer sind Sie?«

»ZUP-Commander Root. So, und jetzt, wo wir die Vorstellung hinter uns haben, könnten wir bitte zur Sache kommen?«

»Mit Vergnügen.«

Root beschloss, einen Vorstoß zu wagen. »Dann kommen Sie heraus, damit ich Sie sehen kann.«

Artemis' Miene wurde hart. »Haben Sie aus meinen Warnungen denn nichts gelernt? Das Schiff? Ihr Einsatzkommando? Muss ich erst jemanden töten?«

»Nein«, erwiderte Root hastig. »Ich wollte nur –«

»Sie wollten mich nur hinauslocken, damit Sie mich schnappen und gegen Ihren Captain austauschen können. Bitte, Commander Root, lassen Sie die Spielchen, oder schicken Sie mir jemand Intelligentes.«

Root spürte, wie ihm das Blut in die Wangen schoss. »Jetzt hören Sie mir mal zu, Sie kleiner –«

Artemis lächelte; er hatte wieder die Oberhand. »Keine sehr geschickte Verhandlungstaktik, Commander, die Beherrschung zu verlieren, bevor wir überhaupt am Tisch sitzen.«

Root atmete ein paar Mal tief durch. »Schön. Was immer Sie meinen. Wo möchten Sie, dass wir unser Gespräch abhalten?«

»Drinnen natürlich. Sie haben meine Erlaubnis, das Haus zu betreten, aber denken Sie daran, Captain Shorts Leben liegt in Ihren Händen. Seien Sie vorsichtig damit.«

Root folgte seinem Gastgeber durch die gewölbte Eingangshalle. Generationen von Fowls starrten von Porträts auf sie hinunter. Durch eine gebeizte Eichentür betraten sie einen lang gezogenen Konferenzraum mit einem runden Tisch, an dem zwei Plätze mit Notizblock, Aschenbecher und Wasserkaraffe vorbereitet waren.

Root war begeistert, als er die Aschenbecher sah, und zog sofort eine halb zerkaute Zigarre aus seiner Uniformjacke.

»Vielleicht sind Sie ja doch kein Barbar«, knurrte er, eingehüllt in eine riesige grüne Rauchwolke. Die Wasserkaraffen ignorierte er und schenkte sich stattdessen etwas Purpurfarbenes aus einer Feldflasche ein. Er trank es mit einem Zug aus, rülpste und setzte sich hin.

»Sind Sie bereit?« Artemis ordnete seine Notizen wie ein Nachrichtensprecher. »Für mich stellt sich die Situation folgendermaßen dar: Ich bin in der Lage, Ihre unterirdische Existenz bekannt zu machen, und Sie haben keine Möglichkeit, mich daran zu hindern. Was immer ich also von Ihnen fordere, ist ein vergleichsweise niedriger Preis.«

Root spuckte einen Krümel Pilztabak aus. »Glauben Sie ernsthaft, Sie könnten all diese Informationen einfach ins Internet stellen?«

»Nun ja, nicht sofort, erst wenn wir nicht mehr in der Zeitschleife hängen.«

Root erstickte fast an seinem Zigarrenrauch. Ihr letzter Trumpf! Verspielt! »Hm, wenn Sie das mit dem Zeitstopp wissen, dann ist Ihnen ja wohl auch klar, dass Sie vollkommen von der Außenwelt abgeschnitten sind. Sie sind machtlos.«

Artemis notierte sich etwas auf seinem Block. »Ach, Commander, lassen wir doch die kindischen Spielchen. Im Fall einer Entführung schickt die ZUP als Erstes ein Top-Bergungsteam, um den Vermissten zurückzuholen. Genau das haben Sie getan. Verzeihen Sie, wenn ich lache – das nennen Sie Top-Team? Ein Trupp Schülerscouts mit Wasserpistolen hätte diesen Kindergarten besiegen können.«

Root kochte still vor sich hin und ließ seinen Zorn an dem Zigarrenstummel aus.

»Der nächste offizielle Schritt sind Verhandlungen. Und falls die keine Lösung bringen und der achtstündige Zeitstopp abläuft, wird innerhalb des Zeitfelds eine Biobombe gezündet.«

»Sie scheinen verdammt viel über uns zu wissen, Fowl. Ich nehme an, Sie wollen mir nicht verraten, woher?«

»Stimmt.«

Root zerdrückte den Rest seiner Zigarre in dem kristallenen Aschenbecher. »Also gut, dann mal raus damit, was sind Ihre Forderungen?«

»Eine Forderung. Singular.«

Artemis schob seinen Notizblock über den polierten Tisch, und Root las, was dort stand. »Eine Tonne vierundzwanzigkarätiges Gold in kleinen, unmarkierten Barren. Das ist nicht Ihr Ernst!«

»Oh doch.«

Root beugte sich vor. »Begreifen Sie denn nicht? Ihre Position ist unhaltbar. Entweder Sie geben uns Captain Short zurück, oder wir sind gezwungen, Sie alle zu töten. Dazwischen gibt es nichts. Wir verhandeln nicht. Ich bin nur hier, um Ihnen die Fakten darzulegen.«

Artemis setzte sein Vampirlächeln auf. »Glauben Sie mir, Commander, Sie *werden* mit mir verhandeln.«

»Ach ja? Und warum sollte ich das tun?«

»Weil ich weiß, wie man dem Zeitfeld entkommen kann.«

»Blödsinn«, schnaubte Root. »Das ist unmöglich.«

»Nein, ist es nicht. Sie sollten mir glauben – bisher hatte ich immer Recht.«

Root riss das oberste Blatt von dem Notizblock, faltete es und steckte es ein. »Ich muss darüber erst nachdenken.«

»Lassen Sie sich Zeit. Wir haben acht Stunden, nein, stimmt nicht, siebeneinhalb Stunden, dann ist die Uhr für uns alle abgelaufen.«

Root sagte eine ganze Weile lang nichts, sondern klopfte nur mit den Fingerspitzen auf die Tischplatte. Er holte Luft, um etwas zu sagen, änderte dann jedoch seine Meinung und stand abrupt auf. »Wir hören voneinander. Bemühen Sie sich nicht, ich finde alleine raus.«

Artemis schob seinen Stuhl zurück. »Wie Sie wünschen. Aber denken Sie daran: Solange ich lebe, ist es niemandem von Ihrer Rasse gestattet, hier einzudringen.«

Root marschierte durch die Eingangshalle und starrte finster die Porträts an. Jetzt musste er erst mal hier raus und diese neue Information verdauen. Der junge Fowl war wirklich schlüpfrig wie ein Aal. Aber er beging einen grundlegenden Fehler: Er nahm an, dass er, Root, sich an die Regeln halten würde. Doch Julius Root hatte seinen Rang als Commander nicht dafür bekommen, dass er stur den Vorschriften folgte. Es war Zeit für ein paar unorthodoxe Schachzüge.

Die Videoaufnahme von Roots Iriskamera wurde von zwei Experten untersucht.

»Sehen Sie, hier«, sagte Professor Cumulus, ein Verhaltensspezialist. »Dieses Zucken – er lügt.«

»Unsinn«, schnaufte Doktor Argon, ein Psychologe aus dem Gebiet unterhalb der Vereinigten Staaten. »Da juckt es ihn, weiter nichts. Es juckt ihn, also kratzt er sich. Das ist doch vollkommen harmlos.«

Cumulus wandte sich an Foaly. »Hören Sie sich das an. Wie soll ich mit so einem Scharlatan zusammenarbeiten?«

»Quacksalber«, entgegnete Argon.

»Meine Herren, bitte. Wir brauchen hier Übereinstimmung, ein konkretes Profil.«

»Es ist zwecklos«, sagte Argon. »Unter solchen Bedingungen kann ich nicht arbeiten.«

Cumulus verschränkte die Arme. »Wenn er es nicht kann, kann ich es auch nicht.«

Root betrat das Shuttle durch die Doppeltür. Sein Gesicht hatte einen noch dunkleren Ton als gewöhnlich. »Dieses Menschenwesen spielt mit uns, und das lasse ich mir nicht gefallen. Was sagen unsere Experten zu dem Video?«

Foaly trat ein Stück zur Seite, damit der Commander sich die so genannten Experten ungehindert vorknöpfen konnte. »Anscheinend können sie unter diesen Bedingungen nicht arbeiten.«

Roots Augen verengten sich zu gefährlich funkelnden Schlitzen. »Wie bitte?«

»Dieser Pseudodoktor ist ein Trottel«, sagte Cumulus, der die Wutausbrüche des Commanders noch nicht kannte.

»Ich? Ein Trottel?«, stammelte Argon, ebenso ahnungslos. »Das müssen Sie gerade sagen, Sie Westentaschenelf! Blähen jede noch so unschuldige Bewegung mit Ihren Interpretationen auf!«

»Unschuldig? Der Junge ist das reinste Nervenbündel. Natürlich lügt er, das ist doch sonnenklar.«

Root donnerte mit der Faust auf den Tisch, dass die Beschichtung in ein Spinnennetz aus Rissen zerbarst. »Ruhe!«

Augenblicklich erstarb das Gezänk.

»Sie beiden *Experten* bekommen doch ein ganz hübsches Sümmchen für Ihre Profilerstellung, oder?«

Die beiden nickten stumm, aus Angst, gegen das Schweigegebot zu verstoßen.

»Das hier könnte der Fall Ihres Lebens werden, also konzentrieren Sie sich gefälligst, verstanden?«

Erneutes Nicken.

Root wandte sich an den Zentauren: »Spulen Sie vor, Foaly. Bis kurz vor das Ende.«

Das Band lief in unregelmäßigem Tempo weiter. Auf dem Bildschirm sah man, wie Root dem Menschenjungen in das Konferenzzimmer folgte.

»Hier. Halten Sie an. Können Sie sein Gesicht näher heranzoomen?«

»Ob ich sein Gesicht ranzoomen kann?«, spöttelte Foaly. »Kann ein Zwerg das Netz unter den Beinen einer Spinne wegstehlen?«

»Ja«, antwortete Root.

»Das war eher eine rhetorische Frage.«

»Verschonen Sie mich mit Ihren Grammatiklektionen, Foaly, und tun Sie, was ich Ihnen sage.«

Foaly knirschte mit seinen langen Zähnen. »Okay, Boss. Bin schon dabei.«

Mit blitzartiger Geschwindigkeit huschten die Finger des Zentauren über die Tastatur. Artemis' Gesicht wuchs, bis es den gesamten Plasmabildschirm ausfüllte.

»Ich rate Ihnen, gut zuzuhören«, sagte Root und packte die beiden Experten an der Schulter. »Dies ist der entscheidende Augenblick Ihrer Karriere.«

»Weil ich weiß«, sagte der Mund auf dem Bildschirm, »wie man dem Zeitfeld entkommen kann.«

»Und jetzt sagen Sie mir«, knurrte Root, »lügt er?«

»Noch mal, bitte«, sagte Cumulus. »Zeigen Sie mir die Augen.«

Argon nickte. »Ja, nur die Augen.«

Foaly drückte erneut ein paar Tasten, bis auf dem Monitor nur noch Artemis' dunkelblaue Augen zu sehen waren.

»Weil ich weiß«, dröhnte die menschliche Stimme, »wie man dem Zeitfeld entkommen kann.«

»Nun – lügt er?«

Cumulus und Argon sahen sich an; jegliche Unstimmigkeiten zwischen ihnen waren verschwunden. »Nein«, antworteten sie wie aus einem Munde.

»Er sagt die Wahrheit«, fügte der Verhaltensforscher hinzu.

»Beziehungsweise«, differenzierte der Psychologe, »er glaubt, dass er es tut.«

Root betupfte sein Auge mit einer beruhigenden Lösung. »Ganz meine Meinung. Als ich diesem Menschenwesen ins Gesicht sah, wusste ich, er ist entweder ein Genie oder wahnsinnig.«

Artemis' kühle Augen starrten vom Bildschirm auf sie herunter.

»Und, was von beidem ist er denn nun?«, fragte Foaly.

Root schnappte sich seinen dreiläufigen Flammenwerfer vom Regal. »Was macht das für einen Unterschied?«, schnauzte er und schnallte sich seine geliebte Waffe um die Hüfte. »Geben Sie mir eine Funkverbindung zu E1. Da dieser Fowl alle unsere Regeln zu kennen scheint, wollen wir anfangen, ein paar davon zu brechen.«

Kapitel 7
Mulch

Zeit, eine neue Figur in unserem unterirdischen Schauspiel einzuführen. Nun ja, genau genommen ist sie gar nicht neu. Wir sind ihr bereits an der Anmeldung des Polizeipräsidiums begegnet, wo er wegen mehrfachen Diebstahls in Untersuchungshaft gebracht wurde: Mulch Diggums, der kleptomanische Zwerg. Ein dubioses Individuum, selbst im Vergleich mit Artemis Fowl. Als ob in diesem Bericht nicht mehr als genug amoralische Gestalten vorkämen.

In eine typische Familie von Höhlenzwergen geboren, hatte Mulch schon früh beschlossen, dass die Minenarbeit nicht seine Sache war. Folglich hatte er seine Talente anderweitig zum Einsatz gebracht, vorzugsweise beim Graben und Einbrechen, insbesondere in die Häuser der Oberirdischen. Dies bedeutete natürlich, dass er seine Magie verlor. Häuser waren heilig, und wenn man gegen diese Regel verstieß, musste man auch die Konsequenzen tragen. Doch das kümmerte Mulch wenig. Die Magie hatte ihm nie viel bedeutet; unten in den Minen konnte man kaum etwas damit anfangen.

Ein paar Jahrhunderte lang war alles ziemlich gut für ihn gelaufen, und er hatte oben auf der Erde ein recht einträgliches Antiquitätengeschäft aufgebaut. Bis zu dem Tag, als er versucht hatte, einem Undercoveragenten von der ZUP den Jules-Rimet-Cup zu verkaufen. Von da an hatte sich das

Blatt gewendet, und er war seither mehr als zwanzig Mal verhaftet worden. Zusammen genommen hatte er fast dreihundert Jahre im Gefängnis verbracht.

Mulch war unersättlich, was das Tunnelgraben betraf, und zwar im wahrsten Sinne des Wortes. Für all diejenigen, die mit den Einzelheiten des zwergischen Tunnelgrabens noch nicht vertraut sind, werde ich versuchen, sie so dezent wie möglich zu beschreiben. Wie manche Mitglieder der Reptilienfamilie können männliche Zwerge ihren Kiefer aushaken, was es ihnen ermöglicht, mehrere Kilo Erde pro Sekunde hinunterzuschlingen. Dieses Material wird dann von einem höchst effizienten Stoffwechsel verarbeitet, von sämtlichen brauchbaren Mineralien befreit und schließlich ... am anderen Ende wieder ausgestoßen. Reizend.

Derzeit schmachtete Mulch in einer steinernen Zelle in der ZUP-Zentrale. Oder zumindest versuchte er, wie ein gelassen vor sich hinschmachtender Zwerg auszusehen. In Wahrheit jedoch zitterte er in seinen Stahlkappenstiefeln.

Der Krieg zwischen den Zwergen und Kobolden war in letzter Zeit wieder aufgeflammt, und irgendein besonders intelligenter ZUP-Elf war auf die geniale Idee gekommen, ihn zusammen mit einer Bande durchgeknallter Kobolde in eine Zelle zu sperren. Möglicherweise nur ein Versehen, wahrscheinlich jedoch die Rache dafür, dass er versucht hatte, bei der Anmeldung die Taschen des Officers auszuräumen, der ihn verhaftet hatte.

»Na, Zwerg«, spöttelte der Anführerkobold, ein warzengesichtiger Kerl, der über und über mit Tätowierungen bedeckt war. »Wie kommt's, dass du dich noch nicht nach draußen gefressen hast?«

Mulch klopfte gegen die Wand. »Massiver Felsen.«

Der Kobold lachte. »Na und? Ist doch bestimmt nicht härter als dein Zwergenschädel.«

Seine Kumpane lachten. Mulch ebenfalls, da er es für klüger hielt. Fehlschluss.

»Lachst du etwa über mich, Zwerg?«

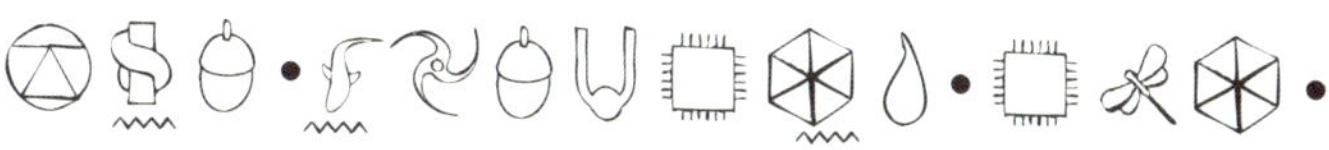

Mulch hörte auf zu lachen. »Mit dir«, korrigierte er. »Ich lache mit dir. Der Spruch mit dem Schädel war ziemlich witzig.«

Der Kobold trat auf ihn zu, bis seine Rotznase nur noch einen Zentimeter von Mulchs entfernt war. »Willst du mich verarschen, Zwerg?«

Mulch schluckte und überlegte. Wenn er jetzt den Kiefer aushakte, könnte er wahrscheinlich den Anführer verschlingen, bevor die anderen begriffen, was los war. Aber Kobolde waren mörderisch für die Verdauung. Sehr knochig.

Der Kobold ließ einen Feuerball um seine Faust kreisen. »Ich hab dich was gefragt, Kurzer.«

Mulch spürte, wie jede einzelne Schweißdrüse an seinem Körper auf Turbo schaltete. Zwerge mochten kein Feuer. Sie mochten nicht einmal an Feuer denken. Im Gegensatz zu den anderen unterirdischen Arten verspürten Zwerge keinerlei Drang, an der Erdoberfläche zu leben. Zu nah an der Sonne. Welche Ironie für jemanden, der seinen Lebensunterhalt damit verdiente, die Oberirdischen von ihrem Besitz zu befreien.

»N-nur die Ruhe«, stammelte er. »Ich wollte bloß nett sein.«

»Nett?«, schnauzte Warzengesicht. »Ihr Schrumpfnasen wisst doch gar nicht, was das überhaupt ist. Feige, hinterhältige Verräter, die ganze Bande.«

Mulch stimmte ihm diplomatisch zu. »Ja, manche von uns sind bisweilen ein wenig tückisch.«

»Ein wenig tückisch! Dass ich nicht lache! Mein Bruder wurde von einer Horde Zwerge in einen Hinterhalt gelockt. Sie hatten sich als Dunghaufen verkleidet! Er liegt immer noch im Streckverband!«

Mulch nickte mitfühlend. »Der alte Dunghaufen-Trick, wirklich geschmacklos. Einer der Gründe, weshalb ich mich nicht der Bruderschaft angeschlossen habe.«

Warzengesicht ließ den Feuerball zwischen seinen Fingern hin und her wandern. »Weißt du, Kleiner, es gibt zwei Dinge unter dieser Welt, die ich wirklich nicht leiden kann.«

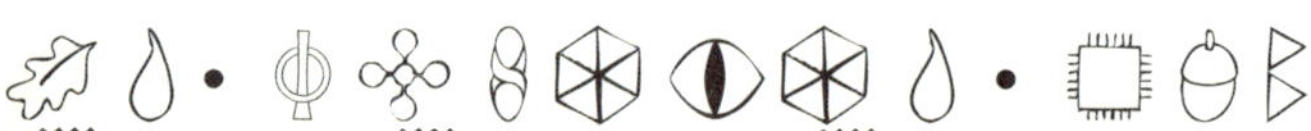

Mulch hatte das ungute Gefühl, dass er gleich erfahren würde, welche das waren.

»Das eine ist ein stinkender Zwerg.«

So weit nichts Neues.

»Und das andere ist einer, der seine eigenen Leute verrät. Und nach allem, was ich höre, passt du in beide Schubladen.«

Mulch lächelte schwach. »Na, da habe ich ja mal wieder Glück.«

»Mit Glück hat das gar nichts zu tun. Das Schicksal hat dich mir ausgeliefert.«

An einem anderen Tag hätte Mulch vielleicht darauf hingewiesen, dass Glück und Schicksal mehr oder weniger dasselbe waren, aber nicht heute.

»Magst du Feuer, Zwerg?«

Mulch schüttelte den Kopf.

Warzengesicht grinste. »Na, das ist aber verdammt schade, denn ich werd dir gleich diesen Feuerball in die Kehle rammen.«

Der Zwerg musste schlucken. Das war mal wieder typisch für die Zwergen-Bruderschaft. Was hassen Zwerge am meisten? Feuer. Welches sind die einzigen Wesen, die Feuerbälle herbeizaubern können? Kobolde. Und mit wem legen sich die Zwerge an? So blöd musste man erst mal sein.

Mulch wich bis zur Wand zurück. »Vorsicht. Wir könnten alle dabei draufgehen.«

»Wir nicht«, sagte Warzengesicht grinsend und zog den Feuerball durch seine lange Nase hoch. »Absolut feuerfest.«

Mulch wusste genau, was als Nächstes passieren würde. Er hatte es oft genug in den Seitenstraßen beobachtet. Eine Bande Kobolde schnappte sich einen einzelnen Zwerg, drückte ihn zu Boden, und dann blies der Anführer ihm die doppelte Ladung mitten ins Gesicht.

Warzengesichts Nasenflügel bebten, als er sich bereit machte, den eingesogenen Feuerball wieder auszustoßen.

Mulch zitterte. Ihm blieb nur noch eine Chance. Die Kobolde hatten einen Fehler gemacht: Sie hatten vergessen, seine Arme festzuhalten.

Der Kobold holte durch den Mund Luft und schloss ihn dann, um zusätzlichen Atemdruck für die Feuerladung zu gewinnen. Er legte den Kopf zurück, zielte mit der Nase auf den Zwerg und schoss. Blitzschnell rammte Mulch seine Daumen in Warzengesichts Nase. Gemein, ja, aber immer noch besser als zu Zwergenkebab verarbeitet zu werden.

Der Feuerball konnte nirgendwohin; er prallte an Mulchs Daumen ab und sprang zurück in den Kopf des Kobolds. Die Tränendrüsen boten den Weg des geringsten Widerstands, und so wurden die Flammen zu Hochdruckströmen komprimiert, die an den Unterlidern des Kobolds hervorschossen. Ein Flammenmeer breitete sich unter der Zellendecke aus.

Mulch zog seine Daumen wieder heraus, wischte sie kurz ab und steckte sie in den Mund, damit die natürliche Heilkraft des Speichels die Verbrennungen lindern konnte. Wenn er seine Magie noch besessen hätte, hätte er natürlich seine angeschmorten Daumen einfach auf Wunsch heilen lassen, aber das war nun mal der Preis, den man für ein Leben als Verbrecher zahlen musste.

Warzengesicht sah nicht besonders gesund aus. Rauch drang aus sämtlichen Kopföffnungen. Auch wenn Kobolde prinzipiell feuerfest waren, hatte der eingesperrte Feuerball seine Innereien doch ganz hübsch angekokelt. Er schwankte wie ein Büschel Algen und fiel dann mit dem Gesicht nach unten auf den Betonboden. Etwas knirschte. Vermutlich eine große Koboldnase.

Der Rest der Bande fand das gar nicht komisch.

»Guckt mal, was er mit dem Boss gemacht hat!«

»Diese miese kleine Zwergenratte.«

»Den grillen wir uns.«

Mulch wich noch weiter zurück. Er hatte gehofft, die übrigen Kobolde würden klein beigeben, wenn erst ihr

Anführer außer Gefecht war, doch da hatte er sich offensichtlich geirrt. Obwohl es ganz und gar nicht seine Art war, blieb Mulch nichts anderes übrig als anzugreifen.

Er hakte seinen Kiefer aus, sprang vorwärts und schloss seine Zähne um den Kopf des erstbesten Kobolds. »Furüg mi euf!«, brüllte er um das Hindernis in seinem Mund herum. »Furüg, oer euer Freun geh rauf!«

Die anderen erstarrten, unsicher, wie sie sich verhalten sollten. Natürlich hatten sie alle schon gesehen, was ein Zwergengebiss mit einem Koboldkopf anstellen konnte. Kein schöner Anblick.

Jeder von ihnen ließ einen Feuerball auflodern.

»If warne euf!«

»Du kannst uns nicht alle gleichzeitig fangen, Schrumpfnase.«

Mulch kämpfte gegen den Drang zuzubeißen – der stärkste Impuls der Zwerge, ein Reflex, der in Jahrtausenden des Tunnelgrabens entstanden war. Die Tatsache, dass der Kobold sich schleimig hin und her wand, machte es nicht gerade leichter. Die Lage spitzte sich zu. Die Bande kam immer näher, und er war machtlos, solange er den Mund voll hatte. Es wurde langsam Zeit für einen kleinen Imbiss.

Plötzlich sprang die Zellentür auf und eine Woge von ZUP-Officern überflutete den engen Raum. Mulch spürte den kalten Stahl eines Pistolenlaufs an seiner Schläfe.

»Spuck den Gefangenen aus«, befahl eine Stimme.

Mulch kam der Aufforderung mit Freuden nach. Ein völlig mit Schleim bedeckter Kobold brach würgend auf dem Boden zusammen.

»Und ihr Kobolde macht euer Spielzeug aus.«

Ein Feuerball nach dem anderen erlosch.

»Das war nicht meine Schuld«, jammerte Mulch und zeigte auf Warzengesicht, der zuckend in der Ecke lag. »Er hat sich selbst in die Luft gejagt.«

Der Officer schob seine Waffe zurück in das Halfter und holte ein Paar Handschellen hervor.

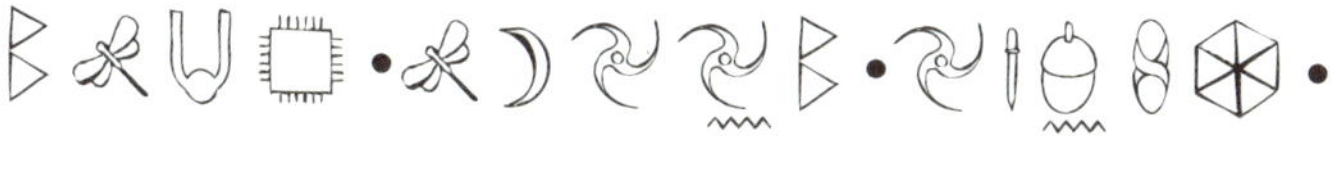

»Mir ist vollkommen schnurz, was ihr miteinander anstellt.« Er drehte Mulch herum und legte ihm die Fesseln an. »Wenn's nach mir ginge, würde ich euch alle zusammen in einen großen Raum sperren und eine Woche später wiederkommen, um ihn auszuspritzen. Aber Commander Root will dich oben haben, und zwar *stante pede.*«

»*Stante pede?*«

»Ratzfatz, ruckzuck, dallidalli.«

Mulch kannte Root. Der Commander hatte ihm einige von seinen Zwangsurlauben eingebrockt. Wenn Julius Root ihn sehen wollte, dann bestimmt nicht für einen netten Plausch unter Männern.

»Jetzt? Aber oben ist Tag. Da verbrenne ich.«

Der ZUP-Officer lachte. »Da, wo du hingehst, ist nicht Tag, Alter. Da ist gar nichts.«

Root erwartete den Zwerg innerhalb des Zeitfeldportals – ebenfalls eine von Foalys Erfindungen. Mittels des Portals konnten Unterirdische das Zeitfeld betreten und verlassen, ohne den veränderten Fluss innerhalb des Felds zu stören. Konkret bedeutete dies, dass Mulch, obwohl es fast sechs Stunden gedauert hatte, ihn zur Erdoberfläche zu bringen, nur wenige Augenblicke, nachdem Root ihn heraufbeordert hatte, in das Feld eingeschleust wurde.

Es war Mulchs erster Aufenthalt in einem Zeitfeld. Er stand da und sah zu, wie das Leben außerhalb des schimmernden Bereichs wie im Zeitraffer weiterlief: Autos rasten mit irrwitziger Geschwindigkeit vorüber, und die Wolken wirbelten über den Himmel wie bei einem Sturm mit Windstärke zwölf.

»Mulch, Sie Westentaschenganove«, dröhnte Root, »Sie können den Anzug jetzt ausziehen. Das Feld ist UV-gefiltert, oder zumindest hat man mir das gesagt.«

Der Zwerg hatte in E1 einen Ganzkörperschutzanzug bekommen. Obwohl Zwerge eine dicke Haut hatten, waren sie extrem sonnenempfindlich und bekamen innerhalb von

weniger als drei Minuten einen Sonnenbrand. Mulch schälte sich aus dem hautengen Overall.

»Nett, Sie zu sehen, Julius.«

»Für Sie immer noch Commander Root.«

»Stimmt, Sie sind ja jetzt Commander. Na ja, auch die Verwaltung kann sich mal irren.«

Roots Zähne zermalmten die unvermeidliche Zigarre zu Brei. »Auf Ihre Unverschämtheiten kann ich verzichten, Gefangener. Und dass ich Ihnen jetzt keinen Tritt in den Hintern versetze, verdanken Sie einzig und allein der Tatsache, dass ich einen Job für Sie habe.«

Mulch runzelte die Stirn. »Gefangener? Ich habe einen Namen, wie Sie sehr wohl wissen, Julius.«

Root ging in die Hocke, so dass sein Gesicht sich auf Zwergenhöhe befand. »Ich weiß nicht, in welcher Traumwelt Sie leben, Gefangener, aber in der realen Welt sind Sie ein Verbrecher, und meine Aufgabe besteht darin, Ihnen das Leben so unangenehm wie möglich zu machen. Falls Sie also Höflichkeit erwarten, nur weil ich etwa fünfzehn Mal gegen Sie ausgesagt habe, dann können Sie sich das von der Backe putzen!«

Mulch rieb sich die von den Handschellen wund gescheuerten Handgelenke. »Schon gut, *Commander*. Kein Grund, gleich unter die Decke zu gehen. Ich bin ja schließlich kein Mörder, sondern nur ein harmloser Dieb.«

»Wie ich höre, hätten Sie unten in der Zelle beinahe den Löffel abgegeben.«

»War nicht meine Schuld, die haben mich angegriffen.«

Root schob sich eine neue Zigarre in den Mundwinkel. »Wenn schon. Folgen Sie mir einfach, und klauen Sie nichts.«

»Sehr wohl, Commander«, sagte Mulch mit Unschuldsmiene. Er brauchte nichts mehr zu stehlen, denn er hatte sich bereits Roots Zeitfeldzugangskarte geschnappt, als der Commander sich unvorsichtigerweise zu ihm vorgebeugt hatte.

Sie gingen an der Stellung der Bergungseinheit vorbei zur Auffahrt.

»Sehen Sie das Haus?«

»Welches Haus?«

Root fuhr herum. »Ich habe keine Zeit für diesen Blödsinn, Gefangener. Fast die Hälfte des Zeitstopps ist schon abgelaufen. In ein paar Stunden wird einer meiner besten Officer blaugespült!«

Mulch zuckte die Achseln. »Was geht mich das an? Wie Sie ganz richtig sagten, bin ich ja nur ein Verbrecher. Im Übrigen weiß ich ganz genau, was Sie von mir wollen, und die Antwort ist nein.«

»Wie wollen Sie das wissen?«

»Das liegt doch auf der Hand: Ich bin Einbrecher, und das da ist ein Haus. Sie können nicht rein, weil Sie dann Ihre Magie verlieren würden, aber meine Magie ist ohnehin schon futsch.«

Aufgebracht spuckte Root die Zigarre aus. »Haben Sie denn überhaupt keinen Bürgerstolz? Unsere gesamte Freiheit steht auf dem Spiel!«

»Nicht meine. Unterirdischer oder oberirdischer Knast, das ist für mich kein großer Unterschied.«

Der Commander überlegte einen Moment. »Also gut, Sie Widerling. Fünfzig Jahre Straferlass.«

»Ich will eine Amnestie.«

»Träumen Sie weiter, Mulch.«

»Dann eben nicht.«

»Fünfundsiebzig Jahre in leichtester Sicherheitsstufe. Das ist mein letztes Angebot.«

Mulch tat so, als dächte er darüber nach. Das Ganze war reine Theorie, da er ohnehin vorhatte, sich aus dem Staub zu machen.

»Einzelzelle?«

»Meinetwegen. Machen Sie's nun oder nicht?«

»Einverstanden, Julius. Aber nur, weil Sie es sind.«

Foaly suchte nach einer passenden Iriskamera. »Haselnuss, würde ich sagen, oder vielleicht Sherry. Sie haben wirklich eindrucksvolle Augen, Mister Mulch.«

»Danke, Foaly. Meine Mutter hat immer gesagt, sie wären das Attraktivste an mir.«

Root stapfte im Shuttle auf und ab. »Verflixt noch mal, die Zeit sitzt uns im Nacken! Die Farbe ist doch völlig egal, geben Sie ihm einfach irgendeine Kamera.«

Foaly fischte mit einer Pinzette eine Linse aus ihrem Behälter. »Das ist keine Frage der Eitelkeit, Commander. Je größer die farbliche Übereinstimmung, desto weniger funkt das eigentliche Auge dazwischen.«

»Wie Sie meinen, aber beeilen Sie sich!«

Foaly hielt Mulchs Kinn fest und setzte die Kameralinse ein. »So, das hätten wir. Damit bleiben wir auf Schritt und Tritt bei Ihnen.« Dann setzte er einen kleinen Zylinder in die dichten Haarbüschel, die aus Mulchs Ohren wuchsen. »Und hier ist ein Mikro. Falls Sie mal Hilfe brauchen.«

Der Zwerg lächelte ironisch. »Verzeihen Sie, wenn ich nicht vor Begeisterung platze, aber ich bin bisher immer hervorragend allein zurechtgekommen.«

»Falls man siebzehn Verurteilungen ›hervorragend zurechtkommen‹ nennen kann«, spöttelte Root.

»Ach, jetzt haben wir auf einmal Zeit für Scherze, was?«

Root packte ihn an der Schulter. »Stimmt, haben wir nicht. Also los.« Er zerrte Mulch über einen Grasstreifen zu einem kleinen Kirschbaumwäldchen. »Ich möchte, dass Sie sich da reingraben und herausfinden, woher dieser Fowl so viel über uns weiß. Wahrscheinlich irgendein Überwachungsgerät. Was immer es ist, zerstören Sie es. Finden Sie Captain Short, falls möglich, und sehen Sie zu, was Sie für sie tun können. Falls sie tot ist, haben wir zumindest freie Bahn für die Biobombe.«

Mulch sah sich mit zusammengekniffenen Augen um. »Mir gefällt das nicht.«

»Was gefällt Ihnen nicht?«

»Die Lage des Anwesens. Ich rieche Kalkstein. Massives Steinfundament. Kann sein, dass ich da nicht reinkomme.«

Foaly kam herübergetrabt. »Ich habe die Gegend abgescannt. Das ursprüngliche Gebäude steht komplett auf Felsgrund, aber einige der nachträglich errichteten Anbauten sind auf Lehmboden gebaut. Der Weinkeller im Südflügel scheint einen Holzfußboden zu haben. Das dürfte für jemanden mit Ihrem Mundwerk kein Problem sein.«

Mulch beschloss, dies nicht als Beleidigung, sondern als schlichte Feststellung aufzufassen. Er knöpfte die Poklappe seiner Tunnelhose auf. »Okay. Treten Sie zurück.«

Root und die umstehenden ZUP-Officer hasteten in Deckung, doch Foaly, der noch nie einem Zwerg beim Tunnelgraben zugesehen hatte, beschloss, einen Blick zu riskieren.

»Viel Glück, Mulch.«

Der Zwerg hakte seinen Kiefer aus. »'anke«, murmelte er und beugte sich startbereit vor.

Der Zentaur sah sich um. »Wo seid ihr denn al–«

Doch bevor er den Satz beenden konnte, flog ihm ein Schwall frisch verschlungenen und noch frischer verdauten Lehms ins Gesicht. Bis er sich den Dreck aus den Augen gewischt hatte, war Mulch in einem noch bebenden Loch verschwunden, und aus dem Schutz der Kirschbäume ertönte herzhaftes Gelächter.

Mulch folgte einer Lehmader, die sich durch einen Vulkanspalt im Gestein zog. Angenehme Konsistenz, nicht zu viel loses Geröll. Und jede Menge Würmer und Larven. Die waren wichtig für gesunde Zähne, das hervorstechendste Merkmal der Zwerge – und das Erste, worauf ein zukünftiger Partner achtete. Mulch wühlte sich hinunter bis zur Kalksteinschicht, so tief, dass sein Bauch fast den Fels streifte. Je tiefer der Tunnel, desto geringer die Gefahr einer Oberflächensenkung. Heutzutage konnte man ja nicht vorsichtig genug sein, mit all den Bewegungssensoren und

Landminen. Die Oberirdischen schreckten vor nichts zurück, um ihr Hab und Gut zu schützen. Aus gutem Grund, wie sich immer wieder zeigte.

Mulch spürte leise Vibrationen zu seiner Linken – Kaninchen. Der Zwerg speicherte die Stelle in seinem eingebauten Kompass. Es konnte nie schaden zu wissen, wo sich das ortsansässige Getier so rumtrieb. Er machte einen Schlenker um das Gehege und folgte dem Fundament des Herrenhauses in einem weiten Bogen Richtung Nordwesten.

Weinkeller waren leicht zu orten. Im Lauf der Jahrhunderte sickerten einzelne Tropfen in den Boden und tränkten die darunter liegenden Schichten mit dem Charakter des Weins. Dieser hier war muffig, kein bisschen spritzig. Eine Spur Frucht, aber nicht genug, um einen Eindruck von Leichtigkeit zu vermitteln. Eindeutig ein Sonderangebot aus dem untersten Regal. Mulch schmatzte. Nicht übel, dieser Lehm.

Der Zwerg richtete seinen messerscharfen Kiefer himmelwärts und durchstieß die Holzdielen. Dann hangelte er sich durch das zerfranste Loch und schüttelte den Rest verdauten Bodens von seiner Hose.

Er befand sich in einem wunderbar dunklen Raum, perfekt den Sehfähigkeiten eines Zwergs angepasst. Sein Ultraschall hatte ihn zu einer unbedeckten Stelle im Fußboden geführt; einen Meter weiter nach links, und er wäre in einem riesigen Fass italienischen Rotweins gelandet.

Mulch hakte seinen Kiefer wieder ein, tappte hinüber zur Wand und legte seine Ohrmuschel daran. Einen Moment blieb er vollkommen reglos und lauschte auf die Vibrationen des Hauses. Lautes Summen im Niedrigfrequenzbereich. Irgendwo war da ein Generator, der jede Menge Saft durch die Leitungen jagte.

Und Schritte. Ganz weit oben, schätzungsweise im dritten Stock. Und ganz in der Nähe ein Knall, Metall auf Beton. Da, wieder. Jemand baute etwas oder riss etwas ein.

Etwas flitzte an seinem Fuß vorbei, und Mulch zertrat es instinktiv. Doch es war nur eine Spinne. »Tut mir Leid, kleiner Freund«, sagte er zu dem grauen Fleck. »Ich bin ein bisschen nervös.«

Die Stufen waren natürlich aus Holz. Und dem Geruch nach über hundert Jahre alt. Solche Stufen knarzten, wenn man sie nur ansah. Besser als jede Sicherheitsmatte. Vorsichtig stieg Mulch sie hinauf, immer am Rand entlang, einen Fuß vor dem anderen. Direkt neben der Wand hatte das Holz den stärksten Halt und knarzte am wenigsten.

Dieses Unterfangen war nicht so einfach, wie es klingt. Zwergenfüße sind für Spatenarbeit gedacht und nicht für die Feinheiten des Balletttanzens oder des lautlosen Erklimmens von Holzstufen. Dennoch erreichte Mulch ohne Zwischenfall die Tür. Ab und zu ein leises Knacken, aber nichts, was ein menschliches Ohr oder die Technik der Menschenwesen wahrnehmen könnte.

Die Tür war natürlich verschlossen, doch das war für einen kleptomanischen Zwerg kein Hindernis.

Mulch griff in seinen Bart und zupfte sich ein kräftiges Haar aus. Zwergenhaar ist vollkommen anders als das der Menschen. Mulchs Bart- und Kopfhaare waren in Wirklichkeit ein Gewirr von Fühlern, die ihm wie Antennen halfen, sich unter der Erde zurechtzufinden und Gefahren aus dem Weg zu gehen. Sobald ein solches Haar ausgerissen wird, verfällt es innerhalb von Sekunden in Todesstarre. Mulch bog schnell das Ende um, bevor es vollkommen steif wurde. Ein perfekter Dietrich.

Ein kleiner Dreh, und das Schloss gab nach. Nur zwei Zuhaltungen, geradezu lächerlich. Typisch Menschenwesen. Sie rechneten nie mit einem Angriff von unten. Mulch trat hinaus auf einen mit Parkett ausgelegten Flur. Der ganze Kasten roch nach Geld. Was für ein Vermögen er machen könnte, wenn er nur die Zeit dazu hätte.

Direkt unter dem Architrav waren Kameras installiert, dezent in den natürlichen Schatten verborgen, aber gleich-

wohl in Betrieb. Mulch verharrte einen Moment und hielt nach dem toten Winkel des Systems Ausschau. Drei Kameras, Neunzig-Sekunden-Schwenk – nichts zu machen.

»Brauchen Sie Hilfe?«, fragte eine Stimme an seinem Ohr.

»Foaly!« Mulch lenkte sein vernetztes Auge auf die nächstliegende Kamera. »Können Sie die irgendwie ausschalten?«, flüsterte er.

Der Zwerg hörte eine Tastatur klappern, und plötzlich zoomte sein rechtes Auge wie eine Kameralinse.

»Donnerwetter«, pfiff Mulch leise. »So was muss ich mir auch anschaffen.«

Roots Stimme dröhnte blechern aus dem winzigen Lautsprecher. »Keine Chance, Gefangener. Das ist ein Regierungspatent. Außerdem, was wollen Sie im Gefängnis denn damit anfangen? Sich die gegenüberliegende Zellenwand in Nahaufnahme ansehen?«

»Charmant wie immer, unser guter Julius. Was ist los? Sind Sie neidisch, weil ich Erfolg habe, wo Sie gescheitert sind?«

Roots Gefluche ging in Foalys Meldung unter. »Okay, ich hab's. Ganz simples Videonetz, noch nicht mal digital. Ich schicke über unsere Schüsseln eine Wiederholungsschleife der Aufzeichnung aus den letzten zehn Sekunden an jede Kamera. Das dürfte Ihnen ein paar Minuten Zeit geben.«

Mulch trat unruhig von einem Fuß auf den anderen. »Wie lange wird das dauern? Ich stehe hier ziemlich auf dem Präsentierteller.«

»Läuft schon«, erwiderte Foaly. »Sie können loslegen.«

»Sind Sie sicher?«

»Klar bin ich sicher. Das ist doch Grundlagenelektronik. Ich habe schon im Kindergarten mit menschlichen Überwachungssystemen herumgebastelt. Vertrauen Sie mir einfach.«

Eher vertraue ich darauf, dass die Oberirdischen gerade wieder eine Spezies ausgelöscht haben, als einem ZUP-

Techniker, dachte Mulch bei sich, laut jedoch sagte er: »Okay, ich mache mich auf den Weg. Over.«

Auf Zehenspitzen schlich er den Flur entlang. Sogar seine Hände tasteten sich vorsichtig durch die Luft, als könne er sich dadurch leichter machen. Was auch immer der Zentaur angestellt hatte, es schien zu funktionieren, da keinerlei aufgeregte Menschenwesen die Treppe heruntergerannt kamen und mit primitiven Schusswaffen herumfuchtelten.

Ach, eine Treppe! Mulch hatte eine Schwäche für Treppen. Sie waren wie vorgegrabene Schächte, und an ihrem Ende lag immer die beste Beute. Und was für eine Treppe: gebeizte Eiche, deren kunstvolle Schnitzereien wahrscheinlich aus dem achtzehnten Jahrhundert stammten oder von jemand Stinkreichem teuer bezahlt worden waren. Er strich mit dem Finger über eine der Verzierungen. In diesem Fall traf vermutlich beides zu.

Doch Schluss mit der Schwärmerei. Treppen blieben meist nicht lange leer, vor allem während einer Belagerung. Wer wusste schon genau, wie viele blutrünstige Soldaten hinter jeder Tür lauerten, begierig auf einen Zwergenkopf, den sie ihrer Sammlung ausgestopfter Trophäen hinzufügen konnten.

Langsam und vorsichtig erklomm Mulch die Stufen. Schließlich knarzte auch massive Eiche zuweilen. Er hielt sich am Rand und vermied den mit Teppich ausgelegten Mittelteil. Von seiner Verurteilung Nummer acht wusste der Zwerg nur allzu gut, wie einfach es war, unter dem dichten Flor eines antiken Läufers eine Sicherheitsmatte zu verbergen.

Er kam mit heiler Haut auf dem Treppenabsatz an, doch dafür braute sich – im wahrsten Sinne des Wortes – ein ganz anderes Problem zusammen. Die Verdauung eines Zwerges kann aufgrund ihrer enormen Geschwindigkeit recht explosiv sein. Der lockere Boden des Fowl'schen Anwesens war gut durchlüftet, und so war zusammen mit den festen

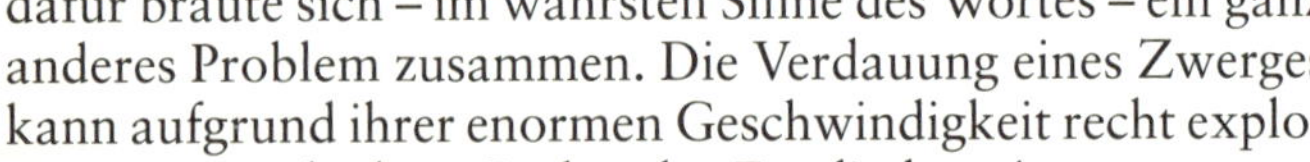

Bestandteilen auch eine Menge Luft in Mulchs Gedärme gelangt. Und diese Luft wollte nun nach draußen.

Die Zwergenetikette schrieb vor, das Gas abzulassen, solange man noch im Tunnel war, doch Mulch hatte keine Geduld für gute Manieren gehabt. Jetzt bedauerte er es, dass er sich nicht die Zeit dafür genommen hatte, während er unten im Keller war. Das Problem mit dem Zwergengas war, dass es nicht nach oben entweichen konnte, sondern nur nach unten. Stellen Sie sich nur einmal die katastrophalen Auswirkungen eines Rülpsers vor, während Sie den Mund voller Lehm haben – totaler Systemzusammenbruch. Kein schöner Anblick. Daher sorgte die Zwergenanatomie dafür, dass das gesamte Gas nach unten geleitet wurde und dabei auch gleich beim Ausstoß der unverdaulichen Lehmreste half.

Mulch schlang die Arme um seinen Bauch. Er sah besser zu, dass er nach draußen kam. Eine Explosion hier auf dem Treppenabsatz drohte die Fenster zu sprengen. Er schlich über den Flur und schlüpfte durch die erstbeste Tür.

Auch hier Kameras, sogar eine ganze Menge. Mulch beobachtete die Bewegungen der Linsen. Vier überwachten den gesamten Raum, aber die drei übrigen waren fixiert.

»Foaly? Sind Sie da?«, flüsterte der Zwerg.

»Nein«, kam die sarkastische Antwort. »Ich habe Besseres zu tun als mir Sorgen um den Untergang unserer Zivilisation zu machen.«

»Besten Dank auch. Lassen Sie sich von der Tatsache, dass ich hier in Lebensgefahr schwebe, nur nicht die Laune verderben.«

»Hatte ich nicht vor.«

»Ich habe ein Herausforderung für Sie.«

Foaly war sofort interessiert. »Wirklich? Raus damit.«

Mulch lenkte seinen Blick auf die halb in den Schnitzereien der Deckenbalken verborgenen drei Kameras. »Ich muss wissen, worauf die da gerichtet sind, und zwar genau.«

Foaly lachte. »Das ist doch keine Herausforderung! Diese alten Schätzchen senden schwache Ionenstrahlen aus, für das menschliche Auge natürlich unsichtbar, aber nicht für Ihre Iriskamera.«

Die Speziallinse in Mulchs Auge flackerte und sprühte Funken.

»Au!«

»'tschuldigung. Kleiner Stromstoß.«

»Sie hätten mich wenigstens warnen können.«

»Dafür gibt Mami Ihnen nachher einen dicken Kuss, Sie Baby. Ich dachte, Zwerge wären robust.«

»Sind wir auch. Und wie robust, werde ich Ihnen schon zeigen, wenn ich zurückkomme.«

Roots Stimme unterbrach das Geplänkel. »Sie werden niemandem irgendetwas zeigen, Gefangener, außer vielleicht wo in Ihrer Zelle die Toilette ist. Also, was sehen Sie?«

Mulch blickte sich erneut im Raum um, diesmal mit Hilfe der ionensensiblen Speziallinse. Jede Kamera sandte einen schwachen Lichtstreifen aus, wie die letzten Strahlen der untergehenden Sonne. Sie trafen sich auf einem Porträt von Artemis Fowl Senior.

»Och nö, doch nicht wieder hinter 'nem Bild!«

Mulch hielt sein Ohr an das Glas. Nichts Elektrisches, also kein Alarm. Um ganz sicherzugehen, schnupperte er am Rahmen. Kein Plastik oder Kupfer, nur Holz, Stahl und Glas. Und ein bisschen Blei in der Farbe. Vorsichtig schob er einen Fingernagel hinter das Bild und zog. Das Bild klappte geschmeidig von der Wand zurück wie eine Tür. Dahinter befand sich ein Safe.

»Das ist ein Safe«, sagte Foaly.

»Weiß ich, Sie Trottel. Ich versuche mich zu konzentrieren, verdammt noch mal! Wenn Sie mir helfen wollen, verraten Sie mir die Kombination.«

»Kein Problem. Ach, übrigens, jetzt kommt noch ein kleiner Stromschlag. Ich kündige das nur für den Fall an, dass unser Baby zum Trost am Daumen nuckeln möchte.«

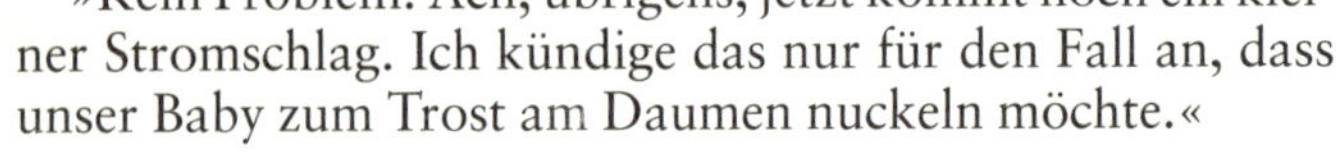

»Foaly, ich werde Sie ... Auu!«

»So. Damit haben Sie jetzt Röntgenblick.«

Mulch starrte blinzelnd auf den Safe. Unglaublich – er konnte direkt in das Innere der Tür hineinsehen! Der gesamte Schließmechanismus trat in schattigem Relief hervor. Er hauchte seine behaarten Finger an und drehte am Rädchen. Innerhalb von Sekunden lag der Safe offen vor ihm.

»Oh«, sagte er enttäuscht.

»Was ist drin?«

»Nur Menschengeld, nichts Wertvolles.«

»Lassen Sie alles, wie es ist«, befahl Root. »Versuchen Sie es in einem anderen Raum. Los, setzen Sie sich in Bewegung!«

Mulch nickte. Na klar, noch ein Raum. Bis es ihn erwischte. Doch etwas ließ ihm keine Ruhe. Wenn dieser Junge so clever war, warum versteckte er seinen Safe hinter einem Bild? Das war doch das reinste Klischee, total unoriginell. Nein, da war etwas faul. Irgendwie führte er sie an der Nase herum.

Mulch schloss den Safe und schwenkte das Porträt zurück in seine ursprüngliche Position. Es schwang geschmeidig und schwerelos in den Angeln. Schwerelos ... Erneut schwenkte er das Bild aus und wieder zurück.

»Gefangener, was machen Sie da?«

»Schnauze, Julius! Ich meine, Ruhe bitte, Commander.«

Mulch beäugte das Profil des Rahmens. Ein wenig dicker als normal. Deutlich dicker sogar. Selbst wenn man die Halterung mit einrechnete. Fünf Zentimeter. Er fuhr mit dem Fingernagel an der dicken Papprückwand entlang und löste sie ab. Dahinter befand sich ...

»Noch ein Safe!«

Kleiner als der andere und offensichtlich maßgefertigt.

»Foaly, bei dem hier sehe ich gar nichts.«

»Bleiverkleidet. Jetzt sind Sie an der Reihe, Einbrecherkönig. Zeigen Sie mal, was Sie können.«

»Typisch«, grummelte Mulch und legte das Ohr an den kalten Stahl.

Er drehte versuchsweise am Rädchen. Saubere Arbeit. Das Klicken wurde vom Blei gedämpft, er würde sich konzentrieren müssen. Das Gute daran war, dass ein so schmales Ding höchstens drei Zuhaltungen haben konnte.

Mit angehaltenem Atem drehte Mulch an dem Rad, Zahn für Zahn. Für ein normales Ohr hätte das Klicken selbst mit einem Verstärker immer gleich geklungen, doch für Mulch gab jeder Zahn einen eigenen Ton ab, und wenn ein Sperrrad einrastete, war das Geräusch geradezu ohrenbetäubend.

»Eins«, stieß er leise aus.

»Beeilen Sie sich, Gefangener, die Zeit wird knapp.«

»Sie unterbrechen mich, um mir das zu sagen? Jetzt verstehe ich, wie Sie es zum Commander gebracht haben, Julius.«

»Gefangener, ich werde Sie ...«

Doch er hätte sich seinen Atem sparen können. Mulch hatte den Sender aus dem Ohr genommen und in die Tasche gesteckt. Jetzt konnte er sich voll und ganz auf seine Arbeit konzentrieren.

»Zwei.«

Plötzlich schallten Geräusche vom Flur herüber. Jemand kam – dem Klang nach jemand von der Größe eines Elefanten.

Mulch wischte sich einen Schweißtropfen von der Stirn. Konzentrier dich. Die Zähne klickten weiter, Millimeter für Millimeter. Nichts rastete ein. Der Boden unter seinen Füßen schien leicht zu beben, aber vielleicht bildete er sich das auch nur ein.

Klick, klick. Komm schon. Seine Finger waren glitschig vor Schweiß und rutschten mehrmals vom Rädchen. Mulch trocknete sie an seinem Wams.

»Komm schon, Baby, sprich mit mir.«

Klick. *Tschonk.*

»Jawoll!«

Mulch drehte den Griff. Nichts. Noch ein Hindernis. Er fuhr mit der Fingerspitze über die Metalloberfläche. Da. Eine kleine Unebenheit. Ein winziges Schloss, zu klein für einen gewöhnlichen Dietrich. Zeit für einen kleinen Trick, den er im Gefängnis gelernt hatte. Doch in seinem Bauch blubberte es wie in einem Suppentopf, und die Schritte kamen immer näher.

Der Zwerg wählte ein robustes Kinnhaar und schob es vorsichtig in das kleine Loch. Als die Spitze wieder zum Vorschein kam, zupfte er das Haar an der Wurzel aus. Es wurde sofort steif und behielt so die Form des Schlosses.

Mulch hielt den Atem an und drehte. Glatt wie die Lüge eines Kobolds ging das Schloss auf. Toll. Ein solcher Moment wog die langen Gefängnisjahre fast auf. Der kleptomanische Zwerg öffnete die winzige Tür. Eine wunderbare Arbeit, eines unterirdischen Schmieds würdig. Hauchdünn. Drinnen befand sich ein kleiner Hohlraum, und in dem Hohlraum befand sich …

»Oh heilige Götter!«, stieß Mulch aus.

Dann ging alles ziemlich schnell. Der Schock, den Mulch erlitten hatte, teilte sich seinen Eingeweiden mit, und diese beschlossen, dass die überschüssige Luft jetzt raus musste. Mulch kannte die Symptome: Gummibeine, blubbernde Krämpfe, zittriger Hintern. In den Sekunden, die ihm blieben, schnappte er sich das Objekt aus dem Safe, beugte sich vor und umklammerte seine Knie, um nicht den Halt zu verlieren.

Der zurückgehaltene Wind hatte sich zu einem mittleren Orkan gesteigert und ließ sich nicht länger bändigen. Und so drang er hinaus, mit ziemlich verheerender Wucht. Er riss Mulchs Poklappe auf und donnerte direkt gegen den massigen Mann, der sich von hinten an ihn herangeschlichen hatte.

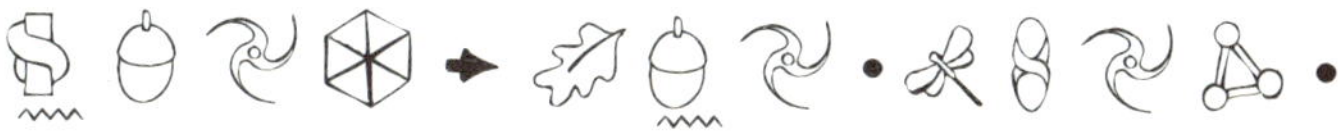

Artemis' Blick klebte an den Bildschirmen. Dies war die Phase, in der die Dinge für Entführer meistens schief gingen. Eingelullt vom bisherigen Erfolg neigten sie dazu, sich zu entspannen, sich ein paar Zigaretten anzuzünden und mit ihren Geiseln zu plaudern. Und als Nächstes lagen sie dann bäuchlings auf dem Boden, ein Dutzend Revolverläufe auf ihren Kopf gerichtet. Doch nicht Artemis Fowl. Er machte keine Fehler.

Zweifelsohne sahen sich die Unterirdischen jetzt die Aufzeichnung von der ersten Verhandlung an und suchten nach etwas, das ihnen einen Weg ins Haus ermöglichte. Nun, es war da, sie brauchten bloß hinzuschauen. Gerade gut genug verborgen, dass es unbeabsichtigt wirkte.

Es konnte aber auch sein, dass Commander Root eine andere List versuchen würde. Er war ein gerissener Kerl, keine Frage. Einer, dem es ganz und gar nicht gefallen würde, von einem Kind überlistet zu werden. Er musste ihn im Auge behalten.

Allein der Gedanke an Root ließ Artemis erschauern. Er beschloss, noch einmal alle Räume zu überprüfen, und betrachtete die Bildschirme.

Juliet war in der Küche und schrubbte Gemüse.

Captain Short lag auf ihrem Feldbett und gab keinen Mucks von sich. Schluss mit dem Bettgeramme. Vielleicht hatte er sie falsch eingeschätzt, vielleicht hatte sie gar keinen Plan.

Butler stand auf seinem Posten vor Hollys Zelle. Seltsam. Er müsste längst seine Runde begonnen haben. Artemis griff nach seinem Walkie-Talkie. »Butler?«

»Roger, Zentrale. Auf Empfang.«

»Sollten Sie nicht Ihre Runde machen?«

Kurzes Schweigen. »Tue ich doch, Artemis. Bin an der Haupttreppe, auf dem Weg zum Saferaum. Ich winke Ihnen gerade zu.«

Artemis schaltete auf die Kameras über dem Treppenabsatz. Nichts, egal aus welchem Winkel. Kein winkender

Diener. Er starrte auf die Monitore und zählte leise ... Da! Alle zehn Sekunden ein leichtes Zucken. Auf allen Bildschirmen.

»Eine Schleife!«, rief er und sprang von seinem Stuhl auf. »Sie haben uns auf eine Bildschleife geschaltet!«

Über den Lautsprecher hörte er, wie Butlers Schritte sich beschleunigten. »Der Saferaum!«

Artemis rutschte der Magen in die Knie. Ausgetrickst! Er, Artemis Fowl, hatte sich austricksen lassen, obwohl er gewusst hatte, dass sie es versuchen würden. Unvorstellbar! Es war reine Arroganz von ihm gewesen, er hatte sich von seiner eigenen Arroganz blenden lassen, und nun konnte es sein, dass der ganze Plan in die Luft flog.

Er schaltete das Walkie-Talkie auf Juliets Frequenz. Was für ein Jammer, dass er die Haussprechanlage abgeschaltet hatte, aber sie funktionierte nicht auf einer Geheimfrequenz.

»Juliet?«

»Auf Empfang.«

»Wo bist du gerade?«

»In der Küche. Ich ruiniere mir die Nägel an dieser Gemüsereibe.«

»Lass es, Juliet. Sieh nach der Gefangenen.«

»Aber, Artemis, dann werden die Möhrenstifte ganz trocken!«

»Ich sagte, lass es!«, brüllte Artemis. »Lass alles fallen und sieh nach der Gefangenen!«

Gehorsam ließ Juliet alles fallen, einschließlich des Walkie-Talkies. Jetzt würde sie wieder tagelang schmollen. Egal, er hatte Wichtigeres zu tun, als sich Sorgen um das angeschlagene Ego eines Teenies zu machen.

Artemis drückte auf den Hauptschalter des computergesteuerten Überwachungssystems. Seine einzige Chance, die Schleife zu löschen, bestand in einem kompletten Neustart. Nach mehreren quälenden Minuten, in denen nur Schnee zu sehen war, erwachten die Monitore mit einem Zucken wieder zum Leben. Die Dinge waren nicht so, wie noch vor wenigen Augenblicken gedacht.

Im Saferaum befand sich ein groteskes *Ding*, das offenbar das Geheimfach entdeckt hatte, und nicht nur das: Es hatte es auch geschafft, das Spezialschloss zu knacken. Bemerkenswert. Doch Butler hatte alles im Griff. Er schlich sich von hinten an die Kreatur heran, und innerhalb weniger Sekunden würde sich der Eindringling bäuchlings auf dem Teppich wiederfinden.

Dann wandte Artemis seine Aufmerksamkeit Holly zu. Die Elfe hatte wieder begonnen, ihr Bett in den Boden zu rammen. Wieder und wieder ließ sie das Gestell herunterknallen, als könnte sie damit …

Da traf es Artemis wie der Schwall aus einer Wasserkanone: Wenn Holly es irgendwie geschafft hatte, eine Eichel ins Haus zu schmuggeln, dann würde ein Quadratzentimeter Erdboden ausreichen. Und wenn Juliet die Tür auflassen würde …

»Juliet!«, brüllte er in das Walkie-Talkie. »Juliet! Geh nicht da rein!«

Doch es war zwecklos. Das Walkie-Talkie des Mädchens lag summend auf dem Küchenfußboden, und Artemis konnte nur hilflos zusehen, wie Butlers Schwester wütend vor sich hin grummelnd auf die Zellentür zuging.

»Der Saferaum!«, rief Butler aus und begann zu laufen. Instinktiv wäre er am liebsten aus vollem Rohr schießend hineingestürmt, doch sein Verstand trat rechtzeitig auf die Bremse. Die Ausrüstung der Unterirdischen war seiner definitiv überlegen, und er wusste nicht, wie viele Waffen in diesem Moment von der anderen Seite her auf die Tür gerichtet waren. Nein, in dieser Situation war eindeutig Vorsicht die größte Tugend.

Er legte die flache Hand gegen die Tür, um zu spüren, ob sie vibrierte. Nichts. Also keine Maschinen. Dann schloss er die Finger um den Knauf und drehte ihn vorsichtig. Mit der anderen Hand zog er seine SIG-Sauer aus dem Schulterhalfter. Die Zeit war zu knapp, um das Betäubungsgewehr zu holen; diesmal würde er töten müssen.

Die Tür schwang geräuschlos auf, wie Butler es erwartet hatte; schließlich hatte er eigenhändig sämtliche Scharniere im Haus geölt. Vor ihm stand … Nun ja, um ehrlich zu sein, wusste Butler nicht so recht, was es war. Obwohl es absurd klang, hätte er schwören können, dass er nichts anderes vor sich hatte als einen riesigen, bebenden …

Und dann explodierte das *Ding* und sprengte dem armen Diener eine gewaltige Ladung Tunnelabfall um die Ohren. Butler war, als donnerten hundert Vorschlaghammer gleichzeitig auf ihn ein, dann riss die Druckwelle ihn von den Füßen und schleuderte ihn rücklings gegen die Wand.

Und als er da lag und langsam das Bewusstsein verlor, betete er, dass Master Artemis diese Szene nicht über Video mitbekommen hatte.

Hollys Kräfte ließen langsam nach. Das Bettgestell wog fast doppelt so viel wie sie selbst, und die Kanten schnitten schmerzhaft in ihre Handflächen. Aber sie konnte doch nicht einfach aufgeben, jetzt, wo sie schon so nahe dran war.

Wieder rammte sie den Pfosten in den Beton. Eine Wolke grauen Staubs waberte um ihre Beine. Es war nur eine Frage der Zeit, bis dieser Fowl ihren Plan durchschauen und ihr wieder einen Betäubungsschuss verpassen würde, doch bis dahin …

Mit zusammengebissenen Zähnen hob sie das Bett noch einmal bis auf Kniehöhe an. Dann sah sie es. Ein winziger brauner Spalt in all dem Grau. Endlich!

Der Schmerz war vergessen. Captain Short ließ das Bett los und ging eilig in die Hocke. Unter dem Zement schimmerte tatsächlich ein kleiner Fleck Erde auf. Holly fingerte die Eichel aus ihrem Stiefel und umklammerte sie fest mit ihren blutigen Fingern. »Ich gebe dich der Erde zurück«, flüsterte sie und bohrte ihre Faust in den schmalen Spalt, »und fordere das Geschenk, das mir zusteht.«

Einen Moment geschah gar nichts. Dann spürte Holly plötzlich, wie die Magie ihren Arm hinaufschoss wie der Stromstoß eines elektrischen Trollzauns. Der Schock war so groß, dass sie durch die Zelle taumelte und alles in einem verwirrenden Kaleidoskop aus Farben um sie herumzuwirbeln schien. Doch als das Durcheinander sich gelegt hatte, war Holly nicht länger die hilflose Elfe, die sie gewesen war.

»So, Master Fowl«, sagte sie grinsend, während sie zusah, wie die blauen Funken der unterirdischen Magie ihre Wunden heilten. »Dann wollen wir doch mal sehen, was ich anstellen muss, um deine Erlaubnis zu bekommen, diesen gastlichen Ort zu verlassen.«

»Lass alles fallen«, grummelte Juliet. »Lass alles fallen und sieh nach der Gefangenen.« Mit einer geübten Bewegung warf sie ihre blonde Haarmähne über die Schulter zurück. »Der hält mich wohl für seine Dienstmagd!«

Sie hämmerte mit der flachen Hand gegen die Zellentür. »Ich komme jetzt rein, Elfenmädchen, falls du also gerade irgendwas Peinliches tust, hör bitte damit auf.«

Juliet tippte die Zahlenkombination am Türschloss ein. »Und nein, ich habe kein Gemüse für dich und auch kein gewaschenes Obst, aber das ist nicht meine Schuld. Artemis wollte *unbedingt*, dass ich *sofort* zu dir …«

Sie verstummte, denn es war niemand da, der ihr zuhörte. Sie sprach mit einem leeren Raum. Juliet wartete darauf, dass ihr Gehirn mit einer Erklärung herausrückte, doch es kam nichts. Nach einer Weile drang zumindest die Anregung durch, noch einmal genau hinzusehen.

Vorsichtig trat sie einen Schritt in den Betonwürfel. Nichts. Nur ein leichtes Schimmern in den Schatten, wie ein Nebel. Wahrscheinlich lag es an dieser blöden Brille. Wie sollte man mit einer verspiegelten Sonnenbrille hier unten auch was sehen können! Außerdem war sie so Neunzigerjahre-mäßig, dass sie noch nicht mal als Retro-Look durchging.

Mit schlechtem Gewissen spähte sie hinauf zur Kamera. Was konnte ein kurzer Blick schon schaden? Sie schob die Brille ein Stück hoch und sah sich im Raum um.

In diesem Moment trat eine Gestalt scheinbar aus dem Nichts auf sie zu. Es war Holly. Sie lächelte.

»Ach, du bist's. Wo hast du –«

Die Elfe unterbrach sie mit einer Handbewegung. »Warum nimmst du nicht die Brille ab, Juliet? Sie steht dir wirklich nicht.«

Recht hat sie, dachte Juliet. Und was für eine schöne Stimme, fast wie ein Engelschor. Wie konnte man mit einer solchen Stimme streiten? »Klaro. Weg mit den Yuppieglotzern. Coole Stimme übrigens. Solltest dich mal bei der Met bewerben.«

Holly verstand kein Wort, beschloss jedoch, nicht weiter nachzuhaken. Es war schon schwer genug, das Kauderwelsch des Mädchens zu verstehen, wenn es bei klarem Verstand war. »Gut, und jetzt eine ganz einfache Frage.«

»Null problemo.« Was für eine tolle Idee.

»Wie viele Leute sind im Haus?«

Juliet überlegte. Einer und einer und einer. Und noch einer? Nein, Mrs. Fowl war nicht da. »Drei«, antwortete sie schließlich. »Ich und Butler und natürlich Artemis. Mrs. Fowl war auch hier, aber dann ist sie weggetreten.« Juliet kicherte. Sie hatte einen Scherz gemacht, und nicht mal einen schlechten.

Holly holte Luft, um nachzufragen, was sie damit meinte, ließ es dann jedoch bleiben. Ein Fehler, wie sich herausstellen sollte.

»Ist sonst noch jemand hier gewesen? Jemand wie ich?«

Juliet kaute auf ihrer Unterlippe. »Da war so'n kleiner Mann, mit der gleichen Uniform wie du. Der war aber gar nicht nett. Hat bloß rumgebrüllt und 'ne stinkende Zigarre geraucht. Und dann das Gesicht – rot wie eine Tomate.«

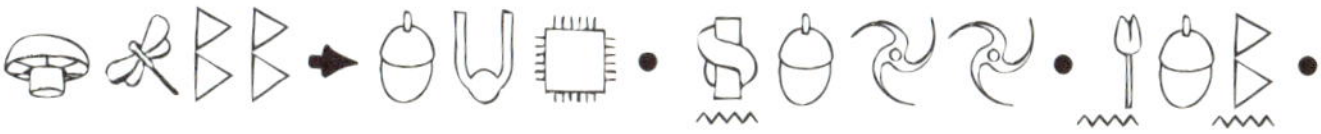

Holly musste sich ein Schmunzeln verkneifen. Root war höchstpersönlich gekommen. Dann waren die Verhandlungen bestimmt katastrophal verlaufen. »Sonst niemand?«

»Nicht dass ich wüsste. Wenn du den Mann wiedersiehst, sag ihm, er soll nicht so viel rotes Fleisch essen. Der Typ steht kurz vor dem Herzinfarkt.«

Wieder hätte Holly am liebsten gegrinst. Juliet war das erste Menschenwesen, das unter dem Einfluss des *Blicks* offenbar hellsichtiger wurde.

»Okay, werde ich ihm ausrichten. Pass auf, Juliet, ich möchte, dass du hier in meinem Zimmer bleibst und auf keinen Fall rauskommst, egal, was du hörst.«

Juliet verzog das Gesicht. »Hier? Das ist aber todlangweilig, ohne Fernseher oder so. Kann ich nicht ins Wohnzimmer raufgehen?«

»Nein, du musst hierbleiben. Aber sie haben hier gerade einen Riesenfernseher in die Wand eingebaut, breit wie eine Kinoleinwand, und da läuft Ringen, rund um die Uhr.«

Juliet wäre vor Begeisterung fast aus den Schuhen gekippt. Sie stürzte sich auf das Bett und seufzte vor Wonne, während ihre eigene Vorstellung die entsprechenden Bilder produzierte.

Holly schüttelte den Kopf. Na ja, dachte sie, so ist wenigstens einer von uns beiden glücklich.

Mulch schüttelte sein Hinterteil, um die letzten Erdklumpen loszuwerden, und knöpfte seine Poklappe zu, die der Sturm in seinen Eingeweiden bei seinem Ausbruch losgerissen hatte. Zeit, sich vom Acker zu machen. Jegliche Hoffnung, unbemerkt verschwinden zu können, hatte sich allerdings buchstäblich in Luft aufgelöst.

Mulch holte seinen Sender heraus und stopfte ihn sich wieder fest ins Ohr. Man konnte nie wissen, vielleicht war die ZUP ja doch noch zu etwas zu gebrauchen.

»… Und wenn ich Sie in die Finger kriege, Gefangener, dann werden Sie sich wünschen, Sie hätten die Minen niemals verlassen …«

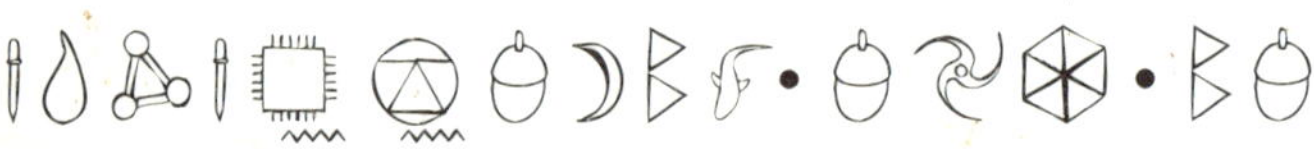

Mulch seufzte. Immer noch dasselbe Programm. Er hatte nichts verpasst.

Den Schatz aus dem Safe fest in der Faust, machte er sich auf den Rückweg. Zu seiner grenzenlosen Verwunderung hing ein Menschenwesen im Treppengeländer. Mulch war keineswegs überrascht, dass seine Darmausscheidungen diesen Schrank von einem Mann mehrere Meter durch die Luft geschleudert hatten; Zwergengas hatte schon Lawinen in den Alpen ausgelöst. Nein, was ihn überraschte, war die Tatsache, dass der Mann es überhaupt geschafft hatte, sich so nah an ihn heranzupirschen.

»Nicht übel«, sagte er und hob warnend den Zeigefinger vor dem Gesicht des bewusstlosen Leibwächters. »Aber einen Gassturm von Mulch Diggums hat bisher noch keiner unbeschadet überstanden.«

Der Menschenmann bewegte sich; unter den flatternden Lidern war das Weiße seiner Augen zu sehen.

Roots Stimme dröhnte krachend aus dem Minisender. »Setzen Sie Ihren Hintern in Bewegung, Mann, bevor der Riese aufwacht und aus Ihnen Hackfleisch macht. Der Kerl hat eine ganze Bergungseinheit matt gesetzt.«

Mulch schluckte; sein Mut schwand augenblicklich dahin. »Eine *ganze* Bergungseinheit? Dann sollte ich mich wohl besser unter die Erde zurückziehen … um den Auftrag nicht zu gefährden, versteht sich.«

Er hastete die Treppe hinunter, einen großen Bogen um den stöhnenden Leibwächter machend, immer zwei Stufen auf einmal, ohne auf etwaiges Knarzen zu achten. Das wäre auch ziemlich überflüssig gewesen, wo er doch gerade eine Darmladung vom Kaliber eines Hurrikans durch den Flur gejagt hatte.

Als er sich der Kellertür näherte, schimmerte eine Gestalt vor ihm in den sichtbaren Bereich. Mulch erkannte sie: Es war die Elfe, die ihn bei der Schmuggelaktion mit den Renaissance-Bildern verhaftet hatte. Er hatte sie doch erst kürzlich … »Captain Short.«

»Mulch. Was tun Sie denn hier?«

Der Zwerg zuckte die Achseln. »Julius hatte einen schmutzigen Job zu erledigen, und einer musste ihn übernehmen.«

»Verstehe«, sagte Holly und nickte. »Sie haben Ihre Magie ja schon verloren. Nicht dumm. Was haben Sie herausgefunden?«

Mulch zeigte ihr seinen Fund. »Das hier war im Safe.«

»Eine Ausgabe des Buchs!«, rief Holly entsetzt aus. »Kein Wunder, dass wir in diesen Schlamassel geraten sind. Wir haben ihm die ganze Zeit in die Hände gespielt.«

Mulch öffnete die Kellertür. »Wollen wir?«

»Ich kann nicht. Ich stehe unter Augenbefehl, das Haus nicht zu verlassen.«

»Ihr magischen Typen und eure Rituale! Ihr wisst ja gar nicht, wie befreiend es ist, diesen ganzen Zinnober hinter sich zu lassen.«

Vom oberen Treppenabsatz dröhnte Gepolter herunter; es klang wie ein wild gewordener Troll in einem Porzellanladen.

»Ich glaube, wir sollten diese philosophischen Erörterungen auf später verschieben. Machen Sie sich lieber aus dem Staub.«

Mulch nickte. »Einverstanden. Dieser Kerl soll angeblich eine ganze Bergungseinheit ausgeschaltet haben.«

Holly, die schon halb hinter ihrem Sichtschild verschwunden war, hielt inne. »Einen ganzen Trupp? Hmm. Voll ausgerüstet? Sieh mal an …« Sie baute ihren Sichtschild weiter auf, und das Letzte, was verschwand, war ihr breiter werdendes Grinsen.

Mulch war versucht zu bleiben. Es gab kaum etwas Unterhaltsameres als zuzusehen, wie sich ein schwer bewaffneter Aufklärungsofficer einen Haufen ahnungsloser Menschenwesen vorknöpfte. Wenn Captain Short erst mal mit diesem Fowl-Typ fertig war, würde er sie auf Knien anflehen, aus dem Haus zu verschwinden.

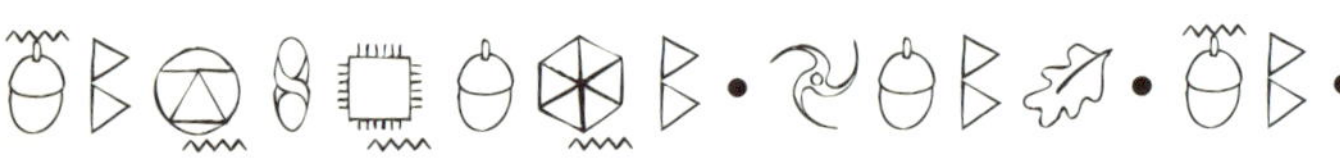

Der besagte Fowl-Typ beobachtete das Ganze vom Überwachungsraum. Es war nicht zu leugnen: Die Lage war alles andere als rosig. Aber nicht katastrophal. Es gab noch Hoffnung.

Artemis ging die Ereignisse der letzten Minuten durch: Das Sicherheitssystem des Herrenhauses war überlistet worden. Der Saferaum war ein Trümmerhaufen, in Schutt und Asche gelegt von einer Art Zwergenblähung. Butler war bewusstlos, vermutlich aufgrund derselben Verdauungsanomalie. Seine Geisel spazierte im Haus umher, wieder im Vollbesitz ihrer magischen Kräfte. Eine unansehnliche Kreatur in Lederhosen grub sich, offenbar ohne jede Rücksicht auf die Gebote des Erdvolks, unter dem Fundament hindurch. Und die Unterirdischen hatten sich eine Ausgabe des Buches zurückgeholt – nur eine von mehreren in Artemis' Besitz, versteht sich, einschließlich der in seinem Schweizer Banktresor.

Artemis strich sich eine lose Strähne seines schwarzen Haars zurück. Es würde ihm schwer fallen, etwas Positives an diesen Ereignissen zu entdecken. Er atmete mehrmals tief durch, um sein *qi* zu finden, wie Butler es ihm beigebracht hatte.

Nach einiger Überlegung ging ihm jedoch auf, dass all diese Faktoren voraussichtlich wenig Einfluss auf die Strategie beider Seiten haben würden. Captain Short war nach wie vor im Haus gefangen, und die Zeit für die Elfen lief langsam ab. Bald würde der ZUP nichts anderes übrig bleiben, als ihre Biobombe zu zünden, und in dem Moment würde er, Artemis Fowl, ihnen den Gnadenstoß versetzen. Das Ganze hing allerdings von Commander Root ab. Wenn der tatsächlich so schwach belichtet war, wie er aussah, war es gut möglich, dass sein genialer Plan wie ein Kartenhaus in sich zusammenfiel. Artemis hoffte inständig, dass wenigstens einer im Elfenteam intelligent genug war, den »Fehler« zu bemerken, den er während des Verhandlungsgesprächs gemacht hatte.

Mulch knöpfte seine Poklappe auf. Zeit für einen Schluck Erde, wie sie unten in den Minen sagten. Das Dumme an Zwergentunneln war, dass sie sich automatisch hinter einem schlossen, so dass man, wenn man an seinen Ausgangspunkt zurück wollte, wieder ganz von vorne anfangen musste. Manche Zwerge nahmen exakt denselben Weg zurück und mampften sich durch die bereits gelockerte und vorverdaute Erde, doch Mulch zog es vor, einen neuen Tunnel zu graben. Irgendwie gefiel ihm die Vorstellung nicht, zweimal dieselbe Erde zu essen.

Mit ausgehaktem Kiefer brachte der Zwerg sich vor dem Loch im Holzboden in Startposition. Sein Herzschlag beruhigte sich augenblicklich, als ihm der Duft der Mineralien in die Nase stieg. Er war in Sicherheit. Nichts und niemand konnte einen Zwerg fangen, wenn er unter der Erde war, nicht einmal ein Skaylianischer Felswurm. Dazu musste er natürlich erst mal unter die Erde kommen …

Zehn ausgesprochen kräftige Finger packten Mulch an den Fußgelenken. Heute war einfach nicht sein Tag – erst Warzengesicht, und jetzt dieses mordlüsterne Menschenwesen. Manche Leute werden nie klug. Vor allem Oberirdische.

»Loflaffen«, nuschelte er mit nutzlos schaukelndem Kiefer.

»Kommt gar nicht in die Tüte«, antwortete es dröhnend. »Wenn du dieses Haus verlässt, dann nur in einem Leichensack.«

Mulch spürte, wie er nach hinten gezogen wurde. Dieses Menschenwesen war verdammt stark; es gab nicht viele, die einen Zwerg, der sich an etwas festklammerte, von der Stelle bewegen konnten. Er scharrte wild in der Erde und stopfte sich so viel weingetränkten Lehm in seinen gewaltigen Mund wie nur möglich. Er hatte nur eine Chance.

»Komm schon, du kleiner Kobold, raus da.«

Kobold! Wenn sein Mund nicht so voll gewesen wäre, hätte Mulch sich diese Beleidigung erbost verbeten.

Der Mensch verstummte. Wahrscheinlich hatte er die Poklappe bemerkt, und vermutlich auch den dazugehörigen Hintern. Zweifelsohne dämmerte ihm, was ihm im Saferaum passiert war und …

»Ach du Sch–«

Was aus dem »Sch–« werden sollte, mag sich jeder selbst zusammenreimen, denn Butler verzichtete darauf, seinen Ausruf zu beenden, und nutzte den Moment stattdessen, um die Knöchel des Zwergs loszulassen. Ein weiser Entschluss, denn im gleichen Augenblick schoss Mulch seine unappetitliche Ladung ab.

Ein kompakter Lehmklumpen sauste wie eine Kanonenkugel genau auf die Stelle zu, wo Butler noch eine Sekunde zuvor seinen Kopf gehabt hatte. Die Aufprallwucht hätte ihn von Butlers Schultern getrennt, wäre er noch immer dort gewesen – ein schmachvolles Ende für einen Leibwächter von seinem Kaliber. So jedoch streifte das matschige Geschoss lediglich sein Ohr, was jedoch immer noch ausreichte, um Butler wie einen Eiskunstläufer in eine Pirouette zu wirbeln, woraufhin er zum zweiten Mal an diesem Tag zu Boden ging.

Bis sein Drehwurm sich gelegt hatte, war der Zwerg in einem Mahlstrom aufgewühlten Schlamms verschwunden. Butler beschloss, auf eine Verfolgung zu verzichten. Unter der Erde zu sterben, gehörte nicht unbedingt zu seinen Prioritäten. Na warte, Freundchen, dachte er grimmig, wir sehen uns noch. Und so war es auch, doch das ist eine andere Geschichte.

Mulch bohrte sich mit voller Kraft in die Erde. Erst als er bereits mehrere Meter tief in der Lehmader vorgedrungen war, bemerkte er, dass ihm niemand folgte. Der Erdgeschmack beruhigte seinen Pulsschlag, und er beschloss, dass der Moment gekommen war, seinen Fluchtplan in die Tat umzusetzen.

Der Zwerg änderte seinen Kurs und mampfte sich zu dem Kaninchengehege durch, das er auf dem Hinweg entdeckt hatte. Hoffentlich hatte Foaly das Grundstück keinen seismologischen Tests unterzogen, sonst würde sein Trick am Ende noch auffliegen. Er musste einfach darauf setzen, dass die da oben Wichtigeres zu tun hatten als sich um einen verschwundenen Gefangenen zu kümmern. Julius zu täuschen, war bestimmt nicht die Schwierigkeit dabei, aber dieser Zentaur war nicht auf den Kopf gefallen.

Mulchs eingebauter Kompass ließ ihn nicht im Stich. Schon wenige Minuten später spürte er die sanften Vibrationen der Kaninchen, die durch ihre Gänge hoppelten. Von jetzt an war Timing alles, wenn das Täuschungsmanöver funktionieren sollte. Er verlangsamte seinen Grabrhythmus und scharrte vorsichtig in dem weichen Lehm, bis seine Finger durch die Tunnelwand stießen. Mulch achtete sorgsam darauf, in eine andere Richtung zu schauen, da alles, was er sah, auch auf dem Bildschirm der ZUP-Einsatzzentrale erscheinen würde.

Mulch breitete die Finger wie ein Spinnennetz auf dem Tunnelboden aus und wartete. Es dauerte nicht lange; innerhalb von Sekunden spürte er das rhythmische Hoppeln eines nahenden Kaninchens. In dem Moment, als der Hinterlauf seine Falle streifte, schloss er seine kräftigen Finger um den Hals des Tieres. Das arme Ding hatte keine Chance.

Tut mir Leid, kleiner Freund, dachte der Zwerg. Wenn es einen anderen Weg gäbe ... Nachdem er das Kaninchen durch das Loch gezogen hatte, hakte Mulch seinen Kiefer wieder ein und begann zu schreien. »Einsturz! Einsturz! Hilfe!«

Jetzt kam der schwierigste Teil. Mit der einen Hand wirbelte er die ihn umgebende Erde auf, so dass sie in Kaskaden auf seinen Kopf fiel, während er mit der anderen die Iriskamera aus seinem linken Auge nahm und sie dem Kaninchen einsetzte. In Anbetracht der beinahe vollkommenen Dunkelheit und der umherfliegenden Erdbrocken müsste es schon mit dem Teufel zugehen, wenn jemand den Wechsel bemerkte.

»Julius! Bitte helfen Sie mir!«

»Mulch! Was ist los? Geben Sie Lagebericht!«

Lagebericht? Der Zwerg konnte es nicht fassen. Selbst in einer vermeintlichen Notsituation musste der Commander seine dämlichen Vorschriften einhalten.

»Ich … Aarrhhh …« Der Zwerg stieß einen Todesschrei aus, der in einem Röcheln verhallte. Vielleicht ein bisschen melodramatisch, aber Mulch hatte schon seit jeher eine Schwäche fürs Theatralische.

Mit einem letzten bedauernden Blick auf das sterbende Tier hakte er seinen Kiefer wieder aus und verschwand Richtung Südosten. Die Freiheit winkte.

Kapitel 8
Troll

Root beugte sich vor und brüllte in das Mikrofon. »Mulch! Was ist los? Geben Sie Lagebericht!«

Foaly hämmerte wie ein Wilder auf eine Tastatur ein. »Kein Ton mehr. Und auch keine Bewegung.«

»Mulch, reden Sie mit mir, verdammt noch mal!«

»Ich überprüfe mal seine Vitalfunktionen ... Wow!«

»Was? Was ist?«

»Sein Herz rast wie verrückt, fast wie bei einem Kaninchen.«

»Einem Kaninchen?«

»Nein, warten Sie, es ...«

»Was?«, stieß der Commander aus, voller Angst, dass er die Antwort bereits kannte.

Foaly lehnte sich in seinem Stuhl zurück. »Es ist stehen geblieben. Sein Herz schlägt nicht mehr.«

»Sind Sie sicher?«

»Die Monitore lügen nicht. Sämtliche Vitalfunktionen können über die Iriskamera abgerufen werden. Da tut sich gar nichts mehr. Er ist tot.«

Root konnte es nicht glauben. Mulch Diggums, der Unverwüstliche, tot? Das konnte nicht wahr sein. »Und dabei hatte er es geschafft, Foaly. Hat ein Exemplar des Buchs gerettet und bestätigt, dass Short noch am Leben ist.«

Foalys hohe Stirn legte sich nachdenklich in Falten. »Ich frage mich nur …«

»Was?«, fragte Root misstrauisch.

»Nun ja, sein Herzschlag – kurz vor dem Ende war er abnorm hoch.«

»Vielleicht ein technischer Fehler.«

Der Zentaur war nicht überzeugt. »Das bezweifle ich. Meine Technik hat keine Fehler.«

»Welche Erklärung sollte es sonst dafür geben? Sie haben doch immer noch Bildkontakt, oder?«

»Ja, aber eindeutig durch tote Augen. In dem Gehirn ist kein Funken Elektrizität mehr, die Kamera läuft über die eigene Batterie.«

»Tja, das war's dann wohl.«

Foaly nickte. »Sieht ganz so aus. Es sei denn … Nein, das ist zu verrückt.«

»Wie reden hier über Mulch Diggums. Da ist nichts zu verrückt.«

Foaly öffnete den Mund, um seine unglaubliche Theorie loszuwerden, doch bevor er etwas sagen konnte, glitt die Shuttletür auf.

»Wir haben ihn!«, sagte eine triumphierende Stimme.

»Ja!«, fügte eine zweite hinzu. »Artemis Fowl hat einen Fehler gemacht!«

Root fuhr auf seinem Stuhl herum. Es waren Argon und Cumulus, die so genannten Verhaltensanalytiker.

»Ach, wir haben uns also doch noch entschlossen, etwas für unser Honorar zu tun?«

Aber so leicht ließen sich die Wissenschaftler nicht einschüchtern. Die beiden sprühten förmlich vor Aufregung. Cumulus hatte sogar die Dreistigkeit, Roots sarkastische Bemerkung mit einem Wink abzutun. Vor allem dies ließ den Commander aufhorchen.

Argon stürmte an Foaly vorbei und legte eine Laserdisk ein. Auf dem Bildschirm erschien Artemis Fowls Gesicht, aufgenommen von Roots Iriskamera.

»Wir hören voneinander«, ertönte die Stimme des Commanders vom Band. »Bemühen Sie sich nicht, ich finde alleine raus.«

Fowls Gesicht verschwand vorübergehend, als er sich erhob. Dann hob Root den Blick, rechtzeitig für die bedrohliche Erwiderung. »Wie Sie wünschen. Aber denken Sie daran: Solange ich lebe, ist es niemandem von Ihrer Rasse gestattet, hier einzudringen.«

Triumphierend drückte Argon auf Pause. »Na bitte, da haben wir's!«

Roots Gesicht verlor den letzten Rest Blässe. »Was? Was haben wir?«

Cumulus schnalzte, als hätte er ein begriffsstutziges Kind vor sich – ein Fehler, wie er nur allzu bald bemerken sollte, denn noch bevor eine Sekunde um war, hatte der Commander ihn an seinem spitzen Bart gepackt.

»So, mein Guter«, sagte Root mit täuschend ruhiger Stimme. »Jetzt tun Sie einfach mal so, als ob wir's eilig hätten, und erklären Sie mir die Chose ohne irgendwelche Mätzchen oder Kommentare.«

»Der Oberirdische hat gesagt, wir dürften nicht ins Haus, solange er lebt«, quäkte Cumulus.

»Und?«

Argon übernahm für seinen Kollegen. »Nun, wenn wir nicht rein dürfen, solange er lebt …«

Root sog zischend die Luft ein. »Dann gehen wir eben rein, wenn er tot ist.«

Cumulus und Argon strahlten. »Genau«, tönten sie im Chor.

Root kratzte sich am Kinn. »Ich weiß nicht. Juristisch bewegen wir uns da auf dünnem Eis.«

»Absolut nicht«, widersprach Cumulus. »Die Sache ist doch ganz simpel: Das Menschenwesen hat ausdrücklich gesagt, das Betreten sei verboten, solange er lebe. Das ist gleichbedeutend mit einer Einladung nach seinem Tod.«

Der Commander war nicht überzeugt. »Die Einladung ist bestenfalls angedeutet.«

»Nein«, meldete sich Foaly zu Wort. »Sie haben Recht, die Sache ist sonnenklar. Sobald dieser Fowl tot ist, steht uns die Tür offen. Er hat es selbst gesagt.«

»Vielleicht.«

»Nichts vielleicht«, rief Foaly aus. »Himmel noch mal, Julius, was brauchen Sie denn noch? Wir haben hier einen Notfall, falls Ihnen das noch nicht aufgefallen ist.«

Root nickte langsam. »Erstens: Sie haben Recht. Zweitens: Ich bin einverstanden. Drittens: Gute Arbeit, meine Herren. Und viertens: Wenn Sie mich noch einmal Julius nennen, Foaly, stopfe ich Ihnen Ihre eigenen Hufe ins Maul. Und jetzt verbinden Sie mich mit dem Rat, ich brauche das Okay für die Goldlieferung.«

»Sofort, Commander Root, Euer Hoheit«, sagte Foaly grinsend und ließ aus Rücksicht auf Holly die Bemerkung mit den Hufen durchgehen.

»Wir schicken also das Gold rein«, murmelte Root gedankenversunken. »Sie lassen Holly raus, wir machen die Blauspülung, marschieren ins Haus und holen uns das Lösegeld zurück. Ganz einfach.«

»So einfach, dass es fast schon wieder genial ist«, stimmte Argon begeistert zu. »Was für ein Erfolg für unseren Berufsstand, finden Sie nicht auch, Doktor Cumulus?«

Cumulus schwirrte bereits der Kopf vor lauter Möglichkeiten. »Lesereisen, Buchverträge – allein die Filmrechte dürften ein Vermögen wert sein.«

»Die Soziologen werden förmlich daran ersticken. Damit ist ihre Theorie von wegen ›Armut verursacht unsoziales Verhalten‹ gestorben – dieser Fowl hat in seinem ganzen Leben noch nie unter Hunger gelitten.«

»Es gibt mehr als eine Art von Hunger«, merkte Cumulus an.

»Sehr richtig. Erfolgshunger, Machthunger ...«

Root platzte der Kragen. »Raus! Raus mit Ihnen, bevor

ich Sie erwürge, alle beide! Und falls ich je ein Wort zu dieser Sache in einer Talkshow höre, weiß ich, wer dafür verantwortlich ist.«

Die beiden Berater machten sich schleunigst aus dem Staub und beschlossen, ihre Agenten besser erst anzurufen, wenn sie außer Hörweite waren.

»Ich weiß nicht, ob der Rat das mitmacht«, gab Root zu, als sie verschwunden waren. »Es geht um eine Menge Gold.«

Foaly sah von der Konsole auf. »Um wie viel genau?«

Der Commander schob ihm ein Stück Papier zu. »So viel.«

»Donnerwetter!« Foaly stieß einen Pfiff aus. »Eine Tonne, in kleinen, unmarkierten Barren. Und vierundzwanzig Karat. Na, zumindest ist es eine schöne runde Zahl.«

»Sehr tröstlich. Das werde ich dem Rat auch sagen. Steht die Verbindung endlich?«

Der Zentaur grunzte nur verneinend. Ganz schön frech, einen höher stehenden Officer so von der Seite anzugrunzen. Root hatte nicht die Energie, ihn zurechtzuweisen, doch er merkte es sich. Wenn die Sache hier vorbei war, würde er Foaly für ein paar Jahrzehnte das Gehalt kürzen. Erschöpft rieb er sich die Augen. Allmählich machte sich die Zeitverschiebung bemerkbar. Sein Gehirn ließ ihn nicht schlafen, da er zu Beginn des Zeitstopps wach gewesen war, doch sein Körper schrie nach einer Ruhepause.

Er erhob sich und riss die Tür weit auf, um ein wenig Luft hereinzulassen. Abgestandene Zeitstoppluft. Wenn nicht einmal Moleküle das Zeitfeld verlassen konnten, dann erst recht kein Menschenjunge.

Am Portal tat sich etwas. Eine Menge sogar. Ein ganzer Truppenschwarm sammelte sich um einen Gleitkäfig. Angeführt wurde die Prozession von Lieutenant Cudgeon. Der ganze Trupp marschierte auf das Shuttle zu.

Root trat hinaus und ging ihnen entgegen. »Was für ein Zirkus soll das werden?«, fragte er nicht besonders freundlich.

Cudgeon wirkte blass, aber entschlossen. »Im Gegenteil, Julius. Wir machen dem Zirkus ein Ende.«

Root nickte. »Verstehe. Und das da sind die Clowns?«

Foaly steckte seinen Kopf durch die Tür. »Entschuldigen Sie, wenn ich Ihre kunstvolle Zirkusmetapher unterbreche, aber was zum Teufel ist das?«

»Ja, Lieutenant«, sagte Root und wies mit dem Kopf auf den schwebenden Gleitkäfig. »Was zum Teufel ist das?«

Cudgeon machte sich mit ein paar tiefen Atemzügen Mut. »Ich habe mir ein Beispiel an dir genommen, Julius.«

»Ach, tatsächlich?«

»Ja. Du hast dich vorhin dafür entschieden, eine gefallene Kreatur ins Haus zu schicken, und ich tue dasselbe.«

Root lächelte gefährlich. »Du entscheidest gar nichts, *Lieutenant*, nicht ohne meinen Segen.«

Instinktiv wich Cudgeon einen Schritt zurück. »Ich war beim Rat, Julius. Ich habe die volle Unterstützung.«

Der Commander wandte sich zu Foaly um. »Stimmt das?«

»Sieht so aus. Die Nachricht ist gerade über die Außenleitung gekommen. Das ist jetzt Cudgeons Veranstaltung. Er hat dem Rat von der Lösegeldforderung erzählt und davon, dass Sie Mister Diggums aus dem Knast geholt haben. Sie wissen ja, wie empfindlich die Ältesten sind, wenn es um Gold geht.«

Root verschränkte die Arme vor der Brust. »Man hat mich vor dir gewarnt, Cudgeon. Es hieß, du würdest mir in den Rücken fallen. Ich wollte es nicht glauben, aber offenbar war ich zu dumm.«

»Hier geht es nicht um uns, Julius, sondern um den Erfolg der Mission. Das, was sich in dem Käfig befindet, ist unsere größte Chance.«

»Und, was ist in dem Käfig? Nein, sag's nicht. Die einzige andere nichtmagische Kreatur in Erdland. Und der erste Troll seit mehr als hundert Jahren, den wir lebend gefangen haben.«

»Stimmt. Genau das richtige Wesen, um unseren Gegner rauszujagen.«

Roots Wangen glühten vor Anstrengung, seine Wut unter Kontrolle zu halten. »Ich kann nicht glauben, dass du das auch nur in Erwägung ziehst.«

»Im Grunde ist es doch dieselbe Idee, die du auch hattest, Julius.«

»Nein, ist es nicht. Mulch Diggums ist freiwillig gegangen. Er kannte die Risiken.«

»*Kannte*? Ist Diggums tot?«

Root rieb sich erneut die Augen. »Ja, es sieht so aus. Ein Tunneleinsturz.«

»Das beweist nur, dass ich Recht habe. Ein Troll lässt sich nicht so leicht ausschalten.«

»Du meine Güte, so hirnlos, wie die sind! Wie soll ein Troll denn den Befehlen folgen?«

Cudgeon lächelte mit neu erwachendem Selbstvertrauen. »Welchen Befehlen? Wir lassen ihn einfach auf das Haus los und bringen uns in Deckung. Die Menschenwesen werden uns auf Knien anflehen, reinzukommen und sie zu retten, das garantiere ich dir.«

»Und was ist mit meinem Officer?«

»Der Troll wird längst wieder hinter Schloss und Riegel sein, bevor Captain Short in irgendeiner Weise gefährdet wird.«

»Und das kannst du garantieren?«

Cudgeon zögerte. »Ich bin … Der Rat ist bereit, dieses Risiko einzugehen.«

»Politik«, schnaubte Root verächtlich. »Für dich ist das alles doch bloß Politik, Cudgeon. Eine hübsche Feder an deinem Hut auf dem Weg zu einem Sitz im Rat. Du machst mich krank.«

»Wie dem auch sei, wir werden diese Strategie befolgen. Der Rat hat mich zum Stellvertretenden Commander ernannt. Und da du offensichtlich nicht in der Lage bist, die persönlichen Dinge beiseite zu lassen, geh mir aus dem Weg.«

Root trat zur Seite. »Keine Sorge, *Commander.* Mit dieser Schlächterei will ich nichts zu tun haben. Die Ehre überlasse ich dir.«

Cudgeon setzte seine aufrichtigste Miene auf. »Julius, egal, was du denkst, mir liegen nur die Interessen des Erdvolks am Herzen.«

»Vor allem die einer ganz bestimmten Person«, schnaubte Root.

Cudgeon spielte den Verschnupften. »Ich höre mir das nicht länger an. Jede Sekunde, die ich mit dir spreche, ist eine verlorene Sekunde.«

Da blickte Root ihm direkt in die Augen. »Das macht dann, alles in allem, gut sechshundert verlorene Jahre, was, mein *Freund*?«

Cudgeon antwortete nicht. Was sollte er auch sagen? Ehrgeiz hatte seinen Preis, und dieser Preis hieß Freundschaft.

Entschlossen drehte er sich zu seiner Einheit um, einer verschworenen Gruppe handverlesener Feenmänner. »Bringt den Käfig rüber in die Auffahrt. Und lasst den Troll erst raus, wenn ich den Befehl dazu gebe.« Schnurstracks marschierte er an Root vorbei und vermied es tunlichst, seinen einstigen Freund anzusehen.

Doch Foaly ließ ihn nicht so einfach davonkommen. »Hey, Cudgeon.«

Einen solchen Tonfall konnte der Stellvertretende Commander nicht hinnehmen, nicht an seinem ersten Tag im Dienst. »Passen Sie auf, was Sie sagen, Foaly. Niemand ist unersetzlich.«

Doch der Zentaur lachte nur in sich hinein. »Sehr richtig. Das ist das Dumme an der Politik: Man hat nur einen Versuch.«

Gegen seinen Willen wurde Cudgeon nun doch ein wenig neugierig.

»Wenn ich an Ihrer Stelle wäre«, fuhr Foaly fort, »und nur eine Chance hätte, eine einzige Chance, einen Platz im

Rat für meinen Hintern zu reservieren, dann würde ich meine Zukunft ganz bestimmt nicht in die Hände eines Trolls legen.«

Da verpuffte Cudgeons frisch erwachtes Selbstvertrauen, und eine schweißschimmernde Blässe breitete sich auf seinem Gesicht aus. Nervös fuhr er sich über die Stirn und eilte hinter dem davonschwebenden Käfig her.

»Bis morgen«, rief Foaly ihm nach. »Sie dürfen dann meinen Müll rausbringen.«

Root lachte über den Kommentar des Zentauren. Ein seltenes Ereignis. »Gut gemacht, Foaly«, lobte er grinsend. »Sie haben diesen Mistkerl genau da erwischt, wo es wehtut: bei seinem Ehrgeiz.«

»Danke, Julius.«

Das Grinsen verschwand schneller als eine gebratene Grubenschnecke in der ZUP-Kantine. »Ich habe Sie schon mal gewarnt, Foaly. Und jetzt sehen Sie zu, dass Sie die Außenleitung wieder frei kriegen. Ich will, dass das Gold bereit liegt, wenn Cudgeons Plan schief geht. Bearbeiten Sie alle meine Anhänger im Rat. Ich bin mir ziemlich sicher, dass Lope dazugehört, und Cahartez, möglicherweise auch Vinyáya. Sie hatte schon immer eine Schwäche für mich – kein Wunder, bei meinem fantastischen Aussehen.«

»Das ist doch nicht Ihr Ernst.«

»Ich mache keine Scherze«, sagte Root, ohne mit der Wimper zu zucken. »Niemals.«

Holly hatte einen Plan, oder zumindest etwas in der Art: mit Sichtschild durchs Haus schleichen, sich ein paar von den beschlagnahmten Elfenwaffen schnappen und dann so lange durch die Gegend ballern, bis dieser Fowl sich gezwungen sah, sie freizulassen. Und falls dabei Sachschaden in Höhe von mehreren Millionen irischer Pfund entstand, umso besser.

Seit Jahren hatte Holly sich nicht mehr so gut gefühlt. Ihre Augen blitzten vor Energie, und unter jedem Zentimeter ihrer Haut sprühten Funken. Sie hatte ganz vergessen, wie toll es sich anfühlte, voll aufgeladen zu sein.

Nun, da sie auf der Jagd war, hatte Captain Short wieder das Gefühl, alles im Griff zu haben. Dies war schließlich ihr Job. Am Anfang waren die Oberirdischen im Vorteil gewesen, aber jetzt hatte sich das Blatt gewendet. Sie war die Jägerin und die anderen die Beute.

Vorsichtig nach dem riesigen Diener Ausschau haltend, erklomm Holly die große Treppe. Mit dem Kerl würde sie sich ganz bestimmt nicht anlegen. Sollten diese Finger sich um ihren Schädel schließen, wäre sie Geschichte, Helm hin oder her – vorausgesetzt, sie fand überhaupt einen Helm.

Das gewaltige Haus war das reinste Mausoleum; in keinem der hohen Räume das geringste Lebenszeichen. Dafür jede Menge unheimlicher Porträts, alle mit den misstrauischen, kalt funkelnden Fowl'schen Augen. Holly beschloss, die ganze Sammlung zu verbrennen, sobald sie ihre Neutrino 2000 wieder hatte. Das war vielleicht rachsüchtig, aber in Anbetracht dessen, was Artemis Fowl ihr angetan hatte, absolut gerechtfertigt.

Leise schlich sie weiter die Stufen hinauf, bis sie am oberen Absatz ankam. Unter der letzten Tür des Flurs schimmerte ein blasser Lichtstreifen. Holly legte die Hand auf das Holz, um nach Vibrationen zu fühlen. Aha, da tat sich was. Rufe und Schritte, die polternd auf sie zukamen.

Mit einem Satz sprang sie zurück und presste sich flach gegen die Samttapete – keine Sekunde zu früh. Ein massiger Koloss kam durch die Tür gepoltert und stürzte den Flur entlang, einen Luftzug hinter sich herwirbelnd.

»Juliet!«, brüllte er, so laut, dass der Name noch im Raum hing, nachdem er längst die Treppe hinuntergerannt war.

Keine Sorge, Butler, dachte Holly, Juliet amüsiert sich prächtig mit ihrem Ringkampfmarathon. Doch die offene Tür bot eine willkommene Gelegenheit. Holly schlüpfte hindurch, bevor der Schließarm sie ins Schloss ziehen konnte.

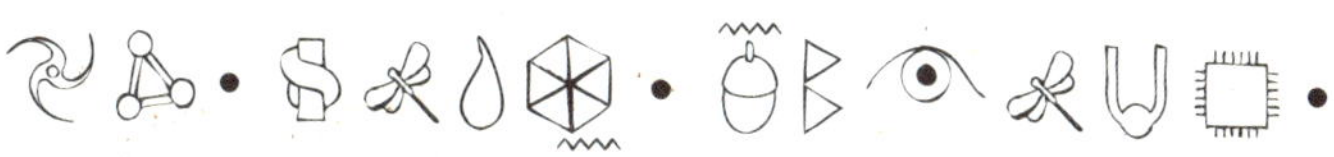

Artemis Fowl wartete bereits auf sie, einen Anti-Sichtschild-Filter über der Sonnenbrille. »Guten Abend, Captain Short«, begann er mit anscheinend unangekratztem Selbstvertrauen. »Auf die Gefahr hin, ein Klischee zu strapazieren: Ich habe Sie erwartet.«

Holly antwortete nicht, sah ihren Kerkermeister nicht einmal an. Statt dessen nutzte sie die Gelegenheit, sich im Raum umzuschauen, wobei ihr Blick eilig über sämtliche Oberflächen glitt.

»Selbstverständlich sind Sie noch immer an die Abmachungen gebunden, die wir vor einigen Stunden getroffen haben ...«

Doch Holly hörte gar nicht zu, sondern sprintete zu einer stählernen Arbeitsfläche am anderen Ende des Raums.

»Die Situation ist also im Grunde dieselbe geblieben. Sie sind noch immer meine Geisel.«

»Ja, ja, ja«, murmelte Holly und fuhr mit den Händen über die konfiszierten Ausrüstungsgegenstände der Bergungseinheit. Sie ergriff einen der Helme mit Tarnlackierung und zog ihn sich über die spitzen Ohren. Die Druckluftpolster blähten sich auf, bis sie ihren Kopf umschlossen. Jetzt war sie in Sicherheit. Alle weiteren Befehle, die Artemis Fowl ihr geben würde, wären dank des reflektierenden Visiers bedeutungslos. Das Mikro passte sich automatisch an, und gleichzeitig schalteten sich die Lautsprecher ein.

»... auf wechselnden Frequenzen. Sende auf wechselnden Frequenzen. Holly, wenn Sie mich hören können, gehen Sie in Deckung.«

Holly erkannte Foalys Stimme. Endlich etwas Vertrautes in dieser verrückten Situation.

»Ich wiederhole. Gehen Sie in Deckung. Cudgeon schickt einen ...«

»Etwas, das ich wissen sollte?«, fragte Artemis.

»Ruhe!«, zischte Holly, beunruhigt über Foalys ungewöhnlich ernsten Tonfall.

»Ich wiederhole. Cudgeon schickt einen Troll zu Ihrer Befreiung.«

Holly zuckte zusammen. Cudgeon hatte jetzt das Heft in der Hand – keine gute Neuigkeit.

Artemis redete erneut dazwischen. »Es ist unhöflich von Ihnen, Ihren Gastgeber zu ignorieren.«

»Jetzt reicht's mir aber«, knurrte Holly, ballte ihre Hand zu einer Faust und holte aus.

Artemis verzog keine Miene. Warum auch? Butler war stets zur Stelle, bevor ein Schlag sein Ziel traf. Doch dann fiel sein Blick auf den Monitor der Kamera im ersten Stock, wo gerade eine große Gestalt die Treppe hinuntereilte. Es war Butler.

»Ganz recht, du verzogenes Bürschchen«, sagte Holly gehässig. »Diesmal bist du allein.«

Und bevor Artemis auch nur Zeit hatte, erstaunt die Augen aufzureißen, legte Holly eine Extraportion Kraft in ihren Arm und schlug ihren Entführer mit der Faust auf die Nase. Stöhnend fiel er der Länge nach zu Boden.

»Ha! Das tat gut.«

Dann konzentrierte Holly sich wieder auf die Stimme in ihrem Ohr.

»Wir haben die Außenkameras auf eine Endlosschleife umgeschaltet, damit die Oberirdischen nichts mitkriegen, aber er ist unterwegs, glauben Sie mir.«

»Foaly. Foaly, bitte kommen.«

»Holly? Sind Sie das?«

»Höchstpersönlich. Foaly, hier gibt's keine Schleife. Ich sehe alles, was drinnen und draußen passiert.«

»Dieser gerissene kleine... Er muss einen kompletten Neustart gemacht haben.«

Auf der Zufahrt wimmelte es nur so von Unterirdischen. Da war Cudgeon, der hochmütig sein Team von Feenmännern anführte, und in der Mitte des Durcheinanders schwebte ein fünf Meter hoher Gleitkäfig auf einem Luftkissen direkt vor der Tür des Herrenhauses. Die Techniker installierten gerade einen Explosionsring an der den Eingang umgebenden Mauer, an dem sich mehrere mit Sprengsätzen versehene Metallbolzen befanden. Bei der Zündung würden sie die Tür aus der Wand reißen, und nachdem sich der Staub gesetzt hätte, würde der Troll nur eine Richtung einschlagen können: in das Haus.

Holly überprüfte die anderen Bildschirme. Butler war es gelungen, Juliet aus der Zelle zu zerren. Die beiden hatten das Kellergeschoss verlassen und durchquerten gerade die Eingangshalle – sie liefen mitten in die Schusslinie.

»*D'Arvit*«, fluchte sie und rannte erneut zur Arbeitsfläche.

Artemis hatte sich auf die Ellbogen gestützt. »Sie haben mich geschlagen«, sagte er fassungslos.

Holly schnallte sich ein Paar Hummingbirds um. »Ganz recht, Menschenjunge. Und du kannst jederzeit Nachschlag haben. An deiner Stelle würde ich also genau da bleiben, wo du bist.«

Zum ersten Mal in seinem Leben fiel Artemis keine geistreiche Antwort ein. Er öffnete den Mund und wartete darauf, dass ihm sein Gehirn einen der üblichen kernigen Sprüche lieferte, doch es kam nichts.

Holly schob die Neutrino 2000 in ihren Waffengürtel. »So ist's recht, Kleiner. Genug gespielt, jetzt übernehmen die Profis. Und wenn du hübsch brav bist, bringe ich dir auch einen Lolli mit, wenn ich wiederkomme.«

Erst als Holly schon längst verschwunden war und unter den alten Eichenbalken der Eingangshalle umherschwirrte, erwiderte Artemis: »Ich mag aber keine Lollis.«

Was für eine erbärmliche Antwort! Artemis war von sich selbst schockiert. Ich mag aber keine Lollis – wie peinlich! Kein Verbrechergenie, das etwas auf sich hielt, würde sich jemals dabei erwischen lassen, auch nur das Wort Lolli in den Mund zu nehmen. Er musste sich dringend eine Datei mit geistreichen Antworten für solche Fälle zusammenstellen.

Möglicherweise hätte Artemis noch eine ganze Weile so dagesessen und seine Gedanken schweifen lassen, wenn in diesem Moment nicht die Eingangstür in die Luft geflogen wäre, dass das gesamte Herrenhaus in seinen Grundfesten erbebte. Ein solcher Zwischenfall bringt auch den Verträumtesten auf den Boden der Tatsachen zurück.

Ein Feenmann landete vor dem Stellvertretenden Commander Cudgeon. »Der Ring ist befestigt, Sir.«

Cudgeon nickte. »Gut. Sind Sie sicher, dass er dicht ist, Captain? Ich will nicht, dass der Troll an der falschen Seite herauskommt.«

»Keine Sorge, Chef. Dichter verschlossen als die Goldtruhe eines Schrats. Dichter als die Stinkblase eines –«

»Schon gut, Captain«, unterbrach Cudgeon ihn hastig, bevor der Feenmann seine anschaulichen Metaphern weiterspinnen konnte.

Der Gleitkäfig neben ihnen bebte so heftig, dass der Container fast von seinem Luftkissen stürzte.

»Wir sollten die Kiste jetzt lieber sprengen, Commander. Wenn wir den Kerl nicht bald da rauslassen, kratzen meine Jungs die ganze nächste Woche die Sch–«

»Ist gut, Captain, ist gut. Sprengen Sie, Himmel noch mal.«

Cudgeon eilte hinter die Schutzwand und kritzelte eine Notiz auf den LCD-Bildschirm seines Palmtops. Memo: Männer daran erinnern, sich in ihrer Ausdrucksweise zu mäßigen. Schließlich war er jetzt *Commander.*

Der unflätige Captain marschierte derweil zum Fahrer des Gleitkäfigs. »Spreng das Ding, Chix. Spreng die Tür aus ihren verdammten Angeln.«

»Jawoll, Sir. Aus ihren verdammten Angeln. Ist gebongt.«

Cudgeon knirschte mit den Zähnen. Morgen würde er die ganze Mannschaft zusammentrommeln, gleich als Erstes. Bis dahin hätte er auch das Rangabzeichen eines Commanders auf seinem Revers. Angesichts der dreifachen

Eichel würde wohl selbst ein Feenmann seine Worte etwas vorsichtiger wählen.

Chix zog sich die Splitterschutzbrille vor die Augen, obwohl die Fahrerkabine eine Windschutzscheibe aus Quarz besaß. Aber die Brille war einfach cool. Die Mädels fuhren voll drauf ab – zumindest bildete er sich das ein. In seiner Vorstellung war er ein zu allem entschlossener Draufgänger. Typisch Feenmann: Hielt sich für unwiderstehlich, bloß weil er ein paar Flügel hatte. Doch Chix Verbils unglückselige Versuche, die Damenwelt zu beeindrucken, gehören ebenfalls in eine andere Geschichte. Hier hat er nur eine einzige Aufgabe, nämlich den Zündknopf zu drücken. Was er auch tat, und zwar mit theatralischer Geste.

Zwei Dutzend kontrollierte Sprengsätze detonierten in ihren Kammern und jagten die dazugehörigen Metallzylinder mit einer Geschwindigkeit von eintausendsechshundert Stundenkilometern aus ihrer Halterung. Beim Einschlag zerstörte jeder Bolzen den Kontaktbereich plus die umgebenden fünfzehn Zentimeter Wand und sprengte somit die Tür aus ihren verdammten Angeln, wie der Captain es auszudrücken beliebte.

Nachdem die Staubwolke sich verzogen hatte, kurbelten die Trollwächter die Tür des Käfigs hoch und begannen mit der flachen Hand gegen die Seitenwände zu hämmern.

Cudgeon spähte hinter der Schutzwand hervor. »Alles klar, Captain?«

»Momentchen, Commander. Chix? Wie sieht's aus?«

Chix warf einen Blick auf den Monitor in seiner Kabine. »Er bewegt sich. Der Krach macht ihn nervös. Jetzt fährt er die Krallen aus. Mann, ist das ein Riesenvieh! Ich möchte nicht an der Stelle dieser Tussi von der Aufklärung sein, wenn sie dem Kerl hier über den Weg läuft.«

Cudgeon verspürte eine kurze Anwandlung von Schuldgefühlen, die er jedoch mit seinem bevorzugten Tagtraum verscheuchte: der Vision, wie er sich in einen der beigefarbenen Veloursessel im Rat sinken ließ.

Der Käfig schwankte bedrohlich, so dass Chix beinahe von seinem Sitz gefallen wäre, doch er klammerte sich fest wie ein Rodeoreiter. »Wow! Jetzt legt er los. Waffen in Schussbereitschaft, Jungs. Ich habe so eine Ahnung, dass wir bald einen Hilferuf hören werden.«

Cudgeon hielt es nicht für nötig, seine Waffe schussbereit zu machen. Das überließ er lieber dem Fußvolk. Als Stellvertretender Commander war er zu wichtig, um in einer ungewissen Situation ein Risiko einzugehen. Für das Wohl des Erdvolks war es besser, dass er sich aus der Gefahrenzone heraushielt.

Butler rannte die Treppe hinunter, vier Stufen auf einmal nehmend. Es war vermutlich das erste Mal, dass er Master Artemis in einer Krisensituation im Stich ließ, doch Juliet gehörte schließlich zur Familie, und es war offensichtlich, dass mit seiner kleinen Schwester etwas nicht stimmte. Diese Elfe musste irgendetwas zu ihr gesagt haben, dass Juliet in dieser Zelle saß und kicherte. Butler befürchtete das Schlimmste. Er wusste nicht, wie er weiterleben sollte, falls Juliet etwas zustieß.

Er spürte, wie ein Schweißtropfen über seinen rasierten Schädel rann. Die Geschichte wurde immer komplizierter: Elfen, Magie und jetzt auch noch eine Geisel, die frei im Haus herumlief. Wie sollte er da die Lage unter Kontrolle behalten? Selbst der niedrigste Politiker wurde von vier Männern bewacht, aber von ihm erwartete man, dass er diese unmögliche Situation ganz allein im Griff behielt.

Butler sprintete den Flur entlang zu dem Raum, der bis vor kurzem noch Captain Shorts Zelle gewesen war. Juliet lümmelte auf dem Feldbett und starrte mit hingerissenem Gesichtsausdruck auf die Betonwand.

»Was machst du da?«, japste er und zog mit geübtem Griff seine 9-Millimeter SIG-Sauer.

Seine Schwester würdigte ihn kaum eines Blickes. »Sei still, du Riesenaffe. Louie the Love Machine ist im Ring. So stark ist der gar nicht, den könnte sogar ich auf die Matte legen.«

Butler blinzelte. Sie redete wirr. Stand offensichtlich unter Drogen. »Komm mit. Artemis wartet oben im Lagezentrum auf uns.«

Juliet deutete mit ihrem manikürten Zeigefinger auf die Wand. »Artemis kann warten. Hier geht's um den Titel des Interkontinentalmeisters. Und es ist ein Rachekampf – Louie hat Hogmans zahmes Hausschwein gegessen.«

Der Diener betrachtete die Wand. Eindeutig leer. Er hatte keine Zeit für solchen Unsinn. »Genug jetzt, wir gehen«, knurrte er und warf sich seine Schwester über die breite Schulter.

»Nicht! Du gemeiner Mistkerl!«, protestierte sie und schlug mit ihren kleinen Fäusten auf seinen Rücken ein. »Nicht jetzt. Hogman! Hogmaaan!«

Butler ignorierte ihren Widerstand und fiel in einen lockeren Trab. Wer zum Teufel war dieser Hogman? Bestimmt einer ihrer Verehrer. In Zukunft würde er die Besucher, die am Dienstboteneingang klingelten, genauer unter die Lupe nehmen.

»Butler? Beeilen Sie sich.«

Es war Artemis, auf dem Walkie-Talkie. Butler schob seine Schwester ein Stückchen höher, damit er an seinen Gürtel herankam.

»Lollis!«, bellte sein Herr.

»Wie bitte?«

»Äh ... Ich meine, verschwinden Sie von da. In Deckung!«

In Deckung? Dieser militärische Begriff klang aus Master Artemis' Mund vollkommen falsch. Wie ein Trompetenstoß aus einer Klarinette.

»In Deckung?«

»Ja, Butler. Ich dachte eigentlich, ein so schlichter Ausdruck würde am schnellsten den Weg in Ihr Gehirn finden, aber offensichtlich habe ich mich geirrt.«

Das klang schon eher vertraut. Butler sah sich in der Eingangshalle nach einem Winkel um, in dem er sich hätte verstecken können, aber die Auswahl war sehr beschränkt. Den einzigen Schutz bot die Reihe mittelalterlicher Rüstungen, die an der Wand aufgestellt war. Eilig duckte er sich in die Nische hinter einem Ritter aus dem vierzehnten Jahrhundert samt Lanze und Streitkolben.

Juliet klopfte gegen den Brustharnisch. »Du hältst dich wohl für sehr stark, was? Ich könnte dich mit einer Hand fertig machen.«

»Schhh!«, zischte Butler.

Er hielt den Atem an und lauschte. Etwas war da vor der Eingangstür. Etwas Großes. Butler beugte sich ein Stück vor, um einen Blick in die Halle zu werfen …

Dann, könnte man sagen, explodierte die Tür. Doch dieses Verb wird dem tatsächlichen Ereignis nicht gerecht. Vielleicht eher: Sie zerbarst in Millionen winziger Splitter. Butler hatte etwas Ähnliches schon einmal gesehen, als ein Erdbeben der Stärke sieben wenige Sekunden vor einer geplanten Sprengung das Grundstück eines kolumbianischen Drogenbosses in Schutt und Asche legte. Das hier war ein wenig anders, konzentrierter. Und sehr professionell. Eine klassische Anti-Terror-Kampftaktik: Attackier sie mit Rauch und Geknalle und geh rein, solange die Zielobjekte orientierungslos sind. Was auch immer da auf sie zukam, konnte nur etwas Übles sein, das spürte Butler. Und er sollte Recht behalten.

Die Staubwolken senkten sich allmählich und hinterließen eine helle Schicht auf dem tunesischen Läufer. Madam Fowl wäre außer sich, falls sie auch nur die Nasenspitze aus ihrem Zimmer im Dachboden stecken würde. Butlers Instinkt riet ihm, sich in Bewegung zu setzen. Im Zickzack durch die Halle und dann nichts wie nach oben. Und immer schön geduckt bleiben, um möglichst wenig Zielfläche zu bieten. Jetzt war der beste Zeitpunkt dafür, bevor die Sicht wieder klar war. Jeden Moment konnte ein

Kugelhagel durch den Torbogen hereinfegen, und dann wollte er auf keinen Fall im Erdgeschoss festsitzen.

Und an jedem anderen Tag hätte Butler sich auch in Bewegung gesetzt, wäre bereits die halbe Treppe hinaufgelaufen, bevor sein Gehirn auch nur Zeit gehabt hätte, darüber nachzudenken. Doch heute hatte er seine sinnlos brabbelnde kleine Schwester über der Schulter, und er wollte sie um keinen Preis einem mörderischen Sturmfeuer aussetzen. In dem Zustand, in dem Juliet sich befand, konnte es passieren, dass sie die Befehlshaber der Unterirdischen womöglich zu einem Ringkampf herausforderte. Und obwohl seine Schwester große Töne spuckte, war sie im Grunde noch ein halbes Kind und kein ernsthafter Gegner für ausgebildete Militärs. Also bückte Butler sich tiefer, lehnte Juliet hinter einer Rüstung gegen die Wand und überprüfte seine Waffe. Entsichert. Gut. Dann versucht mal, mich zu erwischen, ihr Elfenjungs.

Etwas bewegte sich in dem Staubdunst. Für Butler war sofort klar, dass dieses Etwas nicht menschlich war. Er war auf genügend Safaris gewesen, um eine Bestie zu erkennen, wenn er sie vor sich hatte. Der Diener studierte den Gang der Kreatur. Möglicherweise eine Primatenart. Der Bau des Oberkörpers ähnelte dem eines Affen, aber das Wesen war größer als jede Affenart, die Butler je gesehen hatte. Wenn es tatsächlich ein Affe war, würde ihm sein Revolver wenig nützen. Einem Affenbullen konnte man fünf Ladungen in den Schädel jagen, und er schaffte es trotzdem noch, einen zu fressen, bevor sein Gehirn begriff, dass er tot war.

Doch es war kein Primat. Affen hatten für gewöhnlich nicht die Augen nachtaktiver Tiere. Diese Kreatur schon – glühend rote Pupillen, die halb hinter zottigen Stirnlocken verborgen waren. Und Stoßzähne, aber nicht wie bei Elefanten. Diese hier waren gebogen und mit scharfen Zacken versehen. Genau richtig zum Aufschlitzen. Butler verspürte ein Kribbeln tief unten in der Magengrube. Er hatte es schon mal gespürt, an seinem ersten Tag in der Schweizer Akademie. Es war Angst.

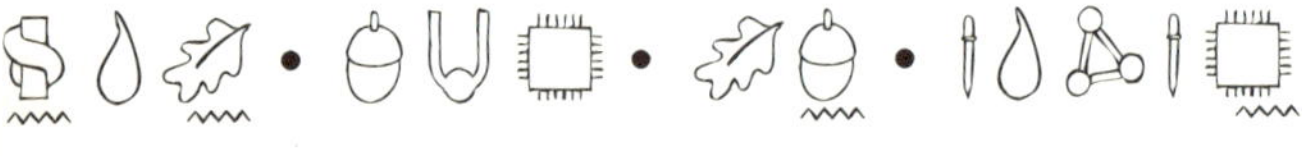

Die Kreatur trat aus dem Staubdunst hervor. Butler schnappte nach Luft. Auch das hatte er seit damals an der Akademie nicht mehr getan. Doch hier hatte er einen Gegner vor sich, der anders war als alle, mit denen er es bisher zu tun gehabt hatte. Der Diener begriff sofort, was die Unterirdischen getan hatten: Sie hatten einen primitiven Jäger losgeschickt, eine Kreatur, die sich einen Teufel um Magie und Gebote scherte. Ein Wesen, das einfach alles töten würde, was ihm über den Weg lief, egal ob Mensch, Tier oder Elfe. Das sah man eindeutig an den spitzen Reißzähnen, dem getrockneten Blut unter den Klauen und dem puren Hass, der in seinen Augen funkelte.

Der Troll trottete ein paar Schritte vor und blinzelte im Licht des Kronleuchters. Gelbliche Krallen ratschten über die Marmorfliesen, dass die Funken sprühten. Jetzt schnüffelte er, mit seltsamen, prustenden Geräuschen, den Kopf zur Seite geneigt. Auch diese Haltung war Butler nicht unbekannt – sie erinnerte ihn an eine Meute ausgehungerter Pitbulls, kurz bevor ihre russischen Abrichter sie auf einen Bären losgelassen hatten.

Der zottige Kopf erstarrte, die Schnauze direkt auf Butlers und Juliets Versteck gerichtet. Das war kein Zufall. Vorsichtig spähte Butler zwischen den Fingern eines Kettenhandschuhs hindurch. Jetzt kam das Heranpirschen. Sobald die Fährte aufgenommen war, schlich ein Raubtier sich langsam und leise an seine Beute heran, bis es dann blitzartig über sie herfiel.

Doch anscheinend hatte der Troll die Jagdanleitung für Raubtiere nicht gelesen, denn er verzichtete auf das Heranschleichen und schlug direkt zu. Mit einer schnelleren Bewegung, als Butler sie je für möglich gehalten hätte, sprang der Troll quer durch die Eingangshalle und fegte die Rüstung beiseite, als wäre es eine Schaufensterpuppe.

Juliet blinzelte. »Ohh«, stieß sie aus. »Bigfoot Bob, der kanadische Meister von 1998. Ich dachte, du wärst in den Anden, auf der Suche nach deinen Verwandten.«

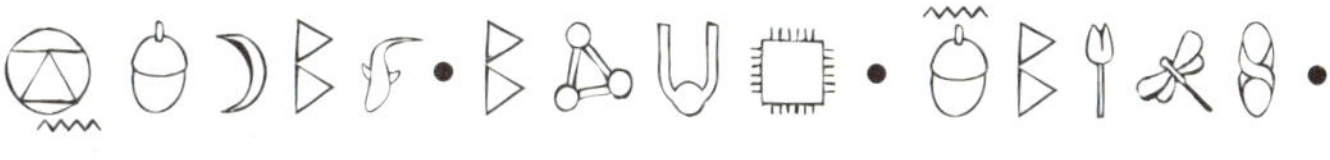

Butler machte sich nicht die Mühe, sie zu belehren, da sie offensichtlich nicht bei klarem Verstand war. Wenigstens würde sie glücklich sterben. Während sein Gehirn diese morbide Feststellung machte, hob er automatisch die Schusshand.

Er drückte so schnell ab, wie der Mechanismus der SIG-Sauer es zuließ. Zwei in die Brust, drei zwischen die Augen. So war es zumindest geplant. Die Brustschüsse schaffte er noch, doch der Troll unterbrach ihn, bevor er fertig war. Zwei Säbelzähne durchstießen Butlers Deckung, bohrten sich in seinen Oberkörper und schlitzten sein kevlarverstärktes Jackett auf wie eine Rasierklinge ein Stück Reispapier.

Butler verspürte einen kalten Schmerz, als das gezackte Elfenbein in seine Brust drang. Er wusste sofort, dass die Wunde tödlich war. Sein Atem rasselte. Die eine Lunge musste zerstört sein. Blut spritzte in Fontänen auf das Fell des Trolls. Sein Blut. Niemand konnte so viel verlieren und überleben. Doch schlagartig wurde der Schmerz abgelöst von einem seltsamen Gefühl der Euphorie – irgendein natürliches Betäubungsmittel, das durch Kanäle in den Stoßzähnen des Raubtiers ausgeschüttet wurde. Gefährlicher als das tödlichste Gift. Innerhalb weniger Minuten würde Butler nicht nur aufhören zu kämpfen, sondern kichernd dahinscheiden.

Der Diener wehrte sich gegen das Betäubungsmittel in seinem Körper und versuchte mit aller Kraft, sich aus dem Griff des Trolls zu befreien, doch es war zwecklos. Sein Kampf war beendet, bevor er überhaupt richtig begonnen hatte.

Mit einem Grunzen schleuderte der Troll den schlaffen menschlichen Körper über seinen Kopf hinweg hinter sich, so dass Butlers robuste Gestalt mit einer Wucht gegen die Wand prallte, der menschliche Knochen nicht gewachsen waren. Ein Riss wanderte vom Boden bis zur Decke die Wand hinauf, und Butlers Wirbelsäule zersplitterte. Falls

der Blutverlust ihn nicht erledigte, dann vermutlich die Lähmung.

Juliet war noch immer im Bann des *Blicks* gefangen. »Komm schon, Bruderherz, hoch mit dir. Wir wissen doch alle, dass du nur Theater spielst.«

Der Troll hielt inne; dieser völlige Mangel an Angst weckte offenbar seine Neugier. Er hätte dahinter einen Trick vermutet, wenn er in der Lage gewesen wäre, einen so komplizierten Gedanken zu formulieren. Doch letzten Endes siegte der Appetit. Die Kreatur roch den Duft von Fleisch, frisch und zart. Oberirdisches Fleisch war anders, lockte mit Gerüchen, die es unten nicht gab. Wenn man einmal oberirdisches Fleisch gekostet hatte, war es schwer, wieder davon zu lassen. Der Troll leckte sich über die Reißzähne und streckte seine zottige Pfote aus ...

Holly legte die Hummingbirds eng an ihren Körper und ließ sich im Sturzflug fallen. Sie glitt am Geländer entlang, bis sie zwischen den Säulen unterhalb einer bunten Glaskuppel landete. Das Zeitstopplicht schimmerte unnatürlich in breiten, azurblauen Streifen herein.

Licht, dachte Holly. Der Helmscheinwerfer hatte schon einmal seinen Zweck erfüllt, und es gab keinen Grund, warum er es nicht noch einmal tun sollte. Für den Mann war es zu spät, er war nur noch ein Haufen Knochen. Aber dem Mädchen blieben noch ein paar Sekunden, bis der Troll es aufschlitzen würde.

Holly flog in Spiralen durch das künstliche Licht nach unten und suchte dabei auf dem Tastenfeld ihres Helms nach dem Sonix-Knopf. Sonix wurde normalerweise für Hunde verwendet, aber vielleicht lenkte es auch den Troll für einen Moment ab. So lange, bis sie im Erdgeschoss angekommen war.

Unten streckte der Troll die Pfote nach Juliet aus, eine Geste, die für gewöhnlich wehrlosen Opfern vorbehalten war. Die Klauen würden sich unterhalb der Rippen in den

Körper bohren und das Herz aufschlitzen. Minimale Beschädigung der Beute und keinerlei Todesspannung, die das Fleisch zäh machen würde.

Holly aktivierte den Sonix, doch nichts geschah. Kein gutes Zeichen. Normalerweise müsste ein Troll durch den Ton im Ultrakurzwellenbereich zumindest irritiert sein. Doch dieses Exemplar schüttelte nicht einmal den zottigen Kopf. Es gab zwei Möglichkeiten: entweder funktionierte der Helm nicht, oder der Troll war stocktaub. Dummerweise hatte Holly keine Möglichkeit herauszufinden, was zutraf, da die Töne für Elfenohren unhörbar waren.

Egal woran es lag, Holly sah sich gezwungen, eine Strategie anzuwenden, auf die sie lieber nicht zurückgegriffen hätte: direkter Kontakt. Und das alles, um das Leben eines Menschenwesens zu retten. Sie musste verrückt geworden sein.

Holly riss den Schalthebel direkt vom vierten in den Rückwärtsgang, was der Kupplung gar nicht bekam. Dafür würde sie einen Rüffel von den Mechanikern einstecken müssen, in dem unwahrscheinlichen Fall, dass sie diesen endlosen Albtraum überlebte. Der rabiate Gangwechsel bewirkte, dass sie in der Luft herumgewirbelt wurde und ihre Stiefel am Ende genau auf den Kopf des Trolls gerichtet waren. Holly zog eine Grimasse. Zwei Kämpfe mit demselben Troll – unglaublich.

Ihre Absätze trafen die Bestie direkt auf den Schädel, und bei ihrer Geschwindigkeit lag mindestens die Wucht einer halben Tonne Erdanziehungskraft dahinter. Nur die Verstärkung ihres Overalls schützte Holly davor, sich dabei die Beine zu brechen. Doch sie hörte, wie ihr das eine Knie aus dem Gelenk sprang. Ein bohrender Schmerz traf sie bis ins Mark und brachte ihr geplantes Manöver zum Scheitern. Anstatt sich wieder auf eine sichere Höhe zu schwingen, stürzte Holly dem Troll auf den Rücken, wo sie sich prompt in seinem zottigen Fell verfing.

Der Troll war entsprechend verärgert. Nicht nur, dass ihn etwas bei seinem Abendessen gestört hatte, nein, dieses

Etwas hing nun auch noch in seinem Fell, zwischen den Putzschnecken. Die Bestie richtete sich auf und langte mit der klauenbesetzten Pfote nach hinten über die Schulter. Die gebogenen Krallen ratschten über Hollys Helm und hinterließen parallele Furchen in der Karbonschale. Juliet war zwar für den Augenblick in Sicherheit, doch dafür hatte Holly ihren Platz auf der Liste der gefährdeten Individuen eingenommen.

Der Troll drückte fester zu und schaffte es irgendwie, sich trotz der Gleitbeschichtung, die laut Foaly absolut griffsicher war, in den Helm zu krallen. Den Zentauren würde sie sich vorknöpfen, wenn nicht in diesem Leben, dann im nächsten.

Captain Short spürte, wie sie in die Luft gehoben wurde, dann starrte sie ihrem alten Feind in die Augen. Holly bemühte sich krampfhaft, sich trotz der Schmerzen und der Verwirrung zu konzentrieren. Ihr Bein schwang wie ein schlaffes Pendel, und der Atem des Trolls fuhr ihr in stinkenden Wellen über das Gesicht.

Sie hatte einen Plan gehabt, oder? Sie war doch nicht einfach hier hinuntergeflogen, um sich zusammenzurollen und zu sterben. Da war bestimmt eine Strategie gewesen. Die ganzen Jahre auf der Akademie mussten doch zu irgendwas nütze sein. Aber was immer ihr Plan gewesen sein mochte, er schwebte irgendwo zwischen dem Schmerz und dem Schock, in unerreichbarer Ferne.

»Die Scheinwerfer, Holly …«

Eine Stimme in ihrem Kopf. Anscheinend redete sie schon mit sich selbst. Eine Außer-Kopf-Erfahrung, ha, ha. Das musste sie Foaly erzählen … Foaly?

»Mach die Scheinwerfer an, Holly. Wenn der seine Stoßzähne zum Einsatz bringt, bist du tot, bevor die Magie dich retten kann.«

»Foaly? Bist du das?« Holly wusste selbst nicht, ob sie die Worte laut gesprochen oder nur gedacht hatte.

»Die Tunnelscheinwerfer, Captain!« Eine andere Stimme,

deutlich weniger mitfühlend. »Drücken Sie auf den Knopf! Das ist ein Befehl!«

Huch, das war Root. Schon wieder setzte sie einen Auftrag in den Sand. Erst Hamburg, dann Martina Franca und jetzt das hier.

»Jawohl, Sir«, murmelte sie und bemühte sich, professionell zu klingen.

»Drücken! Jetzt, Captain Short!«

Holly starrte dem Troll direkt in die erbarmungslosen Augen und drückte auf den Knopf. Sehr melodramatisch – falls die Scheinwerfer funktioniert hätten. Unglücklicherweise hatte Holly in ihrer Eile jedoch einen der Helme erwischt, die Artemis Fowl ausgeweidet hatte. Kein Sonix, keine Filter und keine Scheinwerfer. Die Halogenbirnen waren noch an Ort und Stelle, und das Mikro funktionierte, aber Artemis hatte bei seinen Untersuchungen ein paar Kabel durchtrennt.

»Au weia«, stöhnte Holly.

»Au weia?«, bellte Root. »Was soll das heißen?«

»Die Scheinwerfer funktionieren nicht«, erklärte Foaly.

»Oh …« Roots Stimme erstarb. Was gab es da noch zu sagen?

Holly sah den Troll an. Wenn sie nicht gewusst hätte, dass Trolle dumm wie Tiere waren, hätte sie glatt gedacht, das Vieh würde sie angrinsen. Stand da, blutete aus mehreren Wunden in der Brust und grinste. Captain Short konnte es nicht leiden, wenn man sie angrinste.

»Hör auf zu lachen«, sagte sie und versetzte dem Troll einen Schlag mit der einzigen Waffe, die sie besaß: ihrem behelmten Kopf.

Mutig, ohne Zweifel, aber ungefähr so wirkungsvoll, als wollte man einen Baum mit einer Feder fällen. Doch zum Glück hatte der ungeschickte Schlag einen Nebeneffekt. Für den Bruchteil einer Sekunde bekamen zwei der abgetrennten Kabelstücke Kontakt und jagten Strom in den einen der beiden Tunnelscheinwerfer. Vierhundert Watt weiß glühendes Licht fluteten auf die roten Augen des Trolls ein und sandten ein Blitzgewitter des Schmerzes durch sein Hirn.

»Hä, hä«, stieß Holly aus, bevor der Troll sich zusammenkrümmte. Seine Zuckungen schleuderten sie über den Parkettboden, das eine Bein wie leblos neben sich herschleifend.

Die Wand schien mit alarmierender Geschwindigkeit auf sie zuzurasen. Vielleicht, dachte Holly hoffnungsvoll, wird das ja so ein Aufprall, wo man den Schmerz erst hinterher fühlt. Nein, entgegnete ihre pessimistische Hälfte, sieht nicht so aus. Sie donnerte gegen einen normannischen Wandbehang, der über ihr zu Boden fiel. Der Schmerz traf sie augenblicklich und mit überwältigender Wucht.

»Oh, Mann«, stöhnte Foaly. »Das hab sogar ich gespürt. Die Sicht ist ausgefallen und die Schmerzsensoren haben fast die Anzeige gesprengt. Deine Lungen sind geplatzt, Holly. Wir werden dich für eine Weile verlieren, aber mach dir keine Sorgen, deine Magie müsste eigentlich schon am Werk sein.«

Holly spürte, wie das magische blaue Kribbeln durch ihre zahlreichen Wunden schoss. Dem Himmel sei Dank, dass es Eicheln gab. Doch es war zu wenig und kam zu spät. Der Schmerz überstieg bei weitem die Grenze des Erträglichen. Kurz bevor sie in Bewusstlosigkeit versank, rutschte Hollys Hand unter dem Wandteppich hervor. Sie landete auf Butlers Arm und berührte seine bloße Haut. Erstaunlicherweise war der Riese nicht tot; ein hartnäckiger Puls zwang das Blut durch die zerschmetterten Glieder.

Heile, dachte Holly. Und die Magie strömte durch ihre Finger.

Der Troll stand vor einem Dilemma – welche von den beiden Frauen sollte er zuerst fressen? Schwierige Entscheidung. Der bohrende Schmerz in seinem Schädel und die Ansammlung von Kugeln, die in seinem Brustspeck steckten, machten es ihm auch nicht gerade leichter. Schließlich gab er sich einen Ruck. Das oberirdische Wesen. Zartes Menschenfleisch. Keine zähen Elfenmuskeln, auf denen man stundenlang herumkauen musste.

Die Bestie ging in die Hocke und drehte mit einer vergilbten Kralle das Kinn des Mädchens zu sich herum. Eine träge pulsierende Schlagader wand sich ihren Hals entlang. Herz oder Hals?, überlegte der Troll. Hals, der war näher. Er schob die Kralle ein Stück tiefer, so dass die Spitze gegen die weiche Haut drückte. Eine kurze Bewegung, und der Herzschlag des Mädchens würde das Blut aus ihrem Körper treiben.

Butler kam zu sich, was als solches schon eine Überraschung war. Er wusste sofort, dass er am Leben war, da ein bohrender Schmerz in jedem einzelnen Kubikzentimeter seines Körpers wütete. Das gefiel ihm gar nicht. Gut, er war am Leben, aber in Anbetracht der Tatsache, dass sein Hals um einhundertachtzig Grad verdreht war, würde er nie wieder auch nur einen Hund ausführen, geschweige denn seine Schwester retten können.

Vorsichtig wackelte er mit den Fingern. Tat höllisch weh, aber immerhin, sie ließen sich bewegen. Es war unglaublich, dass er nach dem erlittenen Aufprall überhaupt noch etwas bewegen konnte. Auch seine Zehen schienen in Ordnung zu sein, doch das war möglicherweise nur eine Phantomreaktion, da er sie nicht sehen konnte.

Die Blutung in seiner Brust schien aufgehört zu haben, und er konnte klar denken. Alles in allem war er in einem weit besseren Zustand, als es der Situation entsprach. Was zum Teufel ging hier vor?

Dann bemerkte Butler noch etwas. Um seinen Oberkörper tanzten blaue Funken. Offenbar eine Halluzination, hübsche Bilder, um ihn vom Unausweichlichen abzulenken. Allerdings eine ziemlich realistische Halluzination.

Die Funken sammelten sich an verletzten Stellen und versanken dort in der Haut. Butler erschauerte. Das war keine

Halluzination. Hier geschah etwas Außergewöhnliches, etwas Magisches.

Magie? In seinem frisch aus dem Dämmerzustand aufgewachten Hirn klingelte ein Glöckchen. Elfenmagie. Sie heilte seine Wunden. Er drehte seinen Kopf und zuckte zusammen, als er das Knirschen der Wirbel hörte. Auf seinem Unterarm lag eine Hand. Funken flogen von den schlanken Elfenfingern und wanderten zielsicher zu Quetschungen, Brüchen und Rissen. Es gab eine Menge Verletzungen zu verarzten, doch die kleinen Funken erledigten es schnell und wirkungsvoll, wie eine Armee mystischer Biber, die Sturmschäden beseitigte.

Butler spürte regelrecht, wie seine Knochen sich wieder zusammensetzten und das Blut sich aus den halb angetrockneten Wunden zurückzog und wieder zu zirkulieren begann. Sein Kopf drehte sich unwillkürlich, als seine Wirbel an ihren Platz zurückkehrten, und neue Kraft durchflutete ihn, als Magie die drei Liter Blut ersetzte, die er durch die Wunde in seiner Brust verloren hatte.

Butler sprang auf die Füße – ja, er sprang tatsächlich. Er war wieder er selbst. Nein, mehr als das: Er war so stark wie in seinen besten Zeiten. Stark genug, um sich erneut auf die Bestie zu stürzen, die sich vor ihm über seine kleine Schwester beugte.

Butler fühlte, dass sein verjüngtes Herz losdonnerte wie ein Außenbordmotor. Ganz ruhig, sagte er sich. Gefühle sind der Feind kluger Planung. Doch Ruhe hin oder her, die Situation war verzweifelt. Dieses Vieh hatte ihn schon einmal getötet, und diesmal hatte er nicht einmal seine SIG-Sauer. So fit er sich auch fühlte, wäre es nicht schlecht, eine Waffe zu haben. Etwas mit ein wenig Gewicht. Sein Stiefel stieß gegen etwas Metallisches. Butler starrte auf den Schutthaufen, den der Troll hinterlassen hatte … Perfekt!

Der Bildschirm zeigte nichts als Schnee.

»Machen Sie schon«, drängte Root. »Beeilen Sie sich!«

Foaly schob sich an seinem Vorgesetzten vorbei. »Es wäre einfacher, wenn Sie nicht sämtliche Schalttafeln blockieren würden.«

Knurrend schlurfte Root zur Seite. Seiner Ansicht nach war es die Schuld der Schalttafeln, dass sie sich hinter seinem Rücken befanden. Der Kopf des Zentauren verschwand hinter einem Bedienfeld.

»Und?«

»Nichts, nur Rauschen.«

Root schlug mit der flachen Hand gegen den Monitor, was keine gute Idee war. Erstens, weil es absolut nichts nützte, und zweitens, weil Plasmabildschirme nach längerem Gebrauch glühend heiß werden.

»*D'Arvit!*«

»Vorsicht übrigens, der Bildschirm wird ziemlich warm.«

»Ha, ha! Jetzt haben wir also Zeit für Scherze, ja?«

»Nein, eigentlich nicht. Ist jetzt was zu erkennen?«

Der Schnee formte sich zu deutlichen Umrissen.

»Ja, so ist es gut. Wir sind wieder auf Empfang.«

»Ich habe die zweite Kamera aktiviert. Leider nur altmodisches Video, aber besser als nichts.«

Root sagte nichts dazu, sondern starrte sprachlos den Bildschirm an. Das war bestimmt ein Film. Das konnte nicht echt sein.

»Und, was gibt's zu sehen? Irgendwas Interessantes?«

Root versuchte zu antworten, doch sein Soldatenwortschatz umfasste einfach nicht die passenden Superlative.

»Was? Was ist denn?«

Der Commander startete einen Versuch. »Der Mensch... Dieser Riese... Ich... Ach, vergessen's Sie's, Foaly. Das müssen Sie sich selbst anschauen.«

Holly verfolgte die ganze Episode durch einen Schlitz in den Falten des Wandteppichs. Wenn sie es nicht mit eigenen Augen gesehen hätte, sie hätte es nicht geglaubt. Genau genommen war sie erst später, als sie sich für ihren Bericht die Videoaufzeichnung noch einmal vorspielte, überzeugt, dass das Ganze nicht nur eine Halluzination war, eine Art Todeserfahrung. Diese Videosequenz war beim Erdvolk bald legendär, wanderte zunächst durch sämtliche Amateurvideo-Fernsehshows und wurde schließlich fester Bestandteil der Nahkampf-Ausbildung an der ZUP-Akademie.

Das Menschenwesen, dieser Butler, schnallte sich eine Rüstung um. So unglaublich es schien, hatte er offenbar vor, im Zweikampf gegen den Troll anzutreten. Holly versuchte, ihn zu warnen, einen Ton herauszubringen, doch die Magie hatte ihre zerschmetterten Lungen noch nicht ausreichend aufgebaut.

Butler klappte das Visier herunter und griff nach einer gefährlich aussehenden Lanze. »So«, knurrte er durch das Gitter. »Dir werd ich zeigen, was passiert, wenn jemand Hand an meine Schwester legt.«

Der Menschenmann wirbelte die Lanze durch die Luft, als wäre sie ein Cheerleaderstöckchen, und rammte sie dem Troll, der über Juliet gebückt dastand, zwischen die Schulterblätter. Ein solcher Schlag war zwar nicht tödlich, genügte jedoch, um den Troll von seinem Opfer abzulenken.

Butler stemmte seinen Fuß gegen den Rücken der Kreatur und zog die Waffe mit einem widerlich schmatzenden Geräusch aus der Wunde. Dann sprang er zurück und nahm eine Verteidigungshaltung ein.

Der Troll fuhr zu ihm herum, alle zehn Klauen zu voller Länge ausgefahren. Gifttropfen schimmerten an der Spitze der Stoßzähne. Jetzt war Schluss mit den Spielchen. Doch diesmal würde es keinen blitzartigen Angriff geben; die Bestie war erschöpft und verletzt. Diesem letzten Angreifer würde sie den gleichen Respekt zollen wie einem anderen Männchen seiner Art. Aus Sicht des Trolls war sein Revier verletzt worden, und es gab nur eine Möglichkeit, eine solche Auseinandersetzung zu lösen – dieselbe, mit der Trolle alle Auseinandersetzungen lösten ...

»Ich warne dich«, sagte Butler, ohne mit der Wimper zu zucken. »Ich bin bewaffnet und bereit, Gewalt anzuwenden, zu töten, falls nötig.«

Holly hätte am liebsten gestöhnt. Was für ein Geschwätz! Dieses Menschenwesen versuchte, einen Troll mit Machosprüchen zu beeindrucken! Doch dann begriff Captain Short ihren Fehler. Es ging nicht darum, welche Worte Butler von sich gab, sondern um den Tonfall. Er sprach sanft und beruhigend, wie ein Trainer zu einem verängstigten Einhorn.

»Geh von dem Mädchen weg. Ganz vorsichtig.«

Der Troll blies die Backen auf und brüllte. Einschüchterungstaktik. Ein kleiner Test. Butler verzog keine Miene.

»Ja, ja, wirklich schauerlich. Und jetzt verschwinde nach draußen, damit ich dich nicht zu Gulasch verarbeiten muss.«

Der Troll schnaubte beleidigt. Normalerweise genügte sein Brüllen, um alles, was in Hörweite war, in die Flucht zu schlagen.

»Einen Schritt nach dem anderen, schön langsam. Ganz ruhig, mein Großer.«

Fast konnte man es in den Augen des Trolls sehen. Ein Flackern der Unsicherheit. Vielleicht war dieses Menschenwesen ja ...

Und genau in dem Moment schlug Butler zu. Er tänzelte unter den Stoßzähnen hindurch und versetzte dem Troll mit seiner mittelalterlichen Waffe einen vernichtenden Kinnhaken. Mit wild fuchtelnden Klauen taumelte die Bestie rückwärts. Doch es war zu spät, Butler hatte sich bereits in Sicherheit gebracht, indem er zur anderen Seite der Halle geschossen war. Der Troll polterte hinter ihm her, lose Zähne aus dem blutigen Zahnfleisch spuckend.

Butler ließ sich auf die Knie fallen und schlitterte wie ein Eisläufer über das gebohnerte Parkett. Er duckte sich und drehte eine Pirouette, so dass er seinem Verfolger wieder gegenüberstand. »Guck mal, was ich gefunden habe!«, sagte er und hob die SIG-Sauer.

Diesmal versuchte er erst gar keinen Schuss in die Brust. Mit der restlichen Ladung der Automatik zielte Butler auf einen Kreis von zehn Zentimeter Durchmesser zwischen den Augen des Trolls. Doch zu Butlers Pech haben Trolle durch die jahrtausendelangen Kopfstöße gegen Rivalen an der Stirn eine sehr dicke Knochenplatte entwickelt, so dass diese sonst unfehlbare Technik versagte. Die Kugeln prallten trotz ihrer Teflonbeschichtung am Schädel ab.

Doch zehn Devastator-Kugeln kann keine Kreatur der Welt ignorieren, auch ein Troll nicht. Die Ladung hämmerte ihm einen Abdruck in den Schädel und löste eine solche Gehirnerschütterung aus, dass die Bestie rückwärts taumelte, die Pfoten vor die Stirn schlagend. Sofort setzte Butler ihm nach und bohrte ihm die Spitze der Lanze in den zottigen Fuß.

Der Troll war halb bewusstlos, von seinem eigenen Blut geblendet und lahm. Ein normaler Mensch hätte zumindest einen Hauch von Reue empfunden, doch nicht Butler. Er hatte zu viele Männer gesehen, die von verletzten Tieren zerfleischt worden waren. Jetzt war der gefährlichste Moment und nicht der Zeitpunkt für falsches Mitgefühl, sondern für ein zielgerichtetes, erbarmungsloses Ende.

Holly konnte nur hilflos zusehen, wie der Diener sorgfältig zielte und der verwundeten Kreatur eine Reihe vernichtender Schläge versetzte. Als Erstes zerfetzte er dem Troll die Sehnen, so dass dieser in die Knie ging, dann warf er die Lanze beiseite und wechselte zu seinen mit Eisenhandschuhen bewehrten Fäusten, die möglicherweise noch tödlicher waren als die Lanze. Der unglückselige Troll verteidigte sich, so gut er konnte, und schaffte es sogar, den Diener ein paarmal zu streifen, doch seine Angriffe prallten an der Rüstung ab. Butler platzierte seine Schläge derweil so zielgerichtet wie ein Chirurg. Von der Annahme ausgehend, dass der Körperbau eines Trolls im Wesentlichen dem eines Menschen entsprach, versetzte er der armen Kreatur einen Hagel von Schlägen, bis nur noch ein Haufen zitterndes Fell übrig war. Es war ein Mitleid erregender Anblick. Und der Diener war noch nicht fertig. Er streifte die blutüberströmten Handschuhe ab und schob einen neuen Ladestreifen in seine Waffe.

»Mal sehen, wie dick deine Knochen unter dem Kinn sind.«

»Nein«, stieß Holly mit dem ersten richtigen Atem aus, der wieder ihre Lungen füllte. »Nicht.«

Butler ignorierte sie und rammte dem Troll den Pistolenlauf unter das Kinn.

»Tun Sie's nicht ... Sie stehen in meiner Schuld.«

Butler zögerte. Es stimmte, Juliet und er waren am Leben. Ziemlich durcheinander, aber am Leben. Er zog den Hahn seiner Pistole zurück. Jede einzelne Zelle in seinem Gehirn schrie danach abzudrücken. Doch sie waren am Leben.

»Sie stehen in meiner Schuld, Menschenwesen.«

Butler seufzte. Das würde er später bestimmt bedauern.

»Also gut, Captain. Soll das Vieh sich meinetwegen mit jemand anders weiterprügeln. Es kann von Glück sagen, dass ich so guter Laune bin.«

Holly stieß einen Laut aus, der wie eine Mischung aus Wimmern und Lachen klang.

»Jetzt aber raus mit unserem haarigen Freund.«

Butler rollte den bewusstlosen Troll auf den Rollwagen, mit dem er sonst die Rüstungen transportierte, und schob ihn zur zerstörten Eingangstür. Mit einem gewaltigen Stoß schleuderte er das ganze Paket hinaus in die angehaltene Nacht.

»Und wage es ja nicht zurückzukommen«, rief er hinterher.

»Unglaublich«, sagte Root.

»Das können Sie laut sagen«, stimmte Foaly zu.

Kapitel 9
Trumpf

Artemis drückte die Türklinke und verbrannte sich dabei die Finger. Verschlossen. Die Elfe musste sie mit ihrer Waffe zugeschmolzen haben. Sehr geschickt – eine Variable weniger in der Gleichung. Er hätte genau dasselbe getan.

Artemis versuchte gar nicht erst, die Tür gewaltsam zu öffnen. Sie war aus verstärktem Stahl, und er war erst zwölf. Man musste kein Genie sein, um zu begreifen, dass das nicht funktionieren würde. Obwohl er ohne Zweifel eins war. Stattdessen ging der junge Fowl hinüber zur Monitorwand und verfolgte die Ereignisse von dort aus.

Ihm war sofort klar, worauf die ZUP es anlegte – den Troll reinschicken, in der Erwartung, dass ein Hilferuf folgte, der dann als Einladung ausgelegt werden konnte, und im Handumdrehen hätte eine Elfen-Sturmtruppe das Schloss besetzt. Clever. Und unerwartet. Es war schon das zweite Mal, dass er seine Gegner unterschätzt hatte. Doch ein drittes Mal würde es nicht geben.

Während Artemis das Drama, das sich unten abspielte, auf den Bildschirmen verfolgte, wechselten seine Gefühle von Entsetzen zu Stolz. Butler hatte es geschafft. Er hatte den Troll besiegt, und das ohne eine einzige Bitte um Hilfe. Dies war vielleicht das erste Mal, dass Artemis voll bewusst wurde, was für einen unschätzbaren Dienst die Butler-Familie ihm erwies.

Er schaltete das Funkgerät ein und sendete auf drei wechselnden Frequenzen. »Commander Root, ich nehme an, dass Sie alle Kanäle überwachen …«

Eine Weile kam nur Rauschen aus den Lautsprechern, doch dann hörte Artemis das laute Klicken eines Mikrofonknopfs.

»Ich höre Sie, Menschenwesen. Was kann ich für Sie tun?«

»Spricht dort der Commander?«

Ein seltsames Geräusch tönte aus dem schwarzen Stoffgeflecht des Mikrofons. Es klang wie ein Wiehern.

»Nein, hier ist nicht der Commander. Hier ist Foaly der Zentaur. Sind Sie der hinterhältige kleine Entführer?«

Es dauerte einen Moment, bis Artemis begriff, dass er beleidigt worden war. »Mister … äh … Foaly, Sie haben offensichtlich Ihre Anleitungen zu psychologisch klugem Verhalten nicht studiert. Es ist unklug, den Geiselnehmer zu verärgern. Ich könnte labil sein.«

»*Könnte?* Das ist ja wohl ein Witz. Obwohl das auch egal ist, da bald nicht mehr als eine Wolke radioaktiver Moleküle von Ihnen übrig sein wird.«

Artemis kicherte leise. »Sie irren sich, mein vierbeiniger Freund. Wenn Sie Ihre Biobombe zünden, bin ich längst aus diesem Zeitfeld verschwunden.«

Jetzt war es an Foaly zu lachen. »Sie bluffen, Menschenwesen. Wenn es einen Weg gäbe, dem Zeitfeld zu entfliehen, hätte ich ihn entdeckt. Ich glaube, Sie wollen uns bloß verar–«

Zum Glück übernahm in diesem Moment Root das Mikro. »Fowl? Hier spricht Commander Root. Was wollen Sie?«

»Ich wollte Sie nur darüber informieren, Commander, dass ich trotz Ihres Betrugsversuchs noch immer bereit bin zu verhandeln.«

»Das mit dem Troll ist nicht auf meinem Mist gewachsen«, protestierte Root. »Er ist gegen meinen Wunsch eingesetzt worden.«

»Tatsache ist nun einmal, *dass* er eingesetzt wurde, und zwar von der ZUP. Unser Vertrauen in Sie ist zerstört. Hier ist mein Ultimatum: Sie haben dreißig Minuten, um mir das Gold zu übergeben. Wenn nicht, bleibt Captain Short meine Gefangene. Und ich werde sie nicht mitnehmen, wenn ich das Zeitfeld verlasse, das heißt, sie wird von der Biobombe ausgelöscht.«

»Seien Sie nicht dumm, Menschenwesen. Sie machen sich etwas vor. Es ist *unmöglich*, das Zeitfeld zu verlassen.«

Artemis beugte sich mit wölfischem Lächeln über sein Mikro. »Es gibt nur eine Möglichkeit, das herauszufinden, Root. Sind Sie bereit, Captain Shorts Leben zu verwetten?«

Roots Zögern wurde von dem Rauschen einer Übertragungsstörung unterstrichen. Als schließlich seine Antwort kam, schwang genau der richtige Tonfall von Resignation in seiner Stimme. »Nein«, seufzte er, »bin ich nicht. Sie kriegen Ihr Gold, Fowl. Eine Tonne, vierundzwanzig Karat.«

Artemis grinste spöttisch. Ein echter Schauspieler, unser Commander Root.

»Dreißig Minuten, Commander. Zählen Sie die Sekunden, falls Ihre Uhr stehen geblieben sein sollte. Ich warte, aber nicht lange.«

Artemis beendete den Funkkontakt und lehnte sich in seinem Drehsessel zurück. Anscheinend hatten sie den Köder geschluckt. Zweifelsohne hatten die ZUP-Analytiker seine »versehentliche« Einladung entdeckt. Die Unterirdischen würden zahlen, weil sie überzeugt waren, dass das Gold wieder ihnen gehörte, sobald er tot war, von der Biobombe ausgelöscht. Was er natürlich nicht sein würde. Zumindest theoretisch.

Butler feuerte drei Runden in den Türrahmen. Die Tür selbst war aus Stahl und hätte die Devastator-Munition direkt auf ihn zurückgeschossen, doch der Rahmen bestand aus dem porösen alten Stein, aus dem das ganze Herrenhaus gebaut war. Er bröselte wie Kreide. Ein fundamentales Sicherheitsrisiko, das er sofort ausräumen würde, sobald diese Angelegenheit erledigt war.

Master Artemis wartete gelassen auf seinem Stuhl vor der Bildschirmwand. »Gute Arbeit, Butler.«

»Danke, Master Artemis. Einen Moment sah es gar nicht gut aus. Wenn Captain Short nicht gewesen wäre …«

Artemis nickte. »Ja, ich habe es gesehen. Die Heilkraft, eine der Gaben des Erdvolks. Ich frage mich, warum sie es getan hat.«

»Das frage ich mich auch«, sagte Butler leise. »Verdient haben wir es jedenfalls nicht.«

Artemis warf ihm einen scharfen Blick zu. »Kopf hoch, alter Freund. Das Ende ist in Sicht.«

Butler nickte; er versuchte sogar zu lächeln. Doch er war nicht mit dem Herzen dabei.

»In weniger als einer Stunde wird Captain Short wieder bei ihren Leuten sein, und wir werden ausreichend Kapital zur Verfügung haben, um uns Unternehmungen zuzuwenden, die mehr nach Ihrem Geschmack sind.«

»Ich weiß. Es ist nur …«

Artemis brauchte nicht zu fragen. Er wusste genau, was Butler beschäftigte. Die Elfe hatte ihnen beiden das Leben gerettet, und dennoch bestand er darauf, sie weiter gefangen zu halten. Für einen Ehrenmann wie Butler war das beinahe mehr, als er ertragen konnte.

»Die Verhandlungen sind beendet. Egal, wie es ausgeht, sie wird auf jeden Fall zu ihren Leuten zurückkehren. Captain Short wird nichts passieren, ich gebe Ihnen mein Wort.«

»Und Juliet?«

»Was ist mit ihr?«

»Besteht irgendeine Gefahr für meine Schwester?«

»Nein. Keine Gefahr.«

»Die Unterirdischen werden uns also einfach das Gold geben und davonmarschieren?«

Artemis schaubte leise. »Nein, natürlich nicht. Sie werden in Fowl Manor eine Biobombe zünden, sobald Captain Short in Sicherheit ist.«

Butler holte Luft, um etwas zu sagen, ließ es dann jedoch bleiben. Offensichtlich war das noch nicht der ganze Plan. Master Fowl würde ihn rechtzeitig einweihen. Statt also seinen Herrn mit Fragen zu belästigen, beschränkte er sich auf einen einzigen, schlichten Satz. »Ich vertraue Ihnen, Artemis.«

»Ja«, erwiderte der Junge in vollem Bewusstsein der Verantwortung, die auf ihm lastete. »Ich weiß.«

Cudgeon tat, was Politiker am besten können: Er versuchte, die Verantwortung abzuwälzen.

»Dein Officer hat den Menschenwesen geholfen«, stieß er mit gespielter Empörung aus. »Die ganze Operation lief wie geplant, bis dein Vorzeigemädchen unseren Gesandten attackiert hat.«

»Gesandter?«, spottete Foaly. »Jetzt ist der Troll schon ein Gesandter.«

»Ja, das ist er. Und dieser Menschenriese hat Hackfleisch aus ihm gemacht. Die ganze Geschichte könnte längst erledigt sein, wenn deine Abteilung nicht so unfähig wäre.«

Normalerweise wäre Root an dieser Stelle der Kragen geplatzt, doch er wusste, dass Cudgeon in dem verzweifelten Versuch, seine Karriere zu retten, nach jedem Strohhalm griff. Also lächelte der Commander nur. »Ach, Foaly?«

»Ja, Commander?«

»Haben wir den Angriff des Trolls auf DVD?«

Der Zentaur stieß einen theatralischen Seufzer aus. »Nein, Sir, die Scheiben sind uns leider ausgegangen, kurz bevor der Troll reingeschickt wurde.«

»Wie schade.«

»Ja, wirklich ein Jammer.«

»Diese DVD hätte unser Stellvertretender Commander Cudgeon bei seiner Vernehmung sicher gut gebrauchen können.«

Cudgeons Fassung löste sich in Luft auf. »Gib mir die Scheibe, Julius! Ich weiß, dass sie da drin ist! Das ist vorsätzliche Behinderung im Amt.«

»Du bist der Einzige hier, der alles behindert, Cudgeon. Du benutzt diese Geschichte doch nur dazu, deine eigene Karriere voranzubringen.«

Cudgeons Gesicht nahm beinahe dieselbe Farbe an wie Roots. Die Situation entglitt ihm zusehends, und er wusste es. Sogar Chix Verbil und die anderen Feenmänner stahlen sich hinter dem Rücken ihres Anführers davon.

»Ich habe hier immer noch das Sagen, Julius, also gib mir gefälligst diese DVD, sonst lasse ich dich verhaften.«

»Ach ja? Und von wem, bitte?«

Einen Moment glühte in Cudgeons Gesicht wieder die alte Überheblichkeit auf, doch sie verpuffte nur allzu bald, als er die auffällige Abwesenheit seiner Männer bemerkte.

»Ganz recht«, wieherte Foaly. »Sie sind nicht länger Stellvertretender Commander. Wir haben gerade einen Anruf von unten gekriegt. Der Rat will Sie sehen, und ich glaube kaum, dass es darum geht, Ihnen einen Sitz anzubieten.«

Es war vermutlich Foalys Grinsen, das Cudgeon den Rest gab. »Ich will diese Scheibe!«, brüllte er und stieß Foaly gegen die Wand des Shuttles.

Root war versucht, die beiden eine Weile kämpfen zu lassen, doch jetzt war nicht der richtige Moment für ein Privatvergnügen.

»Nicht doch, alter Junge«, sagte er und deutete mit dem Zeigefinger auf Cudgeon. »Keiner außer mir darf Foaly schlagen.«

Foaly erbleichte. »Vorsicht mit dem Finger. Sie tragen immer noch –«

Roots Daumen streifte »aus Versehen« gegen seinen Knöchel, was ein kleines Gasventil öffnete. Das austretende Gas jagte einen mit Betäubungsmittel getränkten Pfeil durch die Spitze des Latexfingers und direkt in Cudgeons Hals. Der ehemalige Stellvertretende Commander sackte wie ein Stein zu Boden.

Foaly rieb sich den Nacken. »Sauberer Schuss, Commander.«

»Ich weiß gar nicht, wovon Sie reden. Das war ein Unfall. Ich hatte den falschen Finger vollkommen vergessen. Soweit ich weiß, ist das schon öfter vorgekommen.«

»Oh ja, natürlich. Unglücklicherweise wird Cudgeon ein paar Stunden lang bewusstlos sein. Wenn er wieder zu sich kommt, ist der spannende Teil hier vorbei.«

»So ein Pech.« Root gestattete sich ein flüchtiges Grinsen, doch dann ging es wieder zur Sache. »Ist das Gold da?«

»Ja, sie haben es gerade raufgeschickt.«

»Gut.« Er wandte sich an Cudgeons feige Truppe. »Ladet das Zeug auf einen Gleitkarren und bringt es ins Schloss. Und falls einer Ärger machen will, stopfe ich ihm die Flügel ins Maul, verstanden?«

Niemand antwortete, doch es bestand kein Zweifel, dass alle verstanden hatten.

»Und jetzt seht zu, dass ihr in die Gänge kommt.«

Root verschwand im Shuttle, gefolgt von Foaly, der die Tür fest hinter sich zuzog. »Ist sie startklar?«

Der Zentaur betätigte ein paar wichtig aussehende Schalter am Steuerpult. »Jetzt ja.«

»Ich will, dass sie so bald wie möglich gezündet wird.« Er warf einen Blick durch das lasersichere Refraktorglas. »Wir haben nicht mehr viel Zeit. Das Sonnenlicht schimmert schon durch.«

Foaly beugte sich mit ernstem Gesicht über seine Tastatur. »Ja, die Magie lässt nach. Noch fünfzehn Minuten, dann haben wir oberirdischen Tag. Die Neutrinoströme zerfasern allmählich.«

»Verstehe«, sagte Root, was nicht so ganz stimmte. »Nein, eigentlich verstehe ich's nicht, aber das mit den fünfzehn Minuten habe ich kapiert. Damit bleiben uns zehn Minuten, um Captain Short da rauszuholen. Danach sind wir der gesamten menschlichen Rasse ausgeliefert.«

Foaly aktivierte eine weitere Kamera, die mit dem Gleitkarren verbunden war. Versuchsweise fuhr er mit dem Finger über ein Trackpad. Der Karren machte einen Satz vorwärts und hätte um ein Haar Chix Verbil enthauptet.

»Toller Fahrstil«, grummelte Root. »Kommt das Teil auch die Stufen hoch?«

Foaly sah nicht einmal von seinem Computer auf. »Automatischer Bodenfreiheitskompensator mit einskommafünf Meter Ausgleichsbereich. Kein Problem.«

Root warf ihm einen mörderischen Blick zu. »Das machen Sie nur, um mich zu ärgern, stimmt's?«

Foaly zuckte die Achseln. »Schon möglich.«

»Dann sollten Sie froh sein, dass meine anderen Finger nicht auch geladen sind. Haben wir uns verstanden?«

»Jawohl, Sir.«

»Gut. Dann wollen wir sehen, dass wir Captain Short da herausholen.«

Holly schwebte unter dem Lichthof. Orangefarbene Strahlen durchbrachen das Blau; der Zeitstopp ließ nach. Es konnte nur noch Minuten dauern, bis Root das ganze Gelände blauspülen würde. Plötzlich erklang Foalys Stimme über den Helmlautsprecher.

»Okay, Captain Short. Das Gold ist unterwegs. Halten Sie sich startbereit.«

»Wir verhandeln doch nicht mit Entführern«, sagte Holly überrascht. »Was geht hier vor?«

»Nichts«, erwiderte Foaly beiläufig. »Ein schlichter Tausch: Das Gold geht rein, Sie kommen raus. Dann schicken wir die Bombe, ein riesiger blauer Knall, und die Sache ist gegessen.«

»Weiß dieser Artemis Fowl das mit der Biobombe?«

»Ja, er weiß Bescheid. Behauptet aber, er könnte aus dem Zeitfeld entkommen.«

»Das ist unmöglich.«

»Stimmt.«

»Aber dann werden sie alle sterben!«

»Na und?«, entgegnete Foaly, und Holly sah förmlich vor

sich, wie er die Achseln zuckte. »Das kommt eben dabei heraus, wenn man sich mit uns Unterirdischen anlegt.«

Holly war hin und her gerissen. Ohne Zweifel war Artemis Fowl eine Gefahr für die unterirdische Zivilisation. Seinetwegen würde auch kaum jemand eine Träne vergießen. Aber das Mädchen, Juliet, war unschuldig. Sie verdiente eine Chance.

Holly stieg auf eine Höhe von zwei Metern herab – Butlers Kopfhöhe. Die Menschenwesen hatten sich in dem Schutthaufen versammelt, der früher einmal eine Eingangshalle gewesen war. Zwischen ihnen herrschte Uneinigkeit, das spürte sie.

Holly starrte Artemis vorwurfsvoll an. »Hast du es ihnen gesagt?«

Artemis erwiderte ihren Blick. »Was gesagt?«

»Ja, Elfe, was soll er uns gesagt haben?«, echote Juliet streitlustig; sie war noch immer ein wenig verschnupft wegen des *Blicks*.

»Spiel nicht den Dummen, Fowl. Du weißt genau, was ich meine.«

Artemis gelang es nie lange, den Dummen zu spielen. »Ja, Captain Short, ich weiß, was Sie meinen. Die Biobombe. Ihre Besorgnis wäre rührend, wenn sie sich auch auf meine Person erstreckte. Dennoch brauchen Sie sich keine Sorgen zu machen. Alles läuft genau nach Plan.«

»Genau nach Plan?«, stieß Holly aus und wies auf die Zerstörung um sie herum. »War das hier Teil des Plans? Und dass Butler beinahe getötet worden wäre? Gehörte das auch zum Plan?«

»Nein«, gab Artemis zu. »Der Troll war ein leichter Störfaktor, aber irrelevant für den Plan als solchen.«

Holly unterdrückte den Drang, dem blassen Menschenjungen erneut einen Faustschlag zu versetzen, und wandte sich stattdessen an Butler. »Seien Sie doch vernünftig, um Himmels willen. Sie können dem Zeitfeld nicht entkommen. Das hat noch niemand geschafft.«

Butlers Gesichtszüge wirkten wie in Stein gemeißelt. »Wenn Master Artemis sagt, dass es möglich ist, dann ist es möglich.«

»Und Ihre Schwester? Sind Sie bereit, aus Loyalität gegenüber einem Verbrecher auch ihr Leben aufs Spiel zu setzen?«

»Artemis ist kein Verbrecher, Miss, sondern ein Genie. Und jetzt gehen Sie mir bitte aus dem Weg. Sie versperren mir die Sicht auf den Haupteingang.«

Holly sauste auf sechs Meter Höhe. »Ihr seid verrückt, allesamt! In fünf Minuten seid ihr nur noch Staub. Begreift ihr das denn nicht?«

Artemis stieß einen Seufzer aus. »Sie haben Ihre Antwort bekommen, Captain. Jetzt lassen Sie uns bitte in Ruhe. Dies ist ein delikater Moment der Unternehmung.«

»Unternehmung? Das ist eine Entführung! Hab wenigstens den Mut, die Sache beim Namen zu nennen.«

Artemis war langsam mit seiner Geduld am Ende. »Butler, haben wir noch Betäubungsmunition übrig?«

Der riesige Diener nickte, sagte jedoch nichts. Er wusste nicht, ob er es fertig brächte, Captain Short ruhig zu stellen, falls er in diesem Moment den Befehl bekäme. Zum Glück wurde Artemis' Aufmerksamkeit durch die Aktivitäten auf der Zufahrt abgelenkt.

»Aha, anscheinend hat die ZUP kapituliert. Butler, Sie überwachen die Übergabe. Aber seien Sie auf der Hut. Unsere unterirdischen Freunde sind imstande und versuchen uns auszutricksen.«

»Und das musst ausgerechnet du sagen«, grummelte Holly.

Butler eilte zu der zerstörten Tür und überprüfte Ladung und Sicherung seiner 9-Millimeter SIG-Sauer. Er war beinahe froh über die quasi-militärische Aktion, weil sie ihn von seinem Dilemma ablenkte. In Situationen wie dieser konzentrierte er sich nur noch auf seinen Job; für Gefühle war da kein Platz.

Noch immer hing in der Luft ein feiner Staubnebel. Butler spähte durch ihn hindurch auf die Zufahrt. Dank der Elfenfilter vor seinen Augen sah er, dass sich keine Wärme ausstrahlenden Körper näherten. Stattdessen glitt ein großer Karren anscheinend ganz von selbst auf die Tür zu; er schwebte auf einem Kissen aus schimmernder Luft. Zweifellos hätte Master Artemis gewusst, wie diese Maschine funktionierte, doch ihn, Butler, interessierte nur, ob er sie würde ausschalten können oder nicht.

Der Karren rammte die erste Stufe.

»Automatischer Kompensator – dass ich nicht lache«, spottete Root.

»Ja, ja, schon gut«, erwiderte Foaly. »Ich arbeite noch daran.

»Es ist das Lösegeld«, rief Butler.

Artemis bemühte sich, die Aufregung zu unterdrücken, die in ihm aufstieg. Gerade jetzt konnte er es sich nicht erlauben, seinen Gefühlen freien Lauf zu lassen. »Sehen Sie nach, ob eine Sprengladung daran angebracht ist.«

Vorsichtig trat Butler hinaus vor das Portal. Unter seinen Füßen lagen Splitter zerstörter Steinfiguren.

»Keine Feinde in Sicht. Scheint automatisch angetrieben zu sein.«

Der Karren holperte über die Stufen.

»Ich weiß ja nicht, wer das Ding steuert, aber er könnte ein paar Fahrstunden gebrauchen.«

Butler bückte sich und überprüfte die Unterseite des Karrens. »Keine Sprengladung zu sehen.«

Dann nahm er einen Sweeper aus der Tasche und zog die Teleskopantenne heraus. »Anscheinend auch keine Wanzen. Aber was haben wir denn hier?«

»Oh-oh«, entfuhr es Foaly.

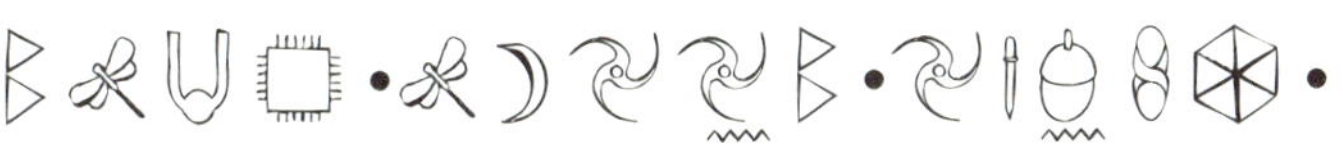

»Eine Kamera.«

Butler streckte den Arm aus und zog die Fischaugenlinse am Kabel heraus. »Gute Nacht, die Herren.«

Trotz der schweren Ladung ließ sich der Karren leicht bewegen und von Butler über die Schwelle und in die Halle schieben. Dort stand er leise summend, als warte er darauf, entladen zu werden.

Nun, da der Moment gekommen war, traute Artemis sich beinahe nicht weiterzumachen. Es war schwer zu glauben, dass sein ausgeklügelter Plan nach all diesen Monaten nun in wenigen Minuten von Erfolg gekrönt sein würde. Doch diese letzten paar Minuten waren ganz ohne Zweifel die wichtigsten – und die gefährlichsten.

»Packen Sie es aus«, sagte er schließlich, überrascht über das Zittern in seiner Stimme.

Es war ein unwiderstehlicher Augenblick. Juliet näherte sich zögernd, die mit Glitter geschminkten Augen weit aufgerissen. Selbst Holly drehte das Gas herunter und ließ sich sinken, bis ihre Füße den Marmorfußboden streiften. Butler löste die schwarze Plane und zog sie von der Ladung.

Niemand sagte etwas. Artemis war es, als spielte irgendwo jemand die *1812-Ouverture*. Da lag das Gold, in schimmernden Reihen aufgestapelt. Es schien eine Aura auszuströmen, eine Wärme, aber auch eine Ahnung von Gefahr. Eine Menge Leute wären bereit, für solch unermesslichen Reichtum, wie ihn dieses Gold brachte, zu sterben oder zu töten.

Holly war fasziniert. Elfen haben eine Schwäche für Mineralien, da sie aus der Erde stammen. Doch Gold mögen sie am liebsten. Welch ein Schimmer, welche Verlockung!

»Sie haben gezahlt«, stieß sie leise aus. »Ich kann es nicht glauben.«

»Ich auch nicht«, murmelte Artemis. »Butler, ist es echt?«

Butler nahm einen Barren vom Stapel und kratzte mit der Spitze seines Wurfmessers einen kleinen Span heraus.

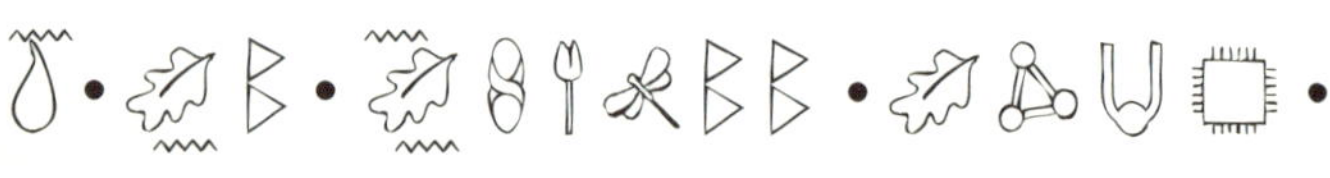

»Ja, ist es«, sagte er und hielt den Span gegen das Licht. »Zumindest dieses hier.«

»Gut. Sehr gut. Dann fangen Sie mit dem Abladen an, ja? Alles nach unten in den Keller. Den Karren schicken wir mit Captain Short wieder zurück.«

Die Erwähnung ihres Namens vertrieb Hollys Goldfieber. »Artemis, gib auf. Keinem Menschenwesen ist es jemals gelungen, Elfengold zu behalten, obwohl ihr es seit Jahrhunderten versucht. Die ZUP wird stets alles tun, ihr Eigentum zu schützen.«

Artemis schüttelte amüsiert den Kopf. »Ich habe Ihnen doch schon gesagt …«

Holly packte ihn an den Schultern. »Ihr könnt nicht entkommen! Begreifst du das denn nicht?«

Der Junge sah sie kühl an. »Doch, ich kann, Captain. Sehen Sie mir in die Augen und sagen Sie mir, dass ich es nicht kann.«

Sie tat es. Captain Holly Short blickte in die blauschwarzen Augen ihres Entführers und las darin die Wahrheit. Und einen Moment glaubte sie ihm.

»Noch ist es nicht zu spät«, sagte sie verzweifelt. »Es muss doch eine Möglichkeit geben. Ich habe noch meine Magie.«

Eine ärgerliche Falte grub sich in die Stirn des Jungen. »Ich bedaure es, Sie enttäuschen zu müssen, Captain, aber ich habe meine Entscheidung getroffen.« Artemis hielt inne, den Blick einen Moment nach oben gerichtet, zu dem umgebauten Dachboden. Hmm …, dachte er. Brauche ich wirklich all dieses Gold? Und zwickte ihn nicht sein Gewissen, nahm es seinem Sieg nicht jede Süße? Er schüttelte sich. Bleib bei deinem Plan. Bleib bei deinem Plan. Keine Gefühle.

Artemis spürte eine vertraute Hand auf seiner Schulter. »Alles in Ordnung?«

»Ja, Butler. Laden Sie weiter ab, und lassen Sie sich von Juliet helfen. Ich muss mit Captain Short reden.«

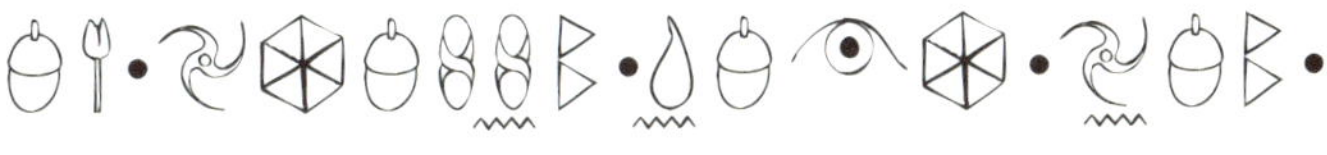

»Sind Sie sicher, dass alles in Ordnung ist?«

Artemis seufzte. »Nein, alter Freund, das bin ich nicht. Aber jetzt ist es zu spät.«

Butler nickte und wandte sich wieder seiner Aufgabe zu. Juliet trottete neben ihm her wie ein Terrier.

»Captain, Sie sprachen eben von Ihrer Magie.«

»Was ist damit?« Hollys Augen waren voller Misstrauen.

»Was muss ich tun, um einen Wunsch frei zu haben?«

Holly warf einen Blick auf den Karren. »Nun, das kommt darauf an. Was hast du denn anzubieten?«

Root war nicht gerade das, was man entspannt nennen würde. Immer breitere Streifen gelben Lichts lugten durch das Blau. Nur noch Minuten. Wenige Minuten. Sein Kopf dröhnte, was die Giftstoffe in seiner stinkenden Zigarre nicht unbedingt milderten.

»Sind alle verzichtbaren Einsatzkräfte evakuiert worden?«

»Ja, sofern sie sich nicht wieder reingeschlichen haben, seit Sie mich das letzte Mal gefragt haben.«

»Kommen Sie, Foaly. Jetzt ist wirklich nicht der richtige Moment. Gibt's was Neues von Captain Short?«

»Nein. Seit der Sache mit dem Troll ist das Video ausgefallen. Wahrscheinlich ist die Batterie im Eimer. Sie muss so schnell wie möglich den Helm loswerden, sonst weicht ihr die Strahlung noch das Hirn auf. Wäre schade nach allem, was wir für sie getan haben.«

Foaly kehrte an sein Schaltpult zurück. Ein rotes Licht begann zu blinken. »Warten Sie, das ist der Bewegungssensor. An der Eingangstür tut sich was.«

Root lief hinüber zu den Monitoren. »Können Sie das vergrößern?«

»Kein Problem.« Foaly gab die Koordinaten ein und zoomte das Ganze um vierhundert Prozent heran.

Root ließ sich auf den nächstbesten Stuhl fallen. »Sehen Sie auch, was ich da sehe?«

»Allerdings«, kicherte Foaly. »Das ist sogar noch besser als die Nummer mit der Rüstung.«

Holly kam heraus. Mit dem Gold.

Sekunden später war die Bergungseinheit bei ihr.

»Kommen Sie, Captain, raus aus der Gefahrenzone«, drängte einer der Feenmänner und packte Holly am Arm.

Ein anderer glitt mit einem Radioaktivitätssensor über ihren Helm. »Sie haben hier ein Leck in der Batterie, Captain. Wir müssen sofort Ihren Kopf einsprühen.«

Holly holte Luft, um zu protestieren, und hatte augenblicklich eine Ladung Anti-Strahlenschaum im Mund. »Kann das nicht warten?«, schimpfte sie spuckend.

»Tut mir Leid, Captain. Jede Minute zählt. Der Commander will eine Lagebesprechung, bevor wir zünden.«

Holly wurde im Eiltempo zur mobilen Einsatzzentrale gebracht; ihre Füße berührten kaum den Boden. Überall um sie herum suchten Aufräumer von der Bergungseinheit den Boden nach Spuren der Belagerung ab. Techniker bauten die Zeitstoppschüsseln ab und bereiteten alles für den Abzug vor. Hilfskräfte schoben den Karren zum Portal. Alles musste in sichere Entfernung gebracht werden, bevor die Biobombe gezündet wurde.

Root wartete bereits auf den Stufen. »Holly«, stieß er aus. »Ich meine, Captain. Sie haben es geschafft.«

»Jawohl, Sir. Danke, Sir.«

»Und das Gold haben Sie auch. Das ist eine echte Leistung.«

»Nun ja, nicht alles, Commander. Ungefähr die Hälfte, schätze ich.«

Root nickte. »Macht nichts. Den Rest holen wir uns gleich noch.«

Holly wischte sich Anti-Strahlenschaum von der Stirn. »Darüber habe ich noch mal nachgedacht, Sir. Artemis Fowl hat einen Fehler gemacht: Er hat mir nie befohlen, das Haus nicht wieder zu betreten, und da er mich dorthin gebracht hat, steht die Einladung noch. Ich könnte zurückgehen und bei den Bewohnern eine Erinnerungslöschung vornehmen. Dann könnten wir das Gold in den Wänden verstecken und morgen Nacht noch mal einen Zeitstopp –«

»Nein, Captain.«

»Aber, Sir …«

Roots Gesicht, das vorübergehend sanfte Züge angenommen hatte, verhärtete sich erneut. »Nein, Captain. Der Rat wird keinerlei Rücksicht auf einen oberirdischen Entführer nehmen. Das können Sie vergessen. Ich habe meine Befehle, und glauben Sie mir, die sind Gesetz.«

Holly zog Root in das Shuttle. »Aber, Sir, das Mädchen, Juliet. Sie ist unschuldig!«

»Ein Kriegsopfer. Sie hat sich eben auf die falsche Seite gestellt. Wir können nichts mehr für sie tun.«

Holly konnte es nicht glauben. »Ein Kriegsopfer? Wie können Sie so was sagen? Ein Leben ist ein Leben.«

Root fuhr herum und packte sie an den Schultern. »Sie haben getan, was Sie tun konnten, Holly. Und niemand hätte mehr tun können. Sie haben sogar einen großen Teil des Lösegelds zurückgebracht. Sie leiden an dem, was die Oberirdischen Stockholm-Syndrom nennen – Sie haben eine Beziehung zu Ihren Entführern aufgebaut. Keine Sorge, das geht vorbei. Aber diese Leute dort im Haus wissen über uns Bescheid. Nichts kann sie jetzt mehr retten.«

Foaly blickte von seinen Berechnungen auf. »Stimmt nicht. Zumindest theoretisch. Willkommen zurück, übrigens.«

Holly nahm sich nicht die Zeit, den Gruß zu erwidern. »Was soll das heißen, stimmt nicht?«

»Mir geht's auch gut, danke der Nachfrage.«

»Foaly!«, brüllten Root und Holly wie aus einem Mund.

»Nun, im Buch heißt es: *Wenn ein Mensch sich Gold verschafft, Trotz Magie und Elfenkraft, Dann ist das Gold auf immer sein, Bis dass er liegt im ew'gen Schrein.* Sprich: Wenn er überlebt, hat er gewonnen. Ganz einfach. Nicht einmal der Rat wird gegen das Buch verstoßen.«

Root kratzte sich am Kinn. »Müsste ich mir Sorgen machen?«

Foaly stieß ein freudloses Lachen aus. »Nein. Die drei sind so gut wie tot.«

»So gut wie ist nicht gut genug.«

»Ist das ein Befehl?«

»Und ob, Soldat.«

»Ich bin kein Soldat«, sagte Foaly und drückte auf den Knopf.

Butler war schwer überrascht. »Sie haben es ihnen zurückgegeben?«

Artemis nickte. »Ungefähr die Hälfte. Aber uns bleibt immer noch ein ganz hübsches Sümmchen. Etwa fünfzehn Millionen Dollar nach dem aktuellen Kurs.«

Normalerweise stellte Butler keine Fragen, aber diesmal konnte er es sich nicht verkneifen. »Warum, Master Artemis? Können Sie mir das erklären?«

»Ich denke schon«, sagte der Junge lächelnd. »Ich hatte das Gefühl, wir schuldeten Captain Short etwas. Für geleistete Dienste.«

»Ist das alles?«

Artemis nickte. Das mit dem Wunsch behielt er lieber für sich. Am Ende könnte es ihm noch als Schwäche ausgelegt werden.

»Hmm.« Butler schwieg, denn er war klüger, als es den Anschein hatte.

»Jetzt sollten wir feiern«, verkündete Artemis, geschickt das Thema wechselnd. »Champagner wäre genau das Richtige.«

Der Junge verschwand in die Küche, bevor Butlers Blick ihn festnageln konnte.

Bis die beiden anderen ihm gefolgt waren, hatte er bereits drei Gläser mit Dom Perignon gefüllt. »Ich weiß, ich bin eigentlich noch zu jung, aber Mutter hätte bestimmt nichts dagegen. Ausnahmsweise.«

Butler spürte, dass da mehr dahintersteckte. Dennoch nahm er das angebotene Kristallglas.

Juliet sah ihren großen Bruder fragend an. »Ist das okay?«

»Ich denke schon.« Er holte tief Luft. »Du weißt, dass ich dich lieb habe, nicht wahr, meine Kleine?«

Juliet zog schmollend eine Schnute – auch etwas, das die Jungs aus der Gegend sehr anziehend fanden – und versetzte ihrem Bruder einen Klaps auf die Schulter. »Für einen Leibwächter bist du schrecklich sentimental.«

Butler schaute seinem Herrn unverwandt in die Augen. »Es ist Ihr erklärter Wille, dass wir das trinken, nicht wahr, Artemis?«

Artemis erwiderte den Blick, ohne mit der Wimper zu zucken. »Ja, Butler, das ist es.«

Ohne ein weiteres Wort leerte Butler das Glas. Juliet tat es ihm nach. Der Diener schmeckte das Betäubungsmittel sofort, und obwohl er noch Zeit genug gehabt hätte, Artemis Fowl das Genick zu brechen, tat er es nicht. Er wollte Juliet in ihren letzten Minuten nicht noch beunruhigen.

Artemis beobachtete, wie seine Freunde zu Boden sanken. Es tat ihm Leid, sie hintergehen zu müssen, aber er befürchtete, dass ihre Angst womöglich die Wirkung des Betäubungsmittels gebremst hätte, wenn er sie in diesen Teil seines Plans eingeweiht hätte. Er betrachtete die wirbelnden Bläschen in seinem Glas. Es war Zeit für den kühnsten Schritt in seinem Plan. Er zögerte nur einen winzigen Augenblick, dann trank auch er den mit Schlaftabletten vermischten Champagner.

Artemis wartete gelassen, bis das Mittel in seinem Körper wirkte. Es dauerte nicht lange, da er die Dosis genau auf das jeweilige Körpergewicht abgestimmt hatte. Obwohl seine Gedanken begannen zu verschwimmen, wurde ihm bewusst, dass er vielleicht nie wieder aufwachen würde. Für Zweifel ist es ein bisschen zu spät, tadelte er sich und versank in Bewusstlosigkeit.

»Sie ist unterwegs«, sagte Foaly und lehnte sich vom Schaltpult zurück. »Jetzt liegt es nicht mehr in meinen Händen.«

Durch die polarisierten Fenster verfolgten sie, wie das Geschoss seinen Weg nahm. Es war wirklich eine bemerkenswerte Erfindung. Da die eigentliche Waffe sehr leicht war, konnte der Fall-out exakt auf einen bestimmten Radius beschränkt werden. Das radioaktive Element im Kern war Solinium 2, das eine Halbwertszeit von vierzehn Sekunden hatte. Dies bedeutete, dass Foaly die Biobombe so hatte einstellen können, dass sie nur Fowl Manor blauspülte und nicht einen Grashalm mehr; außerdem würde das Gebäude in weniger als einer Minute wieder strahlungsfrei sein. Und selbst wenn sich ein paar Solinium-Strahlen verirrten, wären sie auf jeden Fall im Zeitfeld gefangen. Mord ohne Risiko.

»Die Flugbahn ist programmiert«, erklärte Foaly, obwohl ihm niemand auch nur die geringste Aufmerksamkeit schenkte. »Sie segelt genau in die Eingangshalle und detoniert. Mantel und Zündungsmechanismus sind aus einem Plastikgemisch und lösen sich vollständig auf. Da bleibt kein Krümel übrig.«

Root und Holly beobachteten, wie die Bombe in hohem Bogen davonflog. Wie vorhergesagt, zischte sie durch die herausgesprengte Tür, ohne auch nur einen winzigen Splitter aus der mittelalterlichen Mauer zu schlagen. Dann wandte Holly ihre Aufmerksamkeit dem Bild zu, das eine Kamera in der Geschossspitze auf einen Monitor sandte. Für einen Sekundenbruchteil erhaschte sie einen Blick auf die große Halle, in der sie noch bis vor kurzem gefangen gewesen war. Die Halle war leer. Kein Mensch in Sicht. Vielleicht ..., schoss es Holly durch den Kopf. Möglich wär's ja. Doch dann fiel ihr Blick auf Foaly und die Technik unter seinen Händen, und sie begriff, dass die Menschenwesen so gut wie tot waren.

Die Biobombe detonierte. Ein blauer Ball aus kondensiertem Licht breitete sich knisternd aus und erfüllte jede Ecke des Herrenhauses mit seinen tödlichen Strahlen. Blumen verwelkten, Insekten erstarrten, Fische trieben bäuchlings in ihren Aquarien. Nicht ein einziger Kubikmillimeter blieb verschont. Artemis Fowl und sein Gefolge konnten nicht entkommen sein. Es war unmöglich.

Mit einem Seufzen wandte Holly sich von der in ihrer Wirkung bereits nachlassenden Blauspülung ab. Trotz seiner hochfliegenden Pläne war Artemis letzten Endes doch nur ein Sterblicher gewesen. Doch aus irgendeinem Grund betrauerte sie sein Dahinscheiden.

Root war da pragmatischer. »Okay. Jetzt das Aufräumkommando. Voller Strahlenschutz.«

»Es kann überhaupt nichts passieren«, sagte Foaly. »Haben Sie in der Schule nicht aufgepasst?«

Der Commander schnaubte verächtlich. »Ich traue der Wissenschaft nicht von hier bis übermorgen, Foaly. Strahlung hat bisweilen die unangenehme Angewohnheit, noch in der Luft zu hängen, wenn uns die so genannten *Wissenschaftler* versichert haben, dass sie längst verschwunden ist. Niemand verlässt das Shuttle ohne Schutzausrüstung. Damit bleiben Sie außen vor, Foaly. Wir haben nur Zweibeineranzüge. Außerdem will ich Sie am Bildschirm haben, nur für den Fall ...«

Für welchen Fall?, fragte sich Foaly, doch er schwieg. Lieber später ein spöttisches *Hab ich's Ihnen nicht gesagt.*

Root wandte sich an Holly. »Sind Sie bereit, Captain?«

Wieder zurück ins Haus. Die Vorstellung, drei Leichen identifizieren zu müssen, behagte Holly gar nicht, doch sie wusste, dass es ihre Pflicht war. Sie war die Einzige, die sich im Innern auskannte.

»Jawohl, Sir. Schon unterwegs.«

Holly nahm einen Schutzanzug aus dem Regal und streifte ihn über ihren Overall. Wie immer überprüfte sie die Druckanzeige, bevor sie sich die vulkanisierte Kapuze über den Kopf zog. Ein Druckabfall wies auf einen Riss hin, der sich später im Einsatz als fatal erweisen konnte.

Root ließ das Aufräumkommando am Rand des Einsatzgebiets Aufstellung nehmen. Die Überreste der Elite-Bergungseinheit waren ungefähr so begierig darauf, sich in das Herrenhaus zu begeben, als hätte man ihnen befohlen, mit atlantischen Stinkballons zu jonglieren.

»Sind Sie sicher, dass der Große weg ist?«

»Ja, Captain Kelp. Er ist weg, auf die eine oder andere Weise.«

Doch Captain Trouble Kelp war nicht überzeugt. »Das ist nämlich ein ganz gefährlicher, dieser Oberirdischer. Der verfügt bestimmt über eine eigene Art von Magie.«

Sein Bruder Grub kicherte und bekam dafür sofort eins hinter die Ohren. Er grummelte, das werde er Mama erzählen, und setzte sich den Helm auf.

Root spürte, wie ihm die Röte ins Gesicht stieg. »Los jetzt. Euer Auftrag besteht darin, die Goldbarren zu lokalisieren und zu bergen. Passt auf Minen auf. Ich habe diesem Fowl nicht getraut, als er noch am Leben war, und jetzt, wo er tot ist, traue ich ihm noch viel weniger.«

Das Wort Mine ließ alle aufhorchen. Die Vorstellung von einer »Bouncing Betty«, die ihnen in Kopfhöhe um die Ohren flog, genügte, um die gesamte Truppe zu alarmieren. Niemand baute so grausame Waffen wie die Menschenwesen.

Als untergebener Officer der Aufklärung hielt sich Holly an der Spitze, und obwohl eigentlich keine Feinde mehr in dem Gebäude sein konnten, merkte sie, dass ihre Schusshand automatisch nach der Neutrino 2000 tastete.

Im Haus herrschte eine unheimliche Stille, nur unterbrochen vom fast unhörbaren Knistern der letzten Soliniumstrahlen. Totenstille. Das Herrenhaus war eine Wiege des Todes. Holly konnte es förmlich riechen. Hinter diesen mittelalterlichen Mauern lagen die Leichen von Millionen Insekten und unter den Dielen die erkaltenden Überreste von Spinnen und Mäusen.

Vorsichtig näherte der Trupp sich der Schwelle. Holly überprüfte den Boden mit einem Röntgenscanner, doch unter dem Kopfsteinpflaster war nichts als Erde und ein Nest toter Baldachinspinnen.

»Negativ«, sagte sie in ihr Mikro. »Ich gehe jetzt rein. Foaly, hast du deine Lauscher an?«

»Ich bin immer bei dir, Süße«, antwortete der Zentaur. »Es sei denn, du trittst auf eine Landmine, in dem Fall bin ich weit weg in der Schaltzentrale.«

»Kriegst du irgendwelche Thermosignale rein?«

»Nicht nach einer Blauspülung. Wir haben überall kleine Wärmeinseln, zum größten Teil Soliniumstrahlen. Es wird noch ein paar Tage dauern, bis die sich auflösen.«

»Aha, aber keine Radioaktivität, ja?«, schaltete Root sich ein.

»Exakt.«

Der Commander stieß ein ungläubiges Schnauben aus. Über Kopfhörer klang es wie das Niesen eines Elefanten. »Sieht aus, als ob wir den Schuppen auf die altmodische Tour durchsuchen müssten«, grummelte er.

»Beeilen Sie sich«, mahnte Foaly. »Sie haben höchstens fünf Minuten, bis Fowl Manor in die normale Welt zurückkehrt.«

Holly trat durch das Loch, das einst eine Tür gewesen war. Der Kronleuchter schwang noch leicht hin und her von der Druckwelle der Explosion, doch davon abgesehen war alles so, wie sie es in Erinnerung hatte. »Das Gold ist unten, in meiner Zelle.«

Niemand reagierte. Jedenfalls nicht mit Worten. Dafür brachte jemand ein Würgen zustande, genau ins Mikro. Holly fuhr herum. Captain Kelp stand vornübergebeugt da und umklammerte seinen Bauch.

»Mir ist nicht gut«, stöhnte er, was in Anbetracht des unappetitlichen Breis auf seinen Stiefeln eine ziemlich überflüssige Bemerkung war.

Sein Bruder holte Luft, vermutlich um einen Satz mit dem Wort Mama loszuwerden, heraus kam jedoch eine Welle konzentrierter Galle. Unglücklicherweise hatte Grub keine Gelegenheit mehr, vorher sein Visier hochzuklappen. Kein schöner Anblick.

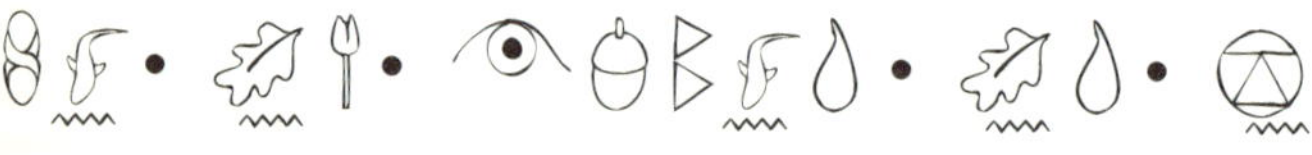

»Igitt!« Holly drückte auf den Visierlöseknopf des Corporals. Eine Woge halb verdauter Essensrationen ergoss sich über Grubs Schutzanzug.

»Himmelherrgottnochmal«, knurrte Root und schob sich an den beiden Brüdern vorbei, doch er kam nicht weit. Sobald er einen Schritt über die Schwelle gesetzt hatte, übergab er sich genau wie die anderen.

Holly richtete ihre Helmkamera auf die von Übelkeit überwältigten Officer. »Was zum Henker ist hier los, Foaly?«

»Bin schon dabei, das herauszufinden. Bleib dran.«

Holly hörte, wie er hektisch auf eine Tastatur einhackte.

»Okay. Plötzliche Übelkeit, Reisekrankheit ... Oh nein.«

»Was ist?«, fragte Holly. Doch sie wusste es bereits, hatte es vielleicht die ganze Zeit über gewusst.

»Die Magie!«, stieß Foaly aufgeregt aus. »Sie können das Haus erst betreten, wenn Fowl tot ist. Sie leiden an einer Art extremer allergischer Reaktion. Das bedeutet, so unglaublich es klingt ...«

»Dass sie es geschafft haben«, vollendete Holly den Satz. »Er lebt. Artemis Fowl lebt.«

»*D'Arvit*«, stöhnte Root und erbrach sich erneut auf die Terrakottafliesen.

Holly ging alleine weiter. Sie musste sich persönlich überzeugen. Falls Artemis Fowls Leiche im Haus war, dann lag sie vermutlich beim Gold.

Die gleichen Familienporträts starrten auf sie herab, doch diesmal wirkten sie eher selbstgefällig als streng. Es juckte Holly, ihnen mit der Neutrino 2000 ein bisschen einzuheizen, doch das widersprach den Regeln. Wenn Artemis Fowl es geschafft hatte, sie zu schlagen, dann war die Sache erledigt. Rache würde es nicht geben.

Sie stieg die Treppe zu ihrer Zelle hinab. Die Tür bebte noch ein wenig in den Angeln von der Erschütterung der Explosion. Ein Soliniumstrahl zischte wie ein gefangener blauer Blitz im Raum umher. Holly trat ein, bange, was sie drinnen erwartete.

Doch da war nichts. Zumindest keine Toten. Nur Gold, etwa zweihundert Barren, gestapelt auf der Matratze ihres Feldbetts. In ordentlichen, militärischen Reihen. Der gute alte Butler – das einzige Menschenwesen, das es je mit einem Troll aufgenommen und gewonnen hatte.

»Commander? Hören Sie mich? Over.«

»Ja, ich höre, Captain. Wie viele Leichen?«

»Gar keine, Sir. Aber ich habe den Rest des Lösegelds gefunden.«

Langes Schweigen.

»Lassen Sie es liegen, Holly. Sie kennen die Regeln. Wir ziehen uns zurück.«

»Aber, Sir, es muss doch eine Möglichkeit –«

Foaly schaltete sich dazwischen. »Kein Aber, Holly. Ich zähle hier die Sekunden bis zum Anbruch des Tageslichts, und unsere Aussichten sind ziemlich bescheiden, wenn wir uns am helllichten Tag aus dem Staub machen müssen.«

Holly seufzte. Er hatte Recht. Die Unterirdischen konnten frei wählen, wann sie unter die Erde zurückkehrten, doch nur solange das Zeitfeld noch stabil war. Es ärgerte sie nur, dass sie von einem Menschenwesen überlistet worden waren, noch dazu von einem Halbwüchsigen.

Sie sah sich ein letztes Mal in der Zelle um. Ein großer Klumpen Hass hatte sich hier in ihr gebildet, und früher oder später würde sie sich darum kümmern müssen. Holly stieß ihre Pistole zurück in das Halfter. Vorzugsweise früher. Diesmal hatte Fowl gewonnen, doch jemand wie er würde sich nicht auf seinen Lorbeeren ausruhen. Bald würde er sich einen neuen Plan ausdenken, um an Geld heranzukommen. Und dann würde Holly Short auf ihn warten, mit einer großen Kanone und einem Lächeln.

Am Rand des Zeitfelds war der Boden aufgeweicht. Ein halbes Jahrtausend lang war das Wasser hier von den mittelalterlichen Mauern getropft und hatte das Erdreich in einen

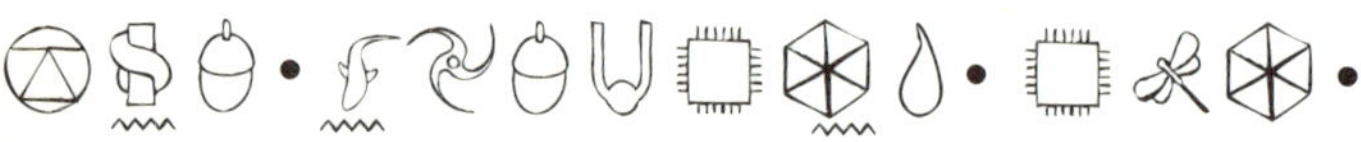

regelrechten Sumpf verwandelt. Genau an dieser Stelle tauchte Mulch auf.

Doch der weiche Boden war nicht der einzige Grund dafür gewesen. Was ihn viel mehr reizte, war der Geruch. Ein guter Tunnelzwerg kann Gold durch einen halben Kilometer Granit riechen, und Mulch hatte eine der besten Nasen von allen im Geschäft.

Der Gleitkarren schwebte praktisch unbewacht auf der Stelle. Zwei Wachen von der Bergungseinheit waren bei dem geretteten Lösegeld postiert, waren aber gerade damit beschäftigt, über ihren von Übelkeit geplagten Commander zu lästern.

»Der reinste Springbrunnen, was, Chix?«

Chix nickte und ahmte Roots Kotztechnik nach.

Chix Verbils Pantomime bot die perfekte Deckung für einen kleinen Diebstahl. Und diesmal lüftete Mulch seine Gedärme erst gründlich, bevor er aus dem Tunnel kletterte. Das Letzte, was er gebrauchen konnte, war eine plötzliche Gasentladung, die ihm die ZUP auf den Hals jagte. Doch er hätte sich keine Sorgen zu machen brauchen. Er hätte Chix einen nassen Stinkwurm ins Gesicht schleudern können, ohne dass der Feenmann etwas davon bemerkt hätte.

Innerhalb von Sekunden hatte er zwei Dutzend Barren in den Tunnel geschafft. Es war der leichteste Job, den er je durchgezogen hatte. Mulch unterdrückte ein Kichern, als er die letzten beiden Barren in den Tunnel fallen ließ. Julius hatte ihm einen echten Gefallen getan, als er ihn in diese Geschichte reingezogen hatte. Besser hätte es kaum laufen können: Er war frei wie ein Vogel, reich und – das war das Beste – angeblich tot. Bis die ZUP-Leute spitz kriegten, dass ein Teil des Goldes fehlte, wäre Mulch Diggums bereits einen halben Kontinent entfernt. Falls sie es überhaupt bemerkten.

Der Zwerg ließ sich wieder in die Erde hinab. Er würde ein paarmal hin und her graben müssen, um seinen Schatz in Sicherheit zu bringen, doch das war es wert. Mit dieser Rücklage würde er sich einen frühen Ruhestand leisten können. Natürlich würde er ein für alle Mal untertauchen müssen, doch in seinem pfiffigen Hirn nahm bereits ein neuer Plan Form an.

Er würde eine Zeit lang oberirdisch leben und sich als menschlicher Zwerg mit einer Abneigung gegen das Licht ausgeben. Ein Penthouse mit dichten Fensterläden wäre nicht übel, vielleicht in Manhattan oder Monte Carlo. Es würde natürlich seltsam wirken – ein Zwerg, der sich vor der Sonne verbarg. Aber andererseits wäre er ein unermesslich reicher Zwerg, und die Menschen akzeptierten jede Geschichte, wie verrückt sie auch sein mochte, wenn dabei etwas für sie heraussprang. Vorzugsweise etwas Grünes, das sich zusammenfalten ließ.

Artemis hörte eine Stimme, die seinen Namen rief. Da war auch ein Gesicht, aber es war verschwommen und kaum zu erkennen. Vielleicht sein Vater?

»Vater?« Das Wort fühlte sich seltsam an in seinem Mund. Ungewohnt, eingerostet. Artemis schlug die Augen auf.

Es war Butler, der sich über ihn beugte. »Artemis. Sind Sie wach?«

»Ah, Butler, Sie sind es.«

Mühsam erhob sich Artemis, und von der Anstrengung wurde ihm schwindlig. Er erwartete Butlers Hand an seinem Arm, um ihn zu stützen, doch vergeblich. Juliet lag auf einer Chaiselongue und sabberte auf ihr Kissen. Offensichtlich hatte bei ihr die Wirkung des Trunks noch nicht nachgelassen.

»Es waren nur Schlaftabletten, Butler. Harmlos.«

Die Augen des Dieners funkelten gefährlich. »Erklären Sie mir das.«

Artemis rieb sich die Augen. »Später, Butler. Ich fühle mich noch ein bisschen –«

Butler verstellte ihm den Weg. »Artemis, meine Schwester liegt betäubt auf dem Sofa. Sie wäre beinahe umgekommen. Also erklären Sie mir das, und zwar sofort!«

Artemis begriff, dass man ihm einen Befehl erteilt hatte. Er schwankte, ob er nicht beleidigt sein müsste, sah dann aber ein, dass Butler Recht hatte. Er war zu weit gegangen.

»Ich habe euch nichts von den Schlaftabletten erzählt, weil ihr dann dagegen angekämpft hättet. Das ist vollkommen normal. Aber für den Plan war es unerlässlich, dass wir alle sofort einschliefen.«

»Und was genau war der Plan?«

Artemis ließ sich in einen bequemen Sessel sinken. »Der Schlüssel zu der ganzen Sache war der Zeitstopp. Das ist der Trumpf der ZUP, der sie seit Jahrhunderten unbesiegbar macht. Alles, was sich in seinem Einflussbereich befindet, wird sozusagen eingefroren. Zusammen mit der Biobombe eine perfekte Kombination.«

»Wozu dann die Betäubung?«

Artemis lächelte. »Sehen Sie mal aus dem Fenster. Sie sind verschwunden. Es ist vorbei.«

Butler warf einen Blick durch die Gardinen. Das Licht war hell und klar, keine Spur von Blau. Dennoch blieb der Diener unbeeindruckt. »Gut, im Moment sind sie weg, aber sie kommen garantiert wieder.«

»Nein. Das wäre gegen die Regeln. Wir haben sie geschlagen. Das war's, Ende der Vorstellung.«

Butler zog die eine Augenbraue hoch. »Und die Schlaftabletten?«

»Ich sehe schon, Sie gestatten mir keine Ausflüchte.«

Unerbittliches Schweigen.

»Also gut. Ich musste mir einen Weg ausdenken, wie wir dem Zeitfeld entkommen konnten. Ich habe das ganze Buch durchgekämmt, aber nichts gefunden. Nicht den geringsten Hinweis. Selbst die Unterirdischen haben noch keine Möglichkeit entdeckt. Also bin ich zum Alten Testament zurückgegangen, denn zu der Zeit waren ihr Leben und unseres noch miteinander verbunden. Sie kennen ja die Geschichten: Elfen, die in der Nacht Schuhe putzten, Feen, die das Haus sauber machten und so weiter – magische Unterstüt-

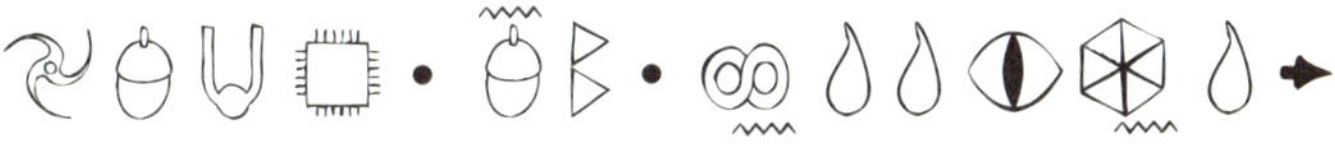

zung im Austausch dafür, dass wir ihre Feenhügel unbehelligt ließen. Die Lösung hieß natürlich Santa Claus.«

Butler wären fast die Augen aus den Höhlen gesprungen. »Santa Claus?«

Artemis hob die Hände. »Ich weiß, ich weiß. Ich war selbst ein wenig skeptisch. Aber anscheinend stammt unser guter Weihnachtsmann nicht von einem türkischen Heiligen ab, sondern ist eigentlich San D'Klass, der dritte König der Frond-Elfendynastie, auch bekannt als San der Getäuschte.«

»Kein besonders ansprechender Name.«

»Stimmt. D'Klass dachte, die Gier der Menschenwesen in seinem Königreich könnte dadurch gestillt werden, dass er großzügige Geschenke verteilte. Einmal im Jahr rief er die großen Zauberer zusammen und trug ihnen auf, ein riesiges Zeitfeld über sein Reich zu legen. Scharen von Feen wurden ausgesandt, um die Geschenke zu verteilen, während die Menschen schliefen. Aber natürlich funktionierte es nicht. Die Gier der Menschenwesen kann niemals gestillt werden, schon gar nicht durch Geschenke.«

Butler runzelte die Stirn. »Was, wenn die Menschenwe… also wir … aufgewacht wären?«

»Ah ja, hervorragende Frage. Das ist genau der springende Punkt: Wir konnten nicht aufwachen. Das liegt in der Natur des Zeitstopps. Man bleibt in dem Bewusstseinszustand, in dem man sich zu Beginn befunden hat, man kann weder aufwachen noch einschlafen. Sie haben doch sicher während der letzten Stunden die Müdigkeit in Ihren Knochen gespürt, aber Ihr Gehirn ließ nicht zu, dass Sie einschliefen.«

Butler nickte. Allmählich wurden die Dinge ein wenig klarer.

»Daraus habe ich geschlossen, dass die einzige Möglichkeit, aus dem Zeitfeld zu fliehen, darin bestand, einfach einzuschlafen. Unser eigenes Bewusstsein hat uns gefangen gehalten.«

»Sie haben eine Menge riskiert, Artemis, und das nur auf der Grundlage einer Theorie.«

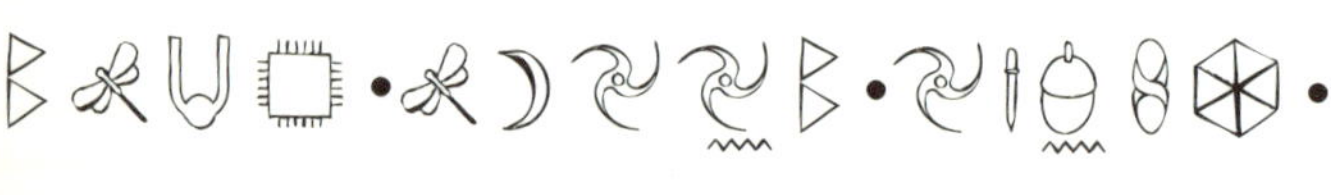

»Es war nicht nur eine Theorie. Wir hatten ein Testobjekt.«

»Wen? Ach so, Ihre Mutter, Madam Fowl.«

»Ja, meine Mutter. Dank ihres mit Betäubungsmitteln herbeigeführten Schlafs lief für sie die Zeit normal weiter, unberührt vom Zeitstopp. Wenn das nicht der Fall gewesen wäre, hätte ich mich einfach der ZUP ergeben und die Erinnerungslöschung akzeptiert.«

Butler schnaubte skeptisch.

»Und da wir nicht auf natürliche Weise einschlafen konnten, habe ich uns allen eine Dosis von Mutters Pillen verabreicht. Ganz einfach.«

»Das war aber ganz schön knapp. Noch eine Minute ...«

»Stimmt«, gab der Junge zu. »Die Lage war am Ende ziemlich gespannt. Aber es war notwendig, um die Leute von der ZUP zu täuschen.«

Er schwieg einen Moment, damit Butler die Informationen verdauen konnte. »Verzeihen Sie mir?«

Butler seufzte. Juliet schnarchte auf der Chaiselongue wie ein betrunkener Matrose. Er musste plötzlich lächeln. »Ja, Artemis, ich verzeihe Ihnen. Nur eine Bitte ...«

»Ja?«

»Nie wieder. Elfen sind zu ... menschlich.«

»Sie haben Recht«, sagte Artemis und lächelte ebenfalls. »Nie wieder. Wir werden uns zukünftig auf Unternehmungen beschränken, die mehr nach Ihrem Geschmack sein dürften. Dass sie auch legal sind, kann ich allerdings nicht versprechen.«

Butler nickte. Das genügte ihm. »Nun, junger Herr, sollten wir nicht mal nach Ihrer Mutter sehen?«

Artemis wurde noch blasser, falls das überhaupt möglich war. Konnte es sein, dass Captain Short ihr Versprechen gebrochen hatte? Grund genug hätte sie dazu gehabt. »Ja, das sollten wir wohl. Lassen wir Juliet schlafen, sie hat es verdient.«

Sein Blick folgte dem Treppenlauf nach oben. Wenn die Elfe Wort gehalten hatte, war das mehr, als er erhoffen konnte. Schließlich hatte er sie gegen ihren Willen gefangen gehalten. Wie hatte er nur so dumm sein können, für einen Wunsch, von dem er nicht einmal wusste, ob er erfüllt werden würde, die ganzen Millionen herzugeben!

Da hörten sie, wie oben die Tür des Dachzimmers aufging.

Butler zog sofort die Waffe. »Artemis, hinter mich! Einbrecher.«

Der Junge winkte ab. »Nein, Butler, das glaube ich nicht.« Sein Herzschlag dröhnte ihm in den Ohren, und es kribbelte ihm in den Fingerspitzen. War es möglich? Konnte es wirklich wahr sein? Auf dem Treppenabsatz erschien eine Gestalt, gespenstisch in ihrem Bademantel, das Haar nass von der Dusche.

»Arty?«, rief sie. »Arty, bist du's?«

Artemis wollte antworten, wollte mit ausgestreckten Armen die Treppe hinauflaufen, doch er konnte es nicht. Seine Beine ließen ihn im Stich.

Angeline Fowl kam herunter, eine Hand locker auf das Geländer gelegt. Artemis hatte ganz vergessen, wie graziös seine Mutter sich bewegte. Ihre nackten Füße flogen nur so über die mit Teppich überzogenen Stufen, und wenig später stand sie vor ihm.

»Guten Morgen, mein Schatz«, sagte sie strahlend, als wäre es ein ganz normaler Tag.

»M-Mutter«, stammelte Artemis.

»Na, willst du mich nicht umarmen?«

Artemis trat auf sie zu und schmiegte sich an sie. Ihre Arme umschlossen ihn warm und stark. Sie duftete nach Parfum. Er fühlte sich wieder wie der Junge, der er war.

»Entschuldige, Arty«, flüsterte sie ihm ins Ohr.

»Wofür?«

»Für alles. In den letzten Monaten war ich nicht ich selbst. Aber das wird sich jetzt ändern. Ich muss aufhören, in der Vergangenheit zu leben.«

Artemis spürte eine Träne auf seiner Wange. Er war sich nicht sicher, ob sie von ihm selbst stammte.

»Und ich habe nicht einmal ein Geschenk für dich.«

»Ein Geschenk?«, fragte Artemis.

»Natürlich«, rief seine Mutter und wirbelte ihn herum. »Weißt du denn nicht, welcher Tag heute ist?«

»Nein, wieso?«

»Heute ist Weihnachten, du dummer Junge. Weihnachten! Da schenkt man sich doch was, oder nicht?«

Ja, dachte Artemis. Geschenke. San D'Klass.

»Und wie trist es hier aussieht, wie in einem Mausoleum. Butler?«

Der Diener steckte hastig seine SIG-Sauer weg. »Ja, Ma'am?«

»Rufen Sie bei Brown Thomas an, die Platinclub-Nummer. Lassen Sie mein Konto wieder freischalten. Sagen Sie Hélène, ich brauche eine Weihnachtsdekoration, mit allem Drum und Dran.«

»Sehr wohl, Ma'am. Mit allem Drum und Dran.«

»Oh, und wecken Sie Juliet. Ich möchte, dass meine Sachen wieder in das große Schlafzimmer geräumt werden. Der Dachboden ist viel zu staubig.«

»Ja, Ma'am. Sofort, Ma'am.«

Angeline Fowl hakte sich bei ihrem Sohn unter. »Nun, Arty, jetzt erzähl mal. Vor allem, was hier passiert ist.«

»Das waren die Handwerker«, sagte Artemis. »Die alte Tür war vollkommen morsch.«

Angeline runzelte skeptisch die Stirn. »So, so. Und wie läuft's in der Schule? Weißt du schon, was du werden möchtest?«

Während sein Mund diese alltäglichen Fragen beantwortete, wirbelte in Artemis' Kopf alles durcheinander. Er war wieder ein Junge. Sein Leben würde sich vollkommen verändern. Seine zukünftigen Pläne würden sehr viel gerissener sein müssen, wenn er vermeiden wollte, dass seine Mutter etwas davon mitbekam. Doch das war es wert.

Und Angeline Fowl irrte sich. Sie hatte sehr wohl ein Geschenk für ihn.

EPILOG

Nun, da Sie den Fall studiert haben, dürfte Ihnen klar geworden sein, was für eine gefährliche Kreatur dieser Fowl ist.

Manche neigen dazu, Artemis zu romantisieren, ihm Qualitäten zuzuschreiben, die er nicht besitzt. Die Tatsache, dass er den Wunsch, den Captain Short ihm gewährte, dazu benutzte, seine Mutter zu heilen, ist keineswegs als Zeichen von Zuneigung zu werten. Er tat es nur, weil das Jugendamt bereits seinen Fall untersuchte und es nur mehr eine Frage der Zeit gewesen wäre, bis er in ein Heim gekommen wäre.

Sein Wissen über die Existenz der Unterirdischen behielt er nur deshalb für sich, damit er sie über Jahre hinweg weiter ausbeuten konnte. Sein einziger Fehler war, Captain Short am Leben zu lassen. Holly wurde ZUP-Expertin in Sachen Artemis Fowl, und ihr Einsatz im Kampf gegen den gefürchtetsten Feind des Erdvolks war unschätzbar – ein Kampf, der sich noch über mehrere Jahrzehnte hinziehen sollte.

Ironischerweise erlebten beide Erzfeinde ihren größten Triumph während des Aufstands der Kobolde, wo sie gezwungen waren zusammenzuarbeiten, doch das ist eine andere Geschichte.

Bericht zusammengestellt von: J. Argon, Doktor der Psychologie, für das Archiv der ZUP-Akademie.
Die Details sind zu 94 Prozent zutreffend, bei sechs Prozent unvermeidbarer Extrapolation.